Tall, Duke, and Dangerous
by Megan Frampton

結婚しないつもりの公爵

ミーガン・フランプトン著
旦紀子訳

クス

スコットへ。なにもかもありがとう。

結婚しないつもりの公爵

主な登場人物

アナ・マリア・ダットン……………………ハスフォード公爵家令嬢。

ナッシュ・デイヴィス……………………マルヴァーン公爵。

セバスチャン・ド・シルヴァ（セブ）……アナ・マリアの異母弟。ナッシュの親友。

アイヴィ・ド・シルヴァ…………………セバスチャンの妻。賭博場の経営者。

サディアス・ダットン（サッド）…………現ハスフォード公爵。アナ・マリアの従兄弟。ナッシュの親友。

マルヴァーン公爵未亡人…………………ナッシュの祖母。

オクタヴィア・ホルトン…………………アイヴィの妹。

ブランリー卿………………………………アナ・マリアの求婚者。

フェリシティ・タウンシェンド…………社交界の令嬢。

ジェイン……………………………………アナ・マリアの小間使い。友人。

ファイナン…………………………………ナッシュの異母兄弟。従者。

1

もしもナッシュ、すなわちマルヴァーン公爵が、人生を決定的に変えるこの筋書きを予期していたならば、もちろん予期していなかったのだが、ズボンを穿くべきと考えただろう。

しかし穿いていない。というより、なにも着ていない。古代ギリシャ神の彫像作成にポーズを取るとか、個人の所有地の人目がない場所で水浴びするには最適な格好だろう。だが、人生を変える瞬間にはふさわしくない。

常日頃慣習にとらわれないナッシュでも、さすがにこの筋書きではズボン着用が必要と考える。

にもかかわらず、このざまだ。

「起きなさい」

こんなに早朝に彼を起こすほど厚かましい人物はいったいだれだと思いながら、ナッシュはしぶしぶ片目を開けた。

耳慣れない声であることはたしかだが、その声が友好的でないこともまた明らかだ。彼がその人物を知らないとしても、まず殴って、それから質問するという彼の評判を、相手は知らないのか？

「起きなさい」今回は、怒りの声のほかに脚まで小突かれ、ナッシュは思わずうなった。

「閣下、先々代マルヴァーン公爵の奥方さまであられます」今度は友人であり異母兄弟であり従者でもあるファイナンだとすぐにわかったが、その声はこれまで聞いたことがないほど心配そうだった。

ナッシュは仰向けに寝返り、もう片方の目も開けた。天井を眺め、まばたきをして頭をはっきりさせようとした。

「見苦しい」公爵未亡人の言葉は、ナッシュが自分を叱りつけた言葉と大差なかったが、他の人に過ちを指摘されるのは嬉しくない。もちろんファイナンは例外だが。

ナッシュは唐突に起きあがった。掛け布団が腰から滑り落ちるのもかまわずにそのレディを眺めると、彼女は悲鳴のような声をあげて背を向け、急ぎ足で彼の寝室から出ていった。杖が床に当たる音が響き渡る。

「だから、寝間着を着るべきだと言ったのに」ファイナンが不平がましく言う。

「裸で寝ることで、年寄り貴族を寝室から追い払えるならば、なぜわざわざ寝間着を着る必要がある？」

ファイナンが無言で首を横に振る。

ナッシュは肩をすくめた。妥当な質問じゃないか？

「青の客間で待っていますよ」祖母の声が廊下の向こうから聞こえてきた。「適切な装いができたら、すぐに来なさい」

ファイナンがすたすたと衣装ダンスに近寄って勢いよく扉を開き、服を引っぱりだしてナッシュのベッドの足元にばさっと置いた。

「奥方さまの声が聞こえただろう。起きろ」

ナッシュはファイナンをにらんだが、にらみ返された。この男がそばにいるのを我慢できる、かつ我慢している理由のひとつは、彼がナッシュに対して決してへつらわないことと、もうひとつ、特権階級の義務とはいえ無意味でくだらないとどちらもわかっている諸事に関し、ナッシュに回避することを許さない点だ。

「どんな様子だったか？　恐ろしい感じか？」

ファイナンが腕組みした。「生きたウナギで満杯の樽と装塡済みの大砲のあいだのどこかだな」

ナッシュはたじろいだ。「そんなにひどいのか」掛け布団を放りだして洗面台に歩み寄り、両手を水に浸してすくうと、勢いよく顔にかけた。肌に当たる水の冷たさに思わず身震いする。しかし、ほとんど覚えてもいない祖母と対峙するには、できるだけ頭をはっきりさせておかねばならない。

「祖母はなにをしに来たんだ？」

ファイナンがふんと鼻を鳴らした。「見当もつかない。訊ねる気にもならなかった」

胸がざわざわし、ずっしりと重たく沈んだ。慣れない感覚だ。自分はナッシュであり、マルヴァーン公爵であり、裸で寝る男であり、常に望んだとおりにやると決めている。

一方で自らの責任を全うし、正しいことをするとも決めている。どれほど苛立つことでも、それは変わらない。いま感じている不安の源はそれだろう。先々代の公爵夫人には少なく見積もって十年は会っていないのだから、わざわざやってきたとなれば、重要な用件であるに違いない。ナッシュの父親はそうそうたる一族といっさいつき合おうとせず、それによって、多少とも良識ある人々からナッシュをものの見事に遠ざけた。

祖母は、自分の息子が国じゅうで設けた非嫡出子たちを、孫が雇ったり支援したりしていることを知ったのだろうか？　彼の父親がどれほど多くの人々の人生を破滅させたかを思えば、それくらいは当然だろう。彼の執事もまた腹違いの兄弟であることを、祖母が知らないよう願うばかりだ。

とはいえ、知っていたとしてもかまわない。正しいことであるうえ、いじめに対する彼自分の怒りを抑える手段に過ぎないからだ。

だが、ほかにどんな理由で祖母がここに来る？　一族の中で、進んで彼と関係を持とうとする者がいるとは想像もできない。彼の父親が家族とつなぐ橋を全部焼き払い、ナッシュとしても、それを再建する必要性を感じていない。彼らがナッシュのことを知りたければ、ありのままの彼を受け入れればいいだけのことだ。

とにかく、ここにたたずんでいても、疑問の答えは見つからない。

十五分後、ファイナンの懇願のまなざしにもかかわらずクラヴァットの着用は断固拒否したものの、ほかはほぼ適切と言える服装に身を整えた。

「お祖母さま」そういいながら、青の広間に入っていった。彼自身はこの部屋をめったに使わない。長身の彼に合わせて作ったソファが置いてある図書室のほうが快適だからだ。この部屋にあるのは小型ソファ《ラブシート》で、普通の体型の人がふたり坐るにはちょうどいいが、ナッシュのような体格には合わない。

祖母はその小型ソファに取り澄ました様子で坐っていた。祖母の小間使いが同じく取り澄ましてその背後に立っている。ソファの脚に立てかけてある杖の柄と祖母の手は数センチしか離れていない。

婦人ふたりの顔の位置はまったく違うのに、なぜか同様の高所から見事なまでに彼を見くだしている。

大したものだ。

祖母が寝室にやってきた時は、彼の裸の胸やその他の部分を見て彼女が逃げだしたせいで姿をほとんど見なかったが、間近に見ると父によく似ていた。強情そうな頬骨に濃茶色の瞳、そして尊大な表情。

残念ながら、ナッシュ自身も受け継いでいる特徴だ。

しかしながら、父と違って、祖母は白髪まじりの髪をきつく引っ詰め、頭頂でまとめて巨大なリボンで留めている。そのまなざしは鋭いが知的で、父にはいっさい見られなかった誠実な優しさも見受けられた。

一瞬でも、首のまわりにいまいましい布きれを巻いていないことを後悔したのはそのせいだ。

「公爵閣下」祖母がわずかに頭をさげて言った。「あなたに会いに来なかったのは怠慢でしたが――」

「ぼくが招待しなかったからと？」ナッシュは祖母の言葉を遮った。

まずは、彼がどんな人間かを祖母に知らしめることが先決だ。そうすれば、あとで失望されなくて済む。

祖母がふんと鼻を鳴らした。強靭な精神の持ち主であることは明らかだ。それに対しては、多少なりとも敬意を持たないわけにはいかない。

「でも、いま来ています。そして、早急に話し合うべき用件があります」

やれやれ、わかっていたことだ。なにもなければ来るはずがない。ナッシュは待った。激しい非難に備えて、胸の前で腕組みをする。

「お坐りなさい」祖母が、自分の命じたことをナッシュが実行しない可能性など存在しないかのように言う。

仕方なくナッシュは息を止めて、小型ソファと対の椅子にそっと坐った。小さいきしみ音に、まるでそうすれば崩壊を防げるとでもいうように肘掛けを握りしめる。

模様替えをするべきかもしれない。三年前に父が亡くなってこの街屋敷を所有することになって以来、内装のほぼすべてが気に入らなかったが、とくに手をつけていなかった。それも、彼が嫌悪する公爵の義務のひとつに思えたからだ。

もちろん、自分の快楽に直結すること以外はすべて無視していた父親と違って、ナッシュは責任を果たしている。しかし、表面的なこと、たとえば、パーティに出席したり、街の流行りの盛り場で浮ついたひとときを過ごす姿を見せたりはしない。

それをさせるために、祖母はここに来たのか？

そうだとしたら、なぜ息子が死んだ時に来なかった？　なぜ今頃になって彼に会いに？

祖母に会った最後の記憶は、母が出ていって間もない十歳の時だ。あの時は困惑と混乱と父親に対する恐怖のせいで、訪問者に気を配る余裕などなかった。

「それで？」ナッシュはもどかしい思いで口を開いた。

祖母の落ち着かない様子を見れば、嬉しい用件でないことは明らかだ。

「手当のことですか？　それについてはよく知らないのです。財務担当者に任せてあるので」その担当者というのも、また別の腹違いの兄弟だ。

「いいえ、手当は適切な額をもらっています、ありがとう」

「それならよかった」

沈黙が続き、ナッシュは椅子に坐ったまま思わず身じろいだ。かすかだが、またきしみ音がはっきり聞こえた。祖母の貴族的な眉がアーチ型に吊りあがる。

「わたくしはあなたの父親が嫌いでした」祖母が言う。

それこそ、ナッシュが十年以上も祖母に会うことがなかった理由だろう。

「それは、あなたとぼくに共通した感情だ」

「息子の、あなたのお母さまに対する振る舞いは嘆かわしいものでした。なにが起こっているかに気づいた時、わたしはできるだけのことをしましたが、残念ながら、それはあまり多くなかった」祖母は硬い口調で続けた。

いつも感じている緊張感——胸の内でつねにくすぶっている怒り——が込みあげ、その感情が表に出ないようにナッシュはぐっとこらえた。つまり強い言葉で言い返さないということだ。いつもやっているように。あるいは、少なくとも努力しているように。自分の評判のためだ。

「お母さまには、逃げるためのお金を渡しました。それをあなたの父親が知り、わたくしにあなたと連絡を取ることを禁じたの。もっと早く来るべきでした。わたくしが間違っていた」

ナッシュはしばし言葉を失った。「逃げる？ では、どこに行ったのか知っているのですか？」

祖母が首を横に振った。「知りません。無事でいてくれればと願うばかり」

たまに届く手紙を、彼に同情する使用人たちがこっそり渡してくれたので、母が生きていることは知っていた。彼を深く愛していることも心から心配していることも。元気でいると知って安堵したが、息子の救出に関して母は無力だった。

彼を救いだすことができたのは父の死だけだった。

「では、母のことでいらしたわけではないのですね」

祖母の深刻な表情がさらに曇った。

「ええ。でも、以前はできなかった介入をする必要が生じたのです」祖母が息を大きく吸いこんだ。「このままだとあなたの相続人になるはずのミスター・ジョン・ディヴィスが、あなたの父親のなんというか……不愉快な習慣を受け継いでいるようで」いったん言葉を切る。「聞いていないですか?」

ナッシュはうなり声を呑みこみ、肘掛けをさらに強く握りながら、首を横に振って聞いていないことを示した。「一族の方とはほとんど話さないので」少なくとも、嫡出で生まれた一族の人々とは。

「信頼できる筋から、あなたはわたくしの息子とまったく似ていないと聞きました」祖母の声は苦痛と後悔に満ちていた。また深く息を吸うと、決然としたまなざしで彼を見つめた。「マルヴァーン公爵家はヘンリー八世の治世まで遡る名家であり、名誉ある爵位です」

「ぼくの父が継ぐまでは」脳内に記憶があふれだす。普段は人々と喧嘩をするか、ブランデーに溺れることで消し去っている記憶だ。ぶたないでと父に懇願している母。父がまた打つのを止めようと、幼いながら、父の腕に必死にしがみつく自分。

投げられて床に倒れ、鼻を折った時の痛み。

祖母が言葉を継いだ。「あなたは結婚しないつもりだという噂を聞いたけれど」

それは、どんな女性であれ、父がしたような行為の対象にしたくないからだ。その可能性がある限り。父から、自分たちがよく似ていると、だから、ナッシュもそのうち、なんの罪もない者たちに怒りをぶちまけることになるのは必然だと、何度言われたかわからない。

祖母が緊迫した口調で続ける。「でも、しないわけにはいかないのです。あなたの従兄弟が継承する可能性を減らすのが早ければ早いほどいい。彼も同じ噂を聞いて、将来を担保にすでに高額の借金をしていて、その振る舞いは日に日に奔放になっています。だからすぐに、あなたが結婚して世継ぎをもうけることが必要なんです」

喉が詰まった。

「わたくしがここに滞在し、あなたの花嫁探しを手伝います」祖母が断言する。「高貴な生まれのレディでなければなりません。公爵夫人としての義務を心得、子どもを複数生める人」

「なんですって？　とんでもない！」ナッシュは勢いよく立ちあがった。とんでもないと、祖母が滞在することに対して言ったのか、花嫁のことを言ったのか自分でもわからない。

だが、自分がそのどちらも望んでいないことはわかっている。もう一度椅子に坐り、なんとか息を整えた。

「立ちなさい」

ナッシュは、祖母の命令に従っていることに気づく前に立ちあがっていた。

「あなたはとても美男子ね」褒め言葉には聞こえない。「背がとても高く、肩幅も広い。公爵より鍛冶屋にふさわしい体型ね。あなた、そう思わない？」祖母はそう言い、小間使いのほうを振り返った。そして、答えを待たずにまた前を向いた。「ふさわしい服装にして、髪を整える必要がありますね。そのだらしない見かけが好みのレディがいることはわかっていますけど」明らかにその好みを非難する声だ。

「これまでにそれで苦情を受けたことはありません」ナッシュは腕組みをした。

祖母がまた尊大に鼻を鳴らした。なにを頼んでこようが、この祖母のことを嫌いではない。

い、い、い、なにを頼んできたのだったか。しまった。危うく忘れるところだった。ナッシュが唐突に腰をおろしたせいで、椅子がまた不快な音を立てた。「ぼくは結婚しません」

祖母が目を細めてナッシュを凝視した。「父親のような公爵がもうひとりいていいんですか？　あんな人物に小作人や使用人たちの監督をさせたいの？」顎をつんとあげる。「聞いていますよ、あなたが親切にしていると。リチャードの……過ちに対して」まるで子どもが過ちであるかのように言う。「その人たちのことも、あの従兄弟に任せたいの？」

「くそっ」

祖母の恐れおののいた表情を見て、ナッシュは悪態を声に出していたことに気づいた。

「まもなく、荷物を積んだわたくしの馬車が着きます。執事を呼んで、わたくしを部屋に案内させてください」祖母はそう言いながら立ちあがったが、そこで一瞬よろめき、小間使いが腕をつかんで支えたのをナッシュは見のがさなかった。

ナッシュは歯を食いしばった。「わかりました、お祖母さま」

ほかになにが言える？ この婦人は滞在すると決意している。いくら彼を叩き起こして結婚しろと迫り、しかも、それが絶対にやりたくないことだとしても、このまま外に放りだすわけにはいかない。

もちろん、杖で突かれたのは心外だが。

とはいえ祖母は家族であり、彼の父親を嫌っていることを認めている。そして、自分はすでに彼女を気に入っている。あのいまいましい杖にもかかわらず。

「そのあいだに」ゆっくりと出口に向かいながら祖母が言った。「招待状を見直しておいてください。社交界のどの会に出席すべきかを相談できるように。夕食の時に会いましょう。五時、でしたかしら」

ナッシュは抗議しようと口を開いたが、言葉は出てこなかった。

祖母が出て扉が閉まった瞬間に、ナッシュは自分にできる唯一のことをした。坐っていた椅子を取りあげ、本棚に向かって投げつけたのだ。椅子が砕けてフラシ天の豪華な絨毯に散った。いまいましい絨毯のせいで、満足感を得られるほどの破壊音は生じず、軽い落下音がしただけだ。

ナッシュは壊れた椅子を凝視した。自分がしたこと――不愉快な告知に対して暴力的に反応したこと――に気づくと、先ほどの恐怖がパニックに変わった。

おまえはわしと同じようになるぞ。あらゆる点で。

常に自分を律する必要がある。わけもなく攻撃的になることは許されない。正当な理由がない限り、暴力を振るわないと決めている。正しいことには迷わず拳を使い、自分に取り憑いている悪霊を追い払う。不埒《ふらち》な輩はいくらでもいるから、時に喧嘩をすることで、常に抱えている怒りをつかのまでも鎮められる。それは世のためにもなる。

だが、壊れた椅子が彼になにかしたわけではない。ばかげた考えだが、ただそばにいるだけで、彼になにも悪いことをしていない人に、この椅子に対するのと同じように怒りをぶつけたとしたら？

自分を信じられるか？

くそっ、その質問の答えはわかっている。

「ハクション！」

アナ・マリアは潤んで曇った目をぱちぱちさせた。

「お嬢さま《マイレディ》」小間使いのジェインがハンカチを差しだした。

「その呼び方はやめて」アナ・マリアはぶつぶつ言いながらハンカチを受け取り、鼻を拭った。

アナ・マリアとジェインはハスフォード公爵邸の応接室に坐っていた。この邸宅にアナ・マリアも住んでいる。この客間は彼女自身が、気持ちが晴れやかになる色合いに模様替えをしたばかりだ。かつてのくすんだ青色と茶色の色調とはまったく違う鮮やかな赤と紫とピンクで彩られた室内に入るたびに思わずほほえんでしまう。それとは別に明るい色合いの花々が部屋じゅうに飾られているが、こちらは笑みと同時にくしゃみの原因にもなる。

犯人の花を突きとめて出入り禁止にしなければ。チューリップでなければいいとアナ・マリアは思った。チューリップは大好き。けれど、花はすべて好きなので、くしゃみの原因がただの埃であればいいと心の片隅で願っている。

「わたしが知る限り、あなたはずっとお嬢さまだったんですから」ジェインが辛辣に言う。「ドラゴンがわたしたちにあなたをそう呼ばせないように命じていたとしても」

「亡くなられた公爵夫人でしょ」

「ドラゴン公爵夫人ですよ」ジェインがそう言いながら、目をまわしてみせた。

馬車の事故がアナ・マリアの父——公爵——とその妻——アナ・マリアの継母——の命を奪って以来六カ月が経った。公爵夫人の差し金で望まれない存在とされ、ただ働きの使用人として扱われた奴隷のような人生からアナ・マリアが解放されて以来半年以上が経った。ずっと住んできたロンドンの街屋敷に相変わらず暮らしているが、寝室は屋敷の中でもっとも小さい屋根裏部屋でなく、上階に位置するもっとも豪華な部屋に変わった。

「でも、ふたりだけの時はただのアナ・マリアとジェインでいられない？　これまでのように？」ついつい悲しい口調になってしまう。

その言葉がアナ・マリアの口を離れる前に、ジェインは胸の前で腕組みして首を横に振った。「受け入れなければだめですよ、お嬢さま。あなたは公爵令嬢で、いまの公爵の従姉妹で、あたしにとってはお嬢さまです。嫌でもなんでも、あなたは特別な方として扱われるお立場なんです」口調を少し和らげる。「それに、あなたは実際に特別なお方ですよ。どんなにドラゴンが——つまり故公爵夫人が」アナ・マリアの厳しい視線に言い直す。「ただあなたを、そうでない立場に置こうとしていただけのこと。しかも、その方がもう亡くなったんですから、正当なお立場に戻って、ほかのレディの皆さまとおつき合いされなきゃだめですよ」

正当な立場。それはどんな立場？　アナ・マリアは思った。二十年以上ものあいだ、給金をもらえない故公爵夫人の下働きとして、公爵夫人に命じられたことは、どんなことでもすべてやってきた。

ところが、なんとひと晩のうちに、銀器の磨き方も知らず、湯を沸かすのにどのくらいかかるか考えもせずに風呂の用意を命じ、介助者を友どころか、人とも見なさず、ただの道具であるかのように扱う、そんなレディにならねばならなくなった。埃に関しては、存在すら気づいていないから、意見も言えない人たちだ。

地位が突然高くなっても、アナ・マリア本人はそうではない。

腹違いの弟セバスチャンが公爵位を継承してさえいれば、自分もはるかに居心地がよかっただろう。しかし、セバスチャンは正統な公爵ではない。亡くなった公爵夫人が――この件に関しては卑劣としか言いようがないが――、アナ・マリアの母親との関係について嘘をついていたからだ。ふたりの公爵夫人が姉妹で、従姉妹ではないと判明した時点で、亡くなった妻の姉妹と結婚することを英国の法律が禁じているため、父の二度目の結婚は無効、セバスチャンは非嫡出子となり、爵位はふたりの従兄弟であるサディアスに譲られた。

サディアスもそれなりに親切だが、セバスチャンとは違う。アナ・マリアがレディになりたかったのは、セバスチャンがそれを望んでいるように感じたからだ。そのセバスチャンが愛する妻と新しい人生を確立したいま、レディになることはもはや無意味に思えた。

とはいえ、なにも変わらなかったかのように、美しい衣装を脱ぎ捨てて、ふたたびエプロンをつけられるわけでもない。

すべてが変わった。アナ・マリアの趣味に装飾し直され、未来の求婚者たちからの花々であふれかえったこの部屋がそれを証明している。

花は好きだが――くしゃみの原因となる花が入っていたとしても――、注目されるのはありがたくない。エプロンをつけていた時は見向きもしなかった紳士たちが、いまになって注目し、花を送ってきた理由を、アナ・マリアはよくわかっている。サディアスがセバスチャンの約束を引き継いで用意してくれた高額の持参金が、社交界の独身男性全員を、砂糖に群がるアリのように引き寄せている。

「なにを考えているんです？」ジェインの声がアナ・マリアの思いを遮った。

「花のこと、アリのこと、そして砂糖」答えながらも、自分の言葉に呆れてしまう。

「それより求婚者の方々のどなたに決めるか考えたほうがいいですよ。見たところ、伯爵のご子息のブランリー卿がいいんじゃないですか？　とてもハンサムだし、歯もほとんど揃っていますよ」

「それはかなりの高評価ね」アナ・マリアはそっけなく答えた。「彼がなにか噛んでいる時に見てみましょう」それが結婚というわけ？　お口にトーストを放りこみましょうか、あなた？　わたしが歯をじっくり見られるように。

「夫に必要なものって、ほかになにがあるんです？」

残念なことに、ジェインはあまりに多くの質問をする。アナ・マリアにとっては、答えられるけれど、その答えでは、自分以外のだれも満足させられないような多くの質問だ。

ほかになにが必要？　彼女の言葉に耳を傾け、大事に思ってくれる優しい人？　高額の持参金つきの公爵の娘とか従姉妹ではなく、彼女自身を望んでくれる人？　どうすれば、求婚者が心から大切に思ってくれているかわかるの？　レディにふさわしいことを考えていなくてもびっくりした顔をせずに、なぜ花やアリや砂糖のことを考えているのか訊ねてくれる人？

背が高くてがっしりして、守ってくれそうな人。

似ているとしたら――いいえ、だめ。アナ・マリアは頭の中だけでも、その文を終えることができなかった。

自分の関心を認めるくらいなら、くしゃみで死んだほうがまし。背が高くてむっつりして、すぐに行きつ戻りつする傾向のある紳士にアナ・マリアがひそかに憧れを抱いていることを、万が一セバスチャンか、それともサディアスが、あるいは最悪の場合その本人が気づいたら、屈辱の最たるものだし、しかも、なんの得にもならない。

彼はアナ・マリアのことを妹のように扱うし、それも大事な妹というわけでもない。むしろ面倒な時だけ注目し、あとは無視している妹のような存在。アナ・マリアはとても行儀がよいから、つまりは一度も注目されたことがない。相手にしてくれなかったのは彼だけではなかったけれど。

やはり、いま注目してくれている紳士たちのことを考えたほうがいい。あるいは、紳士とか結婚に関係なく、ひとりきりで一生を終えることになっても、少なくとも自分の人生だったと満足できるなにかを見つけほうがもっといいかもしれない。

ノックする音がして扉が開き、執事が現れた。彼にはいつも非難の目を向けられているような気がしている。

それとも気のせいかしら。

「お嬢さま?」

「なにかご用、フレッチフィールド?」ジェインが答えた。

執事がかすかにひそめた眉が、ジェインのでしゃばりを彼がどう思っているかを示している。

「ミス・オクタヴィア・ホルトンがレディ・アナ・マリアを訪ねておいでです」

アナ・マリアはほほえんだ。「通してくださいな、フレッチフィールド。それとお茶をお願いします」ミス・オクタヴィアはセバスチャンの義理の妹で、アナ・マリアにとっては新しい知り合いだが、十歳離れていることもあり、アナ・マリアがオクタヴィアの姉であるかのようなそんな関係になっている。オクタヴィアと知り合うまで、アナ・マリアには、新しい世界の友人がひとりもいなかった。下働き時代の友人たちからは、これまでと違う人間であるかのように扱われている。

ジェインでさえも。

付添役の女性を雇わない理由のひとつがそれだった。付添役なしで出かけるのがとんでもないこととわかっているが、特別扱いする人がこれ以上増えるのだけは避けたい。幸いサディアスは自分の新しい義務に専心しているせいで、付添役なしがいかに不適切か気づいていない。

フレッチフィールドが一礼してさがると、アナ・マリアはジェインのほうを向いた。

「あとで午後になったら、二階にあがって今夜着るドレスのことを相談するわ」

「青がいいと思いますけど――」ジェインが言い始める。

「あとで午後にね」アナ・マリアはさえぎった。レディである数少ない利点のひとつは――台所の火格子をこすったり、ごみを掃いたりしなくていい以外に――新調した美しいドレスのどれを着るかを自分で選べることだ。ジェインには意見があって、それはいつものことだが、アナ・マリアも最近は、小間使いよりも自分の好みを信頼し始めている。

少なくとも、自分の判断したドレスがもっとも似合って見えると知るのはすばらしいことだ。

これまで、そうした自信を持てたことは一度もなかった。継母から、人が捨てた古着しか着ることを許されていなかったのだからなおさらだ。これまでの人生で、アナ・マリアは決断できると、だれからも思われていなかったせいもある。社交界の中でも最高位のレディであるはずの今でさえ、決断という選択肢は与えられていない。

いいえ、それに関しては違いますと言うべきだ。自分自身で選び、自分の人生を生きる。それはすなわち、自分が行きたいのならば、行きたい時に行きたいところに自分ひとりで行くこと。たとえ社交界の人々が眉を吊りあげたとしても。あるいは、花束を贈ってきて、自分の歯で嚙めるというだけで、その男性と結婚しないこと。基準になるほどではないが、今のところはそれくらいしか思いつかない。

フレッチフィールドが扉を開け、ミス・オクタヴィアが、いつも通りの明るい表情を浮かべて、部屋に入ってきた。「ごきげんよう」部屋を見まわして目をみはる。「まあ、なんて素敵な色合いでしょう！」

その優しい褒め言葉に胸がほっこり温かくなった。アナ・マリアにとって、いまだに慣れない感覚だ。「ありがとう」隣の席に置かれたクッションを軽く叩く。「どうぞこちらに坐って。もうすぐお茶が来るわ」

「これ全部をあなたが自分で決めたんでしょう？　ねえ、そうだと言って」胸のぬくもりがアナ・マリアの全身に広がった。「そうよ」アナ・マリアは首を傾げ、カーテンの明るいシルク地を眺めた。「こんなことをしたのは初めてよ。自分が気に入るかどうかもわからなかったけれど」

「この生地をどこで手に入れたか教えてくれないと。それとも、一緒に連れていってくれるほうがもっといいわ」ミス・オクタヴィアが目を細めてじっくり眺めた。「あなたには才能がある」

「ありがと――ハックション！」

「どういたしまし――ハックション！」

友人のあふれんばかりの喜びが感染したせいか、アナ・マリアはふいに今の社会的地位に押しあげられてからずっと、想像力を押し殺す原因となってきた疑念や躊躇をすべて捨て去りたくなった。

自主性《インディペンデント》を持つことの重要な点は……財産《インディペンデント》を持つことの重要な点は……

そうよ、なぜ捨て去っていけないの？　財産《インディペンデント》を持つことの重要な点は……自主性《インディペンデント》を持つことじゃないの？　臆せずに人生を進んでいくことでしょう？

「なにを考えているの？　とても真剣な表情になっているわ」ミス・オクタヴィアが鼻の上に皺を寄せた。「姉のアイヴィが、帳簿上のとても難しい問題を解決しようとしている時みたい」

アナ・マリアは首を振った。「そんな難しいことではないのよ」単に自分の残りの人生のこと。そう思ってひそかな笑みを押し隠したちょうどその時、フレッチフィールドがお茶一式を運んできた。盆にはコックが作る最高に美味しいレモンスコーンも載っている。

お茶とスコーンを一つか、そうね、たぶん二ついただいたあとに、将来のことを決めよう。まずは目の前のことから片づけなければね。

2

「銀のほうよ」アナ・マリアはきっぱりした口調で言った。

ジェインがふんと鼻を鳴らして首を振り、衣装ダンスから銀のドレスを引きだした。

ふたりはアナ・マリアの新しい寝室にいた。以前の屋根裏の居住場所に比べたら劇的な進歩だ。この寝室は客用寝室だったが、ほとんど使われていなかった。亡くなった公爵夫人が訪問者を好まなかったせいだが、実際のところ、彼女は息子、つまりアナ・マリアの異母弟であるセバスチャン以外はだれのことも好まなかった。

アナ・マリアはこの部屋をまだ模様替えしていなかった。まずは改装した客間で、自分が選んだ物の中でしばらく暮らしてから、より大きい計画に着手したかったからだ。でも、すでに客間での結果に満足した今、ここのすべてを自分の趣味に変えたくてうずうずしている。

おとなしいベージュと茶色の代わりに鮮やかな明るい色合い、標準的なひとりにつき二つの枕でなく、たくさんの枕、巨大な絨毯一枚の代わりにあちこちに小さな敷物を置く。

でも、ここを模様替えするのは、これが自分の人生だと認めることを意味する。その気持ちにかなり近づいているとはいえ、まだすんなり受け入れるとは言いがたい。ほかになにがしたいの？　頭の中で小さな声がつぶやいている。

わからない。でも、自分の人生は自分で選びたいの。アナ・マリアは心の声に答える。

でも今は、今夜のために自分のドレスを選んでいるところ。そのドレスを眺めて、アナ・マリアは満足のため息をついた。これまで所有したうち、もっとも贅沢かつ法外なドレスだが、最近まで、アナ・マリアのドレスは公爵夫人の小間使いが着古した古着だったのだから当然だろう。

しかし、一般的に贅沢と見なされるドレスと比較しても、このドレスは贅沢だ。銀色の生地で仕立てられ、胴部一面に小さな透明の貴石が縫いつけてある。最初はまばらで少しずつ増えていき、滝のようにきらきら輝きながら裾まで流れ落ちる。

「このドレスだと」ジェインが心配そうに言う。「着るというより、着られてしまうわ。あなた、こういうものを着た経験がないじゃないの。髪をどうしたらいいかも、あたしたちふたりともわかっていないのに」

ジェインの言葉は愛情から出たものだったが、それでも不安でいっぱいのアナ・マリアの心にまっすぐ突き刺さった。自分の世界で受け入れられないかもしれないという心配と受け入れられるかもしれないという心配は表裏一体であり、そのせいで、ほかのレディとまったく同じにダンスフロアを優雅に歩くことに気を遣い、同じようにお茶をすらずにはいられない。

これは矛盾だけれど、アナ・マリア自身の矛盾だから、自分には理解できる。

「でも、それこそこれを着るべき理由なのよ」ジェインの説得を試みながらも、手を伸ばしてドレスを撫でずにはいられなかった。指の下で薄いシルク地が小さくささやく。「最初から、自分が行きたい方向でやりたいの。過去を恥じて舞踏室の隅に隠れていたくないから」実際はそうしていたいけれど。「この世界で前に進むなら、それも、真のわたしを知っているあなたやほかのみんながわたしに望むようにやりたいのなら、自分のやり方でやるしかない――つまり、過去や育ち方を恥と考えずに美しいドレスを着て、それをよくないと思う人とはつき合わない」

ごく最近になってようやく大胆になり始めた女性の大胆な言葉。自分のやり方で始める。

「このドレスを着たら本当に美しくなってしまうわ」ジェインが警告した。「挑戦のつもりならいいけど」

「もちろんそのつもり」アナ・マリアは断言した。小間使いにだけでなく自分に対して。

ほどなくわかったのは、挑戦などとてもできないことだ。

アナ・マリアは舞踏室の入り口に立ち、従兄弟のサディアスの隣で息を止めて群衆を眺めた。

あまりに多くの人がいて、そのうちただのひとりも知らない。もちろん知らないに決まっている。どうやって会うと言うの？　だれかが公爵夫人のキッチンにたまたま入りこんで、かまどを掃いているアナ・マリアを見つける以外に？　そうなったとしても、彼らは彼女の頭を上から眺めるか、ほかを眺めて彼女には目もくれない。アナ・マリアは卑しい使用人であり、彼らは社交界の、そう、最上の人々だから。かまどがなにをするところかも知らず、ましてや掃除の仕方など考えもしない。

まず道具を用意する必要がある。ブラシ、ちりとり、古布を切ったもの一枚。そして、奥から前に向かってきれいにする。あらゆる忍耐を動員して、灰をすべて集め、こびりついた汚れをこすり取る。

でも、こんなことを考えて役に立たない。いま必要なのは、かまどを掃きだす《スウィープ》ことでなく、部屋に滑りこむ《スウィープ》こと。

灰の山よりもずっと恐ろしい。ずっと汚れないけれど。

巨大な部屋からは家具が取り払われ、壁に沿って並んだ椅子と大きなテーブルだけが残っていて、その上にピンクがかった赤い魅惑的な飲み物入りのパンチボウルが置いてあった。

アナ・マリアとサディアスが立っている右側の一段高くなった台の上に演奏者たちが坐り、従僕たちがシャンパングラスを載せた大きな盆を持って、人々のあいだや周辺を巡っている。ちょうど音楽が止み、人々が挨拶を交わす低いささめきが聞こえてきた。あるいは、ささやかれたひとつの言葉でだれかの評判がずたずたになる噂話をしているのかもしれない。

「息をして」サディアスが命令した。

「かまどの管理方法についての短い講義ならできるかも」アナ・マリアはつぶやいた。その思いつきがおかしくて思わず笑い、おかげで息ができるようになった。

「なんだって？」サディアスが訊ねる。

アナ・マリアは首を振った。「なんでもないわ。ただ息をしようとしただけ」あなたがそう命令したので。

サディアスは最近まで軍の連隊を率いていたので、だれもが自分に仕えているかのように話す。もちろん、いまは公爵だから、その振る舞いは当然のことだが、彼はなにも変える必要がなかったわけだ。

「よし」サディアスがうなずいた。

「ハスフォード公爵さま、ならびにレディ・アナ・マリア・ダットン」執事が告知する。そのとたんに、舞踏会場の全員が一斉に振り返ってふたりを見たので、アナ・マリアの息がまた止まった。

まるで命令されたかのようだ。彼女を見ろ。

アナ・マリアはサディアスの腕をさらにぎゅっと握り、亡くなった公爵夫人の顔から借用した傲慢な表情を浮かべて、舞踏室に足を踏み入れた。

ナッシュはパンチボウルに手が届くあたりに立っていたが、パンチはとても飲めたものではなかった。なぜブランデーを置いていないんだ？　祖母は彼のすぐ後ろに坐っており、その一挙一動が不快なほど気になった。

午睡のあと、祖母は彼の執務室におりてきて、彼の秘書で数多い腹違いの兄弟のひとり、ロバート・カーステアズをせっつき、ナッシュが常日頃断っている招待状全部を提出させた。

そしてなんとその晩の舞踏会に出席すると言い張り、予定があるとナッシュが言っても歯牙にもかけなかった。まあ、予定と言っても、毎晩やっていることで、夕食後、念には念を入れて知り合いを避けながら、何時間かロンドンを歩きまわる。運がよければ、不正を正すために両拳が必要な状況に遭遇し、その後夜明け前に、疲れ果てて血だらけで帰宅する。

その行動こそ、ナッシュの恐怖を瀬戸際で食い止めているものだ。

しかし、それを祖母に打ち明けるわけにはいかない。なぜなら、しっかり制御しているとはいえ、父親の……傾向を受け継いでいる事実を示しているからだ。しかも今は、自分が死んだ時、その傾向を明らかに制御できない人物が爵位を継承することをなんとしても阻むという目的がある。

それこそが、パンチを吐きだすくらいなら、むしろ飲みこむ紳士であるように振舞っている理由だ。

「あの人ならまああでしょう」祖母が言いながら、いまいましい杖で彼を突き、先端を持ちあげて、着飾るのが本心から好きそうに見える男に向かってうなずいたりほほえんだりしているレディを示した。

中肉中背に純白のドレスをまとい、金髪を上でまとめ、耳もとにカールをいく筋か垂らしている。

ナッシュが観察している気配を感じたのか、彼のほうを見やり、視線が合うと大きく目を見開いた。そのあと完璧な形の眉を片方持ちあげ、口角をあげて小さく笑みを浮かべるのを見て、頭の中の歯車が勢いよく回り始めたのがわかった。わたし、公爵の目に留まったんだわ。なぜなら、彼の見かけだけでその表情を浮かべる可能性はないからだ。自分は背が高すぎて、肩幅が広すぎて、顔がしかめ面すぎると自覚している。きつすぎるネクタイを両手でつい引っ張ってしまう癖はわざわざ言うまでもない。

「だめです」

「あらなぜ？」祖母の口調はまるで、彼が残りの人生を共に過ごすかもしれない人物でなく、菓子を断ったかのように聞こえた。

たしかに、関心を持ちたくないという点では、人生の伴侶となるかもしれない人物も甘い菓子とほぼ同等だ。選択肢がグラスに注いだ上等なブランデーならどうなる？

もちろん、酒は常に飲んでいる。

「考え直そうかと」実を言えば、この件についてまだまったく考えていない。祖母は彼に結婚して子どもを何人ももうけてほしがっている。暴力的傾向を持つミスター・ジョン・ディヴィスにより、わが一族特有の屈辱が大切な爵位をさらに汚さないために。これまで結婚についてほとんど——というよりまったく——考えていなかったが、自分が結婚を望んでいないことだけはわかっている。唯一知っている結婚例は、怒声と殴打と涙で終始したあげく、夫の両手で死に追いやられるほかに選択肢がなくなった母が、ただひとりの息子を見捨てることで終わった。

だからこそ、どうしても結婚しなければならないとすれば、いかなる感情も抱かずに済む相手と結婚すべきだろう。我慢できる相手。継承者が生まれたあとは、別々に暮らせる相手がいいとナッシュは思った。それが理想的な状況だ。妻が自分の人生を生きる一方で自分は自分の人生を生きて、どちらも相手のことはかまわない。どちらも相手に関心がないから、暴力も起こらない。

遠くにいる金髪の女性？　片眉を持ちあげ、かすかに笑みを浮かべたあの女性？　まあまあ感じよい外見の？

あの女性なら、たしかに我慢できるかもしれない。

なにか言おうと口を開いたその時、彼は彼女を見つけた。舞踏室の入り口に立つ姿はまるで銀色の幻に見えた。夜空で輝く星が、社交界に栄光をもたらすために降りてきたかのようだ。

髪もまた夜のように黒く、豊かな巻き毛を一本の銀色のリボンで結んでいる。美しい曲線を描く官能的な肢体は、触れたらどんな感じかを、彼の両手はすでにわかっているらしい。もっと正確に言えば、指が彼女に触れたくてたまらない。

この舞踏会場にいるほとんどのレディたちと違って、肌は月明かりのように青白くはないが、金色にきらめいているのは、太陽が彼女の愛らしさを少しだけ見せているかのようだ。

「あちらはどなた?」祖母の声が聞こえた。明らかに非難の口調だ。

「全然わからない――」そこではっと口をつぐんだのは、彼女の横にいる紳士がだれかわかったからだ。そのおかげで彼女がだれかわかり、ナッシュはごくりと唾を飲みこんだ。

「レディ・アナ・マリア・ダットンです」彼は祖母に言った。

「ああ!」祖母が驚いた声を出した。「ハスフォード公爵の従姉妹の方ね。彼女も立派な候補じゃないこと?」

その言葉には明らかに含みがあった。

「あり得ない」

「それはなぜ――?」

「いいえ」アナ・マリアの顔から視線を無理やり離して祖母に目を向ける。「絶対にだめです」

なぜなら、彼女はアナ・マリアで、つまり彼がよく知っている、これまでのほぼ全人生で知っていた女性だから。彼なりに大切に思っている女性であり、彼の情熱の対象にするわけにはいかない。

自制心を失うのを恐れるというよりむしろ、中身が優しくて心温かく、知性あふれる人物とわかっている魅力的な女性と向き合った時に、どうすれば理性を失わないでいられるかがわからない。

サディアスと目が合い、サディアスが彼女に話しかけて、ふたりでこちらに向かって歩きだすのを見て、ナッシュは思わずうなりそうになった。彼らが歩を進めるごとに、自分が何者で、しっかり抑制していないとなにをしでかすかわからないというナッシュの苦悩も増大しつつあった。

「あそこにいた。ナッシュだ」サディアスが言った。彼の意図としては、アナ・マリアをなだめようとしているらしい。

だが、そうは聞こえない。そもそも、サディアスが彼の人生で一度でもだれかをなだめたことがあるのか疑問だが、少なくともその努力はありがたかった。サディアスがアナ・マリアの腕を取った。「彼と話してこよう」

アナ・マリアはうなずいたが、それは声が出なかったからだ。ここで彼に会うことは予期していなかった。彼はこの種の催しにほとんど出席しない。ひょっとすると自宅に、彼の荒々しい振る舞いや会話代わりの不明瞭なうなり声を嬉しがる女性たちの後宮《ハレム》があるのかもしれない。

そんな考えが、全身に官能的な感覚を走らせる原因となるべきではない。でも、自分は〝歩く矛盾〟だから仕方がない。

とにかく彼はここにいる。さらに言えば、今夜の会にふさわしい非の打ち所のない装いだ。幅広い肩に染みがついている擦り切れた上着ではない。それになんと、クラヴァットまで巻いている。クラヴァットをつけた彼を見ることになるとは、考えたこともなかった。

だれかが彼の後ろ髪を撫でつけるのに成功したらしく、髭も数日前よりもっと最近剃ったようだ。頭のてっぺんからつま先までくまなく紳士である彼を見て、アナ・マリアの息が喉にからまった。

こんなにハンサムであるべきではないのに。

こんなに堂々として、この部屋の人々の存在を消し去るような存在であるべきではないのに。

わたしの千々に乱れる思いの焦点になるべきではないのに。

なんと腹立たしいこと。

アナ・マリアは唾を飲みこみ、故公爵夫人の氷の態度を取り戻そうとした。でも、心臓がどきどきして、しかも彼の存在を強く意識している時に、それはとても難しい。

「閣下」サディアスの言葉に、ナッシュとアナ・マリアはあっけに取られて彼を見つめた。「なんだ?」ふたりの顔を見てサディアスがつけ加える。「ぼくたちは以前のぼくたちではなく、違う義務を担っている。違う義務には違う作法が必要だ」

違う義務には違う作法が必要。

つまり、自分はマルヴァーン公爵に一度も会ったことがなく、目の前にいるハンサムな巨人《ベヘモス》はただの新しい知り合いに過ぎないふりをすればいいわけだ。

たしかにそれならば、彼のまさにナッシュらしい面を考えなくて済むかもしれない。ほかの貴族たち同様、アナ・マリアのような女性を注目するのはただ血統と財力ゆえであって、本人の人となりは関係ないという考えを持つ一貴族に過ぎないと思えばいいわけだ。六カ月前までレディ・アナ・マリアがジャガイモを剝き、鍋をこすり、最下級の使用人よりも低く扱われていたと知ったら衝撃を受けるであろう貴族のひとり。

「アナ・マリア？」サディアスの鋭い口調がアナ・マリアを思いから引きずりだした。

「はい、閣下？　ごきげんよう、閣下」ナッシュのほうを向いてつけ加えると、ナッシュはハンサムな顔をしかめた。

「ごきげんよう、マイレディ」彼はさらに眉をひそめながら答えると、ふたりに背を向けた。「突くのをやめてください」アナ・マリアが彼の向こうをのぞくと、椅子に高齢の女性が女王のように毅然と坐り、杖でナッシュの脚を突いているのが見えた。

ナッシュがその貴婦人に片手を差しだすと、彼女は彼をにらみつけたものの、尊大にその手を受け入れて立ちあがった。

怒れるクマの彼を、まるでそうでないかのように突っつき、適切に服を着用させ、いちおう礼儀正しくさせている人物とはいったい何者？

「祖母を紹介します、こちら先々代のマルヴァーン公爵夫人です」

まあ。アナ・マリアは片手を差しだし、ナッシュは言葉を継いだ。「こちらはレディ・アナ・マリア・ダットンとハスフォード公爵です」

貴婦人にじっと見つめられ、アナ・マリアはふいに、唇にパン屑がついているような気分に襲われた。でも考えてみれば、普段から自分に自信がないから、そういうふうに感じただけかもしれない。

アナ・マリアは万が一なにかついていた時のためにそっと唇を舐めた。

「お会いできて嬉しいこと」先々代の公爵夫人が言ったが、その口調は嬉しさなどひとつも示していなかった。「街に来たばかりなんですよ。わたくしがしばらく滞在できるほどの屋敷を孫が持っていたのでね」

アナ・マリアはナッシュをそっと見やった。固い表情はいつものことだが、顎がこわばっている。

つまり、この祖母が、彼にこの装いをさせてここに連れてくることに成功したわけだ。しかし、その祖母でも不可能を可能には、つまり、苛立っている寡黙なナッシュを別な人物に変えることまではできていない。

彼をただの一貴族として考えるのはやはり無理だった。彼の表情や姿勢のかすかな動きから、心の叫びが痛いほど感じられたから。ぼくはここにいたくない。これ以上いたら、なにかを殴りつけるかもしれない。

しかし、彼はそうせずに、何年も彼を知っているアナ・マリアが想像もしなかったことをした。

「レディ・アナ・マリア、踊っていただけますか?」

3

「レディ・アナ・マリア、踊っていただけますか?」

そう申しでるのが正しいことだとナッシュはわかっていた。彼女はまだ社交界での知り合いがほとんどいないし、だからと言って、踊らずにただ立っている姿を人々に見られるのはいたたまれないだろうと思ったからだ。

しかし、数分前まで彼女を親友の姉ではなく、ひとりの魅力的な女性であるかのように眺めていた身として気まずさは甚だしい。

踊るというのは触れることだ。そして彼女に触れるというのはつまり――彼女に触れることだ。この女性はアナ・マリアだ。母が出ていった衝撃に打ちひしがれ、頼れる人々を必要とした時から知っている。あの時セバスチャンとサディアス、すなわちセブとサッドがいて、その延長で彼女もいた。ただし、彼女には大して注意を払わず、それはその時も最近も変わらず、ずっと妹のように思っていた。

だが、今の思いはきょうだいという概念とはかけ離れている。そのせいで悪いことをしているように感じている。もしセブとサッドが知ったらどう思うかを考えればなおさらだ。

彼らが知ることはない。アナ・マリアが知ることはない。

アナ・マリアを見た衝撃のせいで、ナッシュはいまだ息ができなかった。ネクタイのせいにはできない。彼女だ。間近で見ると、そのドレスは透き通るような美しい生地で作られていた。服の素材にするなど思いもよらない生地だが、ろうそくの光で見事にきらめいて胸の柔らかな膨らみを金色に輝かせ、ドレスの形とあいまって贅沢な光景を醸している。

ウエストで絞ったあとはふんわり広がり、丸みを帯びた腰を覆っている。それはまさに女性らしい腰だった。抱かれるための腰——だめだ、こんなことを考えてはいけない。一瞬でもだめだ。

「ぜひ踊りたいですわ、ありがとう」

困惑と不快感と激しい切望の霧のはるか遠くから、彼女の声が聞こえてきた。

「すばらしい」祖母が言っている。

「すばらしい」サディアスも同じことを言うが、先々代の公爵夫人ほど確信を持っているようには聞こえない。パーティやダンスもろもろに対するナッシュの意見も、彼がなにかと喧嘩っ早いのもよく知っているからだ。

ただし、正当な理由のある喧嘩だけだ。ここに、そうした組織犯罪があるとはさすがに思えない。

アナ・マリアのほうに手を伸ばした。彼女が手を持ちあげ、彼の差しだした手にそっと指を置いた。手が震えているように見えるのは想像だろうか？

彼女が手袋を嵌めていなければ、その肌触りを感じることができるのにとナッシュは思った。いや、手袋を嵌めているおかげで肌の感触がわからなくてよかった。そういうことだ。

ふたりがダンスフロアに向けて歩きだした時、演奏者たちがふたたび音楽を奏で始めた。

ワルツだ。もちろんそうだろう。

彼は片手をアナ・マリアのウエストに当てた。そのすぐ下に腰があるのを強く意識してしまう。上には胸がある。彼女が片手を滑らせて彼の肩に置き、かすかにほほえんだ。

「なんだ？」

「あなたの背が高くて、少し背伸びをしないといと思っただけ」

彼は返事の代わりにうなった。

音楽に合わせて動き始める。ダンスのステップを思いだそうとする一方で、彼女の足を踏まないように努力する。経験としては、くるくる回るステップよりも殴打から身をかわすほうがはるかに多い。

ふたりは黙って踊った。彼女の顔をじっと見つめ続けたのは、さらに低く、ろうそくの光で金色に輝く部分に向けて視線が滑りおりていかないためだ。

「わたしたち、以前に踊っているはずだったわ」

「なに？」ナッシュはそばで踊っていた別な一組にぶつかり、そちらの紳士をにらみつけたところだった。その紳士が慌てて相手を誘導し、ナッシュにぶつからない場所に遠ざかる。

「わたしのパーティで踊るはずだったわ。もちろん、歳が過ぎていたから、社交界お目見えのパーティではなかったけれど」――そう言いながら、悲しそうに小さく笑う――「でも、サディアスがパーティを開いてくれて――そのあと……」言葉が小さくなり、しまいに消えた。

「すべてが起こった時だ」ナッシュは補った。まるでその言葉があいまいな描写でなく、実際的な助けになるかのように。

「ええ」彼女はほほえんだ。どうやら、実際に彼の言葉が助けになったらしい。殴るのと同じくらい言葉を使うのも簡単であればとナッシュは思った。それなら、話し続けられるだろうに。あるいは口火を切ることもできる。だれかに話しかけられたからではなく、彼自身の意志で。

「でも、その時セバスチャンが……」アナ・マリアが肩をすくめた。

「うむ」ナッシュはうなずいた。

アナ・マリアの腹違いの弟セバスチャンが舞踏会場で紳士に一発食らわせた。セブやサッドでなく、ナッシュがやるかもしれないと三人全員が予期していたことだ。

「だから、これがわたしたちの初めてのダンスね」アナ・マリアが輝くような笑みを浮かべた。その笑顔にナッシュは危うくよろめきそうになった。そうなったら間違いなく、複数の人間の足がぺしゃんこになっただろう。

「うむ」彼はまたうなずいた。

彼女の笑みが薄れるのを見て、理由がなんにせよ、そうさせた自分に向かってうなりたくなった。自分はアナ・マリアが失望しないように守らねばならない。その原因になるのではなく。

だが、実際はどうでもいいことだ。どうでもいいことであるべきだ。この女性は彼の親友の姉。それはつまり、この女性を大事に思いすぎている――彼が自分の世界の数少ない人々だけを猛烈に大切にするせいだが――というだけでなく、彼女の庇護者以外の存在になることを自分に許してはならないという意味だ。

「あのパーティを開いてほしかったのか？」

会話の出だしとしてはいまひとつだ。第一に、これはイエスかノーで答えさせる質問。そんな質問にノーと答える人などいないだろう。

「お元気ですか？」「元気です」といった、ほかの人々が使うのを聞いて、いつもうんざりしているのと同種のくだらない言葉だ。

無意味。なにか言うつもりがないのに話すことになんの意味がある？　なにかするほうがまだましだ。

「ええ」

そうだろう。彼が予想した通り。

「でも、セバスチャンの主催だったらよかったわ。サディアスがいやというわけではないけれど」いつものように直立不動の姿勢で立っているサディアスを示した。「でも、そもそもそのパーティに出たのは、セバスチャンに説得されたからですもの」

「きみは——きみはパーティが嫌だったのか？」

レディは全員、パーティを好きだと思っていた。

アナ・マリアが首を振った。「とくに好きではないわ。注目されたくないの」

それなら、自分たちはその点が共通している。

「そうね、開いてもらった時はたしかにほっとしたけれど」——アナ・マリアは彼の肩に載せていた指を持ちあげ、小さく振った。「社交界に出たいと心から願っていたとは言えないわ」ちらりと下をみる。頬がピンク色に染まった。「でも、このドレスは好きよ」

同感だ。彼もとても気に入っていた。きらきら光る銀の布が、輝く金色の肌を包みこんでいる。

くそっ、こういうことを考えてはいけない。ナッシュは、自分の今の思いが向いた先を示さない言葉を必死に探した。

「なにをしたいと願っていたんだ？」

アナ・マリアの視線がぱっと彼に戻った。目を見開いている様子は明らかに驚いたらしい。どうやら驚くのもふたりの共通点らしい。ナッシュ自身も、彼女に気を逸らされながら、ひとつでも意味のある質問をできたことに我ながら驚きを覚えていたから。

その時彼女の唇が曲がってかすかな笑みとなるのを見て、ナッシュは自分が質問の答えを心から聞きたいと願っていることに気づいた。

なにをしたいと願っていたんだ？

彼のその言葉に、たくさんの思いがアナ・マリアの心にあふれだした。風車のようにくるくる回りながら次々と現れる。〝歩く矛盾〟にふさわしく、それぞれがまったく逆の考えだったりする。

学びや旅のこと、家にいることとやすべてを改装すること。ドレス全部を着たり、ひと晩中踊ったりすることとや、田舎に行って野原を歩きまわって牛たちと交流すること。目的を見つけることと目標を持たないこと。

「ええと――」少し経って、アナ・マリアは口を開いた。

「気にしないでいい、ばかげた質問だった」後悔の口調だったが、待って、彼はなにか後悔することなどあるのかしら？　うなり屋のナッシュが？　自分の大きな体格をあらゆるところで印象づけると決めているかのように人生を闊歩してきた彼が？

彼のような人がなぜ後悔などするだろう？　うなり屋でなく、巨体でもない残りの人間は、どんな希望を持てばいいのだろう？

そうよ、自分には答えられるはずだ。自分の目的を見つけるという決意のもと、前に進もうとしているのだから。自分が心から望んでいることを。

「ばかげていないわ――」アナ・マリアは言い始めたが、そこで音楽が止んで言葉を切ったため、口から出た言葉だけが人々の海の中にぽっかりと浮かんだ。周囲の声がうるさかったのが幸いしたが、自分の耳に聞こえただけでもたじろぐには充分だった。

やめなさい。困惑するのもたじろぐのも。なれるはずの自分を、なろうとしている自分を否定することもやめなさい。

「一分待とう」彼の言葉というか、彼の命令に、アナ・マリアは凍りついた。一方で、ウエストにはまだ彼の手が当てられていて、そこは燃えているように感じる。

氷と炎。

ぬるい水たまりになってしまいそう。

「なんなの？」アナ・マリアは訊ねた。

「きみが踏みつけられないように」彼が首を傾げ、人の波がいっせいにダンスフロアを離れ、別な人々が場所を取ろうと先を争ってなだれこむ様子を示した。ひとりの紳士がアナ・マリアにぶつかると、彼はうなった。

アナ・マリアは紳士のぎょっとした表情を見て、くすくす笑いを抑えこんだ。

「踊ってくださってありがとう、ついに」アナ・マリアは言った。彼と目が合い、息が止まりそうになる。

彼の目は濃い茶色だ。それは最初に会った時から知っているが、それでも、マホガニー色の底知れぬ深さとその強い輝きに、初めてのぞきこんだような感覚を覚えた。

一緒に踊る初めてのダンス。初めて実感した彼のまなざしの強烈さ。

でも、実際は違う。その強い感覚は先ほどすでに感じていた。彼の視線が顔から首筋を通り、胸からさらに低く、しまいに足先までおりた時に。

彼に見つめられるたびに、まるで彼のまなざしが点火したかのように、火花が全身を駆け抜ける。

炎。

思わず乾いた唇を舐めると、彼がまた喉の奥で低くうなった。彼が発するのを幾度となく聞いている音だが、それを聞いてこんなふうに下腹の奥深くでなにか反応が起きたのはこれが初めてだった。そもそも、そんな感覚を感じたのも初めてだけれど。

踊り手たちが——離れた人たちも入ってきた人たちも——場所を見つけたので、周囲には人がいなくなった。ためらう理由はもうないはずだが、それでも彼は動かなかった。

なぜ移動しないのだろう？

「きみをサッドのところに連れて戻る」

なぜ彼が動かないなんて思ったのだろう？　そこに立って、同時に凍てつき、燃えあがっているだけで心から幸せだったのに。

でも、彼はもう歩いていた。歩いているという言葉をはるかに超えているけれど。

〝自信に満ちた捕食者の歩き〟を表す言葉があるのなら、いまここで思いつけばちょうどいいのにとアナ・マリアは思った。なぜなら、それこそ彼がやっていることだったから。アナ・マリアをそばに伴い、片腕で彼女の腕を抱え、すべての動きが目的と決意に満ちている。

きみをサッドのところに連れて戻る。

そしてそれこそ彼が正確に、完璧に、そして効率的にやっていることだった。

彼がもう少し一緒に過ごしたいと思ってくれるかもしれないなんて期待すべきではなかった。しかも残念なことに、矛盾のかたまりであるアナ・マリアは、もう少し一緒に過ごすことを彼が望んでくれればと願っている。そう望むべきでない理由は数え切れないほどあるけれど。

いまの状況すべてが、自分の目的を見つけだす必要がある、しかも早急にと言っている。願うことと願わないこと、望むことと望まないことのあいだをぐるぐる回っていても、願いや望みが自分をどこかに連れていくわけではない。というより、どこにも到達させてくれない。

明日。明日の朝起きたら、自分が心から望んでいることを見つけにいこう。人ではない。地位でもない。それは、いま自分がいるこの煉獄、もちろん、そこで美しいドレスを着ているわけだが、この煉獄を抜けだして到達できる目的地。

アナ・マリアはそう思って小さくほほえんだ。

4

「ぼくが送った花を受け取ってくれましたね、レディ・アナ・マリア」

ブランリー卿は感じがよいと思う。歯並びもよく、外見も一般的にはハンサムと言える。それが望んでいることならば。

それが自分の望んでいることでないと、アナ・マリアはかなりはっきり確信していた。レディたちが集う客間で調査をすれば、ほかのレディたちの期待していることが正確にわかるだろう。いいえ、期待ではなく心から望んでいること。なにが――あるいはだれが、彼女たちのゴールなの？

それがわかれば、もしかしたらアナ・マリアも自身のゴールを見つけられるかもしれない。

「ああ、ええ。ありがとうございました、閣下」自分のためらいが長過ぎたことに気づき、アナ・マリアは急いで答えた。

ブランリー卿が満足げな笑みを浮かべる。「父である伯爵は通年で温室を維持している。適切な温度のおかげで、必要な時にいつでも満開の花があるんですよ。一年じゅう必要だから」

まあ、そうね、温室というのはそのためのものでしょう。一年じゅう花を手に入れられるため。

そう思い、アナ・マリアは彼の特性の項目にまあまあ知的、でも非常にではないとつけ加えた。

「それは素敵」小さくつぶやいて返事をする。音楽の音量が大きいおかげで、彼にはアナ・マリアの言葉は聞こえないはずだが、口の動きは見えるだろう。それで充分であってほしい。

たしかにすべてがまあまあいい感じである。ただ自分が、ほほえむことにも、礼儀正しい会話をすることにも、すばらしいひとときを過ごしたとサディアスに請け合うことにも飽き飽きしているだけだ。

ブランリー卿は申し分ない。間違いなく申し分ない。

でも、自分が望んでいるのはそれ以上のこと。自分が決めたゴールがなんであろうと、これでないことはわかっている。

「踊るのをやめてもかまわないですか?」ブランリー卿が言い、口を曲げて温かな笑みを浮かべた。氷も炎も起こさないほほえみ。

なまぬるいほほえみ。

アナ・マリアは心が痛み、申しわけない気持ちになった。この紳士が悪いわけではない。ただこれを自分が望んでいないだけ。

「もちろんですわ、閣下」アナ・マリアは答えた。

彼がアナ・マリアをうながしてダンスフロアを離れた。ナッシュとは違って非常に遅い歩みで、それがさらにアナ・マリアをいらだたせた。早くても自分はついていけるし、無用な気遣いをするのではなく、一人前の人間として扱ってほしい。

彼はアナ・マリアを飲み物の置かれたテーブルに連れていき、また愛想よくほほえみかけた。「なにか飲みますか?」

アナ・マリアはうなずいた。「ええ、お願いします」

自分でアナ・マリアにグラスを取る代わりに、彼は通りがかった従僕に合図をして、パンチボウルを差し示した。

グラスにパンチを注ぐなど、高貴な自分がすることではないということ?

アナ・マリアはいまや本気で苛立っていた。そこまで紳士気取りならば、自分で簡単にできることもすべて使用人にやらせるわけで、その事実が彼のすべてを物語っている。それが魅力的とは到底思えない。

馬車からおりる人に手を貸したり、帽子についた羽根をつまみ取ったりするような簡単なことはもちろん、仕えている貴族よりもはるかに露骨な話をする使用人たちの中で、人生のほとんどを過ごしてきたアナ・マリアがたくさん聞かされた事柄はどうだろう?

夫婦のあいだで起こることは?

さすがに彼がその義務まで従僕に押しつけると疑っているわけではないが、熱心であるとは思えない。それがどんな気分のものか知らないし、自分が楽しめるかどうかもわからないが、未来の配偶者にはその部分でも熱意を持ってほしい。

「ありがとう」従僕にグラスを手渡され、アナ・マリアは礼を言った。ブランリー卿に言ったのか、従僕に言ったのか自分でもわからない。

「どこかに坐りましょう。あなたは火照っているようだ」

アナ・マリアは眉根を寄せた。自分は火照っているように感じていない。ナッシュとワルツを踊っていた時のような熱さも凍えも感じていないことはたしかだし、さらに言えば、レディの見かけについて、貶めると受け取られる可能性があることを言及するのは、明らかに礼儀に反している。

しかし、アナ・マリアは議論に慣れていないので、なされるがまま、彼が腕を取り、アナ・マリアがほぼ口をつけていなかったパンチのグラスを従者の盆に戻し、舞踏会場の隅にある小さな客間に連れていくのに黙って従った。

客間は趣味よく装飾されており、アナ・マリアは壁に掛けられた絹布の使い方や、絵画に注目を集めるために一緒に結びつけた花飾りに感銘を受けた。さまざまな情景が描かれた絵画が、色調や色幅を同じにすることで調和を醸している。称賛をこめてうなずいていたせいで、たいていのレディが、夫や婚約者でない紳士と客間に入った時にすぐに気にすることに気づくのが遅くなった。

「ここはどなたもいませんね、閣下。戻らないといけません。従兄弟が今頃探しているはずですわ」

ブランリー卿がまたほほえんだ。同じ穏やかな笑みを浮かべ、ふたりの背後で扉を閉める。

もしもアナ・マリアが〝ほとんどのレディたち〟のひとりであれば、このあとになにが起こるかについて、すなわち、彼がだれもいない部屋にアナ・マリアを連れてきて、なにをしようとしているかについて不安を覚えたかもしれない。

しかし、かつての雑用係アナ・マリアは不愉快に感じただけだ。むしろ今回は自分が怒りっぽいというより、実際に怒る理由がある分、憤りも苛立ちもはるかに強かった。

「わたしは、従兄弟のハスフォード公爵の元に戻りたいです」今回はもっと強い口調で繰り返した。

「ぼくは自分の言い分を述べたいんですよ」彼が扉の鍵をまわして意図を明確にした。

アナ・マリアは胸の前で腕組みすると同時に足で床を叩いた。「なんの言い分？　あなたが言いたいことがあるなんて、想像もできません」あとの部分はより辛辣な口調で言い、あえて呆れ果てた表情をしてみせた。実際には、彼がなにを言おうとしているかわかっているからだ。花束を届け、つまらないダンスであったとしても、一緒に踊った。その親切な行為だけで、アナ・マリアの巨額の持参金はさておいても、結婚を申しこんで当然と見なされる。

最悪。アナ・マリアは首を振った。

「そんなすぐにノーと言わないでください」アナ・マリアの身振りを誤解して、ブランリー卿が言った。アナ・マリアの腕を取り、ソファに連れていって坐るように示す。

アナ・マリアは坐った。答えを考えるにはむしろ好都合だろう。

坐った左側に小さな暖炉があり、ブラシやシャベルや火箸や、なにより重要な火かき棒が、手を伸ばせば取れる場所にある。

すばらしい。

左手には小テーブルもあり、デカンタが置いてある。中になんの飲み物が入っているかわからないが、半ばまで入っているし、デカンタそのものも繊細ではなく、頑丈なガラスでできているように見える。

「ご存じと思うが、あなたのことは長年敬愛してきたのですよ」ブランリー卿が言い、絨毯に片膝をついた。

「そんなことは存じません」

その返事は予期していなかったらしく、卿が目をぱちくりさせた。

「そして、心からの願いはぼくの手を取って、ぼくの妻になると同意してくれることです」

「ありがとうございます。ご親切な申し出は感謝しますが、お互いにふさわしい相手とは思いません」

彼が膝をついたまま、アナ・マリアのスカートをつかんだ。「では、別なやり方であなたを説得することを許可してくれないと、最愛のアナ・マリア」

そしてつかんだスカートを引き寄せたので、アナ・マリアは少し前のめりになったが、すぐに姿勢を立て直した。

「いいえ、閣下、だめです」

「だめという意味で言っているわけではないでしょう」彼はそう言いながら、自分ではおそらく魅力的と信じている笑みでほほえみかけた。

「だめという意味で言っています」アナ・マリアは言い、スカートをぐいと引いて彼の手からもぎ取り、立ちあがった。彼が目を見開き、膝をついた格好から急いで立ちあがる。

「あなたはそんなことは言わないはず――」

紳士がなれなれしくした時にすべきことについて、子ども時代に女性の使用人たちから学んだことを、現在の環境で試す機会がなかったが、どうやら無駄でなかったらしい。

「あなたはそんなことを言うはずが――」彼が繰り返した。「そんなことは言ったら、ぼくとふたりきりでいたということになり、その醜聞のせいでどちらにしろ、ぼくと結婚することになる」懇願するように両手を前に伸ばす。「そんな暴力的なやり方は省いて、いまこの取引に合意するんだ。ぼくはまあまあいい夫になる、約束する」

彼の言葉を聞いて、アナ・マリアは鼻筋に皺を寄せた。まあまあいい夫など望んでいない。それどころかその対極を望んでいる。嫌になるほど不快で、一緒に暮らすのが耐えられないほど強い情熱と感情の持ち主。

まさに歩く矛盾だ。

「脅迫には応じません」アナ・マリアは答えた。火かき棒を使って、ふたりが入ってきた戸口を身振りで示す。「鍵を開けて、静かに出ていきなさい。わたしはあとから行きます。ここであったことをだれかが知る必要はありません。でも、わたしはあなたと結婚しません」

ところが引き下がる代わりに、彼はアナ・マリアのほうに踏みだした。脅されて結婚する気など毛頭ないのだから、ここはもっと極端な方法を取る必要がありそうだ。アナ・マリアが火かき棒を大きく振りあげると、彼は驚いて口をぽかんと開けた。このまま続けるつもりなら、もっと驚くことがあるわよ、アナ・マリアは思った。彼はアナ・マリアの武器を奪おうと手を伸ばしたが、蹴つまずいて、ソファと液体入りデカンタが置かれた小テーブルに倒れこみ、デカンタが耳をつんざくような音を立てて粉々に砕けてブランデー――いまは色も見えて匂いも嗅げて、間違いなくブランデーだとわかる――がふたりに飛び散った。アナ・マリアの美しい銀色のドレスのスカートに染みがつき、顔にまでかかった。

彼は床からアナ・マリアを見あげる。感じよいハンサムな顔もブランデーで濡れて、その光景にアナ・マリアは笑いださずにはいられなかった。

その反応に彼は顔をしかめ、もがきながら立ちあがり、彼としては脅すつもりの態度でこちらに向かってきた。

アナ・マリアはまだ火かき棒を持っていたから、その先を低くして彼の胴着の上側に引っかけ、そのまま扉のほうに押しやった。「ノーです」

彼がふたたび議論するかのように口を開いたが、アナ・マリアはきっぱりと首を振った。「ノー」さらに大きい声で言う。

彼が口を閉じた。くるりと向きを変えて戸口のほうに歩きだしたが、その時勢いよく扉が開いたために、またよろめきながら後ずさりすることになった。戸口にいたのは、上品で完璧な装いのナッシュだった。両手を握りしめ、顔に恐ろしい表情を浮かべている。

「ナッシュ、大丈夫よ」アナ・マリアは言った。「わたしがもう解決したから」片手をあげて彼を止めようとしたが無駄だった。

ナッシュはいつもすることをした。

舞踏会場はおそらくは美しいであろう女性たちであふれていて、その多くが〝危険な公爵〟に魅了されているらしいが、ナッシュ自身はどういうわけか、彼女を見るのをやめられなかった。ほほえみを絶やさない金髪の女性――レディ・フェリシティだったか――と踊り、その女性が彼をテラスに誘いだそうとする試みをうまく回避しながらも、片目は彼女から離れなかった。

テラスでの戯れについてはよくわかっているが、自分は参加したことはない。

彼女がさまざまな相手と踊るのを眺め、彼女の笑みをいちいち心に留め、彼女が楽しんでいる様子を見守った。彼女の踊りの相手がそれほど多くいることにナッシュは驚き、驚く自分に少し苛立ちを感じていた。先ほどダンスを申しこんだのは、彼女がだれも知らないと思ったからだ。それにもかかわらず、彼女はここにすっかり溶けこみ、彼が会ったことも覚えていない人々と踊ったりほほえんだりしている。

ふん。

彼と踊った時も、同じように楽しんでいたのだろうか？

彼女が幸せそうなのは、音楽の調べや踊りのリズムのためか、それとも踊っている相手のせいか？

なぜ自分にそれがわからない？　なぜ彼女のことをもっと知らないのだ？　もちろん彼女のことは知っている。ずっと知っているように感じているが、彼女についてはなにを知っている？

そう考えて、ナッシュは顔をしかめた。彼女が異母弟のセバスチャンを大切に思っていることは知っている。その愛情は彼ら全員に共通しているが、もちろんナッシュもセバスチャンも相手にわざわざ言うことはない。

彼女がいつも快活であることも知っている。セバスチャンの母で、彼女にとっては継母である公爵夫人からどんなにいびられてもそれは変わらなかった。ナッシュは故公爵夫人――亡くなっていい厄介払いだとナッシュは苦々しく思った――がアナ・マリアを呼びつけ、みんなの前で叱りつけるのに何度も居合わせた。

継母が継娘について思ったことをそのままぶつけるあいだも、アナ・マリアはいつもの優しい笑みをかすかに浮かべて耐えていた。

ナッシュだったら、ずっと前に暴力に訴えていただろう。

もちろん、ナッシュはそうだが、アナ・マリアはそういう人ではない。

それ以外には？　アナ・マリアのことはほかになにも知らない。

突然ダンスと音楽と紳士のパートナーたちが好きになったらしいこと以外には。

知らないことに苛立っている。

もっと苛立ちを覚えたのは、彼女がどこかの卑劣漢に飲み物のテーブルに案内されるのを見た時だ。男のいい気になっている様子がナッシュには気に入らなかった。その同じ卑劣漢、おそらくは自分の考えなどひとつも持たないどこかの貴族の息子だろうが、そいつが彼女をほかの部屋にいざない、扉を抜けて彼女が見えなくなったことで、ナッシュの苛立ちは頂点に達した。

目を細め、人々を見まわしてサディアスを探す。彼女の付添役なのだから、同じように彼女を見守っているはずだ。ナッシュに、彼女のことをなにも知らない彼に任せないで。

しかし、当の友人は舞踏会室のはるか向こうの端にいて、片手でどこかの軍人の肩をつかみ、その男の顔から目を離さずに熱心に話している。ほかはいっさい見ていない。

くそっ、サッドのやつ。

ナッシュは深く息を吸うと、彼女が入っていった部屋に向かって歩きだした。祖母の鋭い呼びかけを無視し、彼と話したいらしいが、彼がうなり声で答えるとすぐに賢明にも後ずさりをする人々も無視する。

部屋の中でなにか砕ける音が聞こえたので、歩調を速めて数秒後には戸口に到達した。彼女が彼の侵入を歓迎しない可能性が脳裏をよぎり、一瞬ためらう。実際に彼女のことは知らないのだから、この状況を望んでいるかどうかもわからない。だが、許可を請うよりは、責められてもあとから許しを求めるほうがいいと決意する。

取っ手をまわしたが、なにも起こらない。鍵がかかっている。

その時命令口調で拒否している彼女の声が聞こえたので、木の扉に肩を当てて強く押すと、なにかが割れて壊れる音がして、扉が開いた。

状況――彼女が男に向かって火かき棒を振りあげ、男はけんか腰の表情を浮かべて、火かき棒のとがった先をつかみ、胸からどかそうとしている――を理解するまでに数秒かかった。

彼女がちらりと目をあげ、彼と視線を合わせた。彼の予想通り、怯えている様子はまったくなく、むしろ、怒っているらしい。男が彼女の足を踏んだか、彼女のドレスをけなしたかのようだ。まさか、この部屋に彼とふたりきりで閉じこめられて、暖炉用の道具で反撃するのが唯一の選択肢だったのか。

ナッシュの感情は、怒りに道理がある場合に爆発する段階に進んだ。この明らかに紳士ではない紳士を殴り倒し、この窮地を救う。

「ナッシュ、大丈夫よ」彼女が苛立った声で言う。「わたしがもう解決したから」

だが、彼は彼女を無視し、貴族の顔に接触したくてはやっている両拳を握りしめてさらに前進した。彼女と踊っていて、その肌に指を触れたかった時と同じくらい手がうずうずしている。

だが、その思いはどこから来ている？　普段、正義の怒りにかられている時は、ほかのことを考える余地はないはずだ。

バシッ。彼の片方の拳が男の顎に入ると、男は後ろに跳ね飛ばされ、絨毯に仰向けに横たわった。絨毯のせいか着地音は柔らかく、満足感を得られるものではない。先日壊した椅子と同じような音だが、あの椅子と違ってこの悪党は殴られて当然だ。

「まあ、なんてことをしたの！」彼女が火かき棒を落とし、気絶した男の元に駆け寄った。悪党に実際に触れて、よじれたネクタイを緩めようとしている。

「なんだと？　状況に対処しただけだ」

そのための怒りではないか？　正義をすみやかに行使すること。その怒りが愛する人々に向かわないことを神はご存じだ。なにも役立たないのならば、自分が自分である意味がない。

「この人を殴ったじゃないの」

ナッシュは眉をひそめた。「もちろんそうだ。状況に対処した」

彼女が悪党のネクタイを緩めてはずし、男の顔をそっと拭き始めた。

ナッシュは彼女にほかの者の顔を拭いてほしくなかった。

男がうめき、頭を左右に動かしたあと、はっと目を開いた。「彼がぼくを殴った」驚いたことのように言うのを聞いて、ナッシュはあきれかえった。火かき棒を突きつけられていた当人なのだから、懲罰を受けて当然だろう。

「そうでしたね、閣下」彼女が男の上に身を乗りだし、彼の様子を眺める。

「ブランデーが欲しい」

「そんなもの必要ないと思うわ」彼女が辛辣な口調で言いながら立ちあがった。「だれかに頼んで、ここに来てもらいますね、閣下」ナッシュに歩み寄り、親指と人差し指で彼の襟の折り返しをつかんだ。「あなたはわたしと一緒に来て」

ナッシュは、せっかく助けたのに、アナ・マリアがこれほど怒っている理由をいぶかりながら、おとなしくあとについて部屋から出た。

それこそ彼がいつもしていることだ。人々を助ける。そして、たいていの場合、人々を助けることは、ほかの人々を絨毯に横たわらせるか、路上で打ちのめすか、不本意ながら、警察に連れていくことを意味する。

しかし、彼女は望んでいなかったらしい。では、いったいなにを望んでいるのだろうと、ナッシュは思った。

5

自分がこんなに矛盾していなければいいのにとアナ・マリアは願った。

でも、それがいつものわたしでしょう？　歩く矛盾《コンフリクテッド・オクシモロン》のかたまり、レディ・アナ・マリア・ダットン。

称号として使うには冗長すぎるけれど、それはどうでもいい。

アナ・マリアは上着をつかんでナッシュを扉の外に引っぱりだし、舞踏会室に戻った。

部屋の端をすばやく移動して、テラスに出る扉を目ざす。

「なるほど、テラスのたわむれか」彼がつぶやくのが聞こえた。

「なんですって？」ぎょっとして聞き返す。「いいえ、やっぱり答えなくていいわ」

テラスにはすでに何人か出ていたので、だれとも目が合わないように急いで向きを変え、弓のように曲がった先の、少しくぼんで、大きな鉢植えが置かれている場所に彼を連れていった。

見られても困るが、もっと重要なのは、話を聞かれないことだ。

そこまで来てようやく彼の襟を離したが、それでも、その襟を撫でおろさずにはいられなかった。なんでもきちんと整えなければならない習慣から、自分は一生逃れられないのだろうか？　アナ・マリアとあの仰向けに横たわった貴族が絶対に合わない組み合わせであるもうひとつの理由は、アナ・マリアがなにかを自分でやろうとするたびに彼が愕然とし、一方、彼がなにもできないことに彼女が愕然とするからだ。

どちらにしろ、これ以上、あの貴族について考えることに時間を費やしたくはない。いまの事態を正す必要があり、それをナッシュに理解できるかどうかやってみなければならない。

アナ・マリアは従僕を見つけると、目で合図して、ナッシュをつかんでいないほうの手で出てきた部屋を差し示した。「あの部屋に入って、そこにいる紳士の世話をしてくださる？」

アナ・マリアの言葉を聞き、ナッシュがふんと鼻を鳴らした。

「彼は助けを必要としているから」従僕はうなずき、ブランリー卿がおそらくまだうめいている部屋に向かった。

なすべきことを終えたところで、今度はナッシュに彼女の話を聞いてもらう必要がある。

「やめてちょうだい」ついに言った。

彼の目が、月光に照らされているかのように、暗く激しく輝いている。

「なにを？　窮地にある乙女を救出することか？」

アナ・マリアは首を横に振った。「わたしは乙女でもないし、窮地に陥ってもいないわ。わたしがもう解決したと言ったのが聞こえなかったの？」

「だが、ぼくのほうがずっと早く解決できる。得意なんだ」それが厳然たる事実であるかのように彼が言う。たしかにそうなのだろう。状況をすぐに処理する能力があることで彼は有名だが、多くの場合、それは鉄拳の行使を意味する。

「わたしは救出されたくないの」穏やかな口調でも、その真意を彼が聞き入れてくれるよう願った。

彼はなにも言わなかった。彼の息遣いが聞こえ、糊の利いた白いシャツの下で広い胸が上下しているのがわかる。でも、彼は話さない。その代わりに、手を伸ばし、アナ・マリアの手を取った。

手袋の上にかがみ、すばやくはずして指を握りしめる。彼の手はとても温かかった。そしてとても大きかった。衝撃が強すぎて、その手の感触を全身に感じるほどだった。

「踊っている時、これをはずしたかった」低い声で言われると、アナ・マリアの体に震えが走った。

この重大な一瞬を急いで通り過ぎようと口を開く。自分がどう感じているかを彼に知らせるわけにはいかない――彼はただ慰めようとしてくれているだけだ。慰めは必要ないけれど。「ドレスがブランデーまみれになってしまったの。顔にも少しかかったわ」なんでもいいから頭に浮かんだことを言っているのは、心の中で言っていることを口に出さないためだと自分でもわかっている。本当はこう言いたい。気遣ってくれてありがとう。自分で不完全だと痛いほど感じているけれど、そう決めつけないでくれてありがとう。

「どこに？」

顔を撫でるとブランデーでベタベタしているのがわかった。「ほとんどは頬だわ。あとは鼻に少し」

彼はアナ・マリアの顔に触れ、肌に指を滑らせて、べたつく箇所を発見するたびに拭い取った。

アナ・マリアの胸がきゅっと締めつけられる。「大丈夫よ。自分ですぐにできるから」

「ぼくがやる」彼がいつもの断定的な言い方で言う。

「しーっ」アナ・マリアは人差し指を彼の唇に当てた。驚くほど柔らかい。はっと息を呑み、熱かったかのように指を離した。火傷したかのように。

「ぼくは謝らない」彼がもう少し強い口調で言う。「彼は殴られて当然だ。きみが殴るにしてもぼくが殴るにしても」

アナ・マリアは驚いて身を引いた。「わたしは殴ったりしないわ」

「殴るべきだったんじゃないか」道理にかなった忠告をしているかのように言う。彼にとってはそうなのだろう。

「アナ・マリア！」

サディアスの大きい声が聞こえ、アナ・マリアは振り返った。なにも起こっていないが、それでも後ろめたく感じ、ナッシュの手から急いで指を引っこめた。

彼がわたしに触れた。肌に。頰に。鼻に。指に。わたしも彼に触れた。彼の肌。手のひら。唇。

だから、どうか、なにも起こらなかったふりはしないで。彼はなにもなかったと思いたくても。

アナ・マリアは木の下から出て、無意識に肩を張った。

「そこにいたのか」サディアスが言い、ナッシュも出てきたのを見て目を狭めた。「きみもいたのか」非難の口調だ。

アナ・マリアは頰がかっと熱くなるのを感じた。どうかこれをなにかに変えないで。頭の中で懇願する。彼は友だちよ、わたしたちはみんな友だち。

「ナッシュ」

ナッシュは返事の代わりにうなずいた。当然だろう。寡黙なナッシュは両拳とうなずきと表情で話をする。

「馬車が待っている」

サディアスが腕を差しだし、アナ・マリアはそれを取りながら、ナッシュの腕だったらいいのにと願った。後ろをちらりと見やると、彼はまだそこに立っていた。幅広い大きな体はじっと動かない。表情は消え、目の輝きも閉じている。彼のそばに戻り、彼の心をこじ開け、彼を理解できるかどうか試したかったが、サディアスはその気配を感じたらしい。もう一方の手をアナ・マリアの手に置いてさらにしっかりと抱き寄せた。

「馬車だ、アナ・マリア」低い声で言う。「もう行かないと」

馬車の扉が閉まったとたん、サディアスが訊ねた。「なにがあった？」

わたしたち、手を握り、彼がわたしの顔についたブランデーを拭いてくれた。

「あのうすのろのブランリーとだ」

ああ、それね。

「なにも。あなたにもナッシュにも、そのことを心配してほしくないわ」

「ナッシュもそうしたのか？　そのことを心配した？」彼の非難めいた口調に、アナ・マリアはナッシュの名誉を守らなければならないような気持ちになった。

「彼は助けてくれようとしただけ」

サディアスがため息をついた。「つまり、暴力沙汰になったというわけか」

アナ・マリアは反論できなかったのでなにも言わなかった。

彼が身を乗りだし、両肘を膝に置いて両手を握りしめた。まったく彼らしくない気軽な姿勢だ。つまり、非常に深刻に違いない。

「ナッシュは——まあいい、気にしないでくれ」

なんなの。普段からサディアスの無口は好きではないが、いまはこれ以上ないほど嫌だった。

「重要なことは、ブランリー卿がぼくに、きみたちふたりが婚約したと告げたことだ」

しばし間を置く。「それは本当か？」

アナ・マリアの口が文字通りぽかんと開いた。

「もちろん違うわ！　彼は申しこみをしたけれど」――それに近いこと、つまり、だれもいない部屋にわたしを追いこんで脅迫してけれど――「でも、はっきり断りました」

それから、ナッシュがさらに力強く拒絶してくれた。

その思いに、心をほっこりさせるべきではない。窮地に追いこまれた乙女のように扱ったことについて彼を責めたのだから。でも、彼女を守ろうとしたあの強さに胸躍る要素があることは認めざるを得ない。

大昔の穴居人《けっきょじん》たちが相手を見つけられたのも当然だろう。毛皮だけを身につけたナッシュという思いつきはさらに魅力的だ。

「よかった」サディアスが納得したように言った。「きみは賢い女性だとわかっている、アナ・マリア。しかし、社交界では新参者だということも事実だ。ああいう一見魅力的な紳士たちの策略を見抜くことができないかもしれない」

アナ・マリアは首筋の毛が――そして眉毛も――憤りのあまり逆立つのを感じた。

「わたしが世間知らずすぎて、だれが誠実で、だれがわたしを利用しようとしているかわからないと言っているの？」

「いや――」サディアスが口ごもった。自分の発言に疑問を感じたらしい。いい徴候。

「あなたに心配してもらう必要はないわ。自分の面倒は自分で見られます。わたしは

――窮地に陥った乙女ではないから」彼女の激しい口調は、激しい感情から出たものだった。

男の人たちというのは、まったく。

「わかっている、もちろんわかっている。ただ知っておいてもらいたいだけだ。セバスチャンがぼくに――ぼくたちに、きみの面倒を見るように約束させたことを」

そう言われても、アナ・マリアの気持ちは収まらなかった。セバスチャンを最初の十八年くらい面倒を見たのはだれだというのか？　その時は無能ではなかったということ？

「アナ・マリア？」心配そうな声を聞いて、アナ・マリアは笑みを押し殺した。これこそ望んでいることだった。たしかにだれかに守ってほしい――保護は必要だが、自分で完璧にできることについて、だれかが手出ししない確証も欲しい。

これも矛盾だ。

「あなたがわたしに良かれと思ってくれていることはよくわかっているわ。ナッシュもそう。でも、わたしが自分の面倒は自分で見られることも理解してほしい」

「わかった。あのブランリーを従兄弟と呼ぶくらいなら、二度としゃべらないつもりだったからな」

彼の大仰な言い方にアナ・マリアは笑いだした。サディアスはアナ・マリアの知り合いの中でもっとも正直で率直な人だ。アナ・マリアのことを理解しているとは思えないけれど、なにかあったら躊躇なく守ってくれる。彼の家はアナ・マリアの家でもあると言い張り、お金にも寛容で、彼女がしたいようにする自由を与えてくれた。

「本当にありがとう」

「いや、まあそういうことだ」彼がばつが悪そうに言う。アナ・マリアはまた笑みを押し隠し、彼がまるで自分の感情に困惑しているように視線をそらす様子を見守った。


ナッシュはサディアスとアナ・マリアがテラスを離れたあと、また鉢植えの木の陰に戻った。通常でも光のあたるところよりも陰にいるほうがずっと好きだが、いまは通常ではない。もっとはるかに悪い。

手のひらの、彼女の指を持った部分がうずいている。その手を口に持っていき、彼女の肌から指にうつったブランデーのかすかな香りを嗅いだ。指を舐める。ねばつく甘さを舐める。

くそっ。彼女のことをこんなふうに考えるべきではない。彼女のほかのどこからブランデーを舐めて拭い取れるかなんて考えるべきではない。彼になにも感じさせない女性を見つけるはずで、すべてを感じさせてくれる可能性がある女性を発見するのではない。

可能性というのは、もしも彼女にそうさせたらということだ。

そうさせるつもりはない。

それはできない。守ると決めている人を絶対に傷つけないと自分に誓った。もし彼女が心の中まで入ってきたら傷つけることになる。〝おまえはわしと同じようになるぞ。あらゆる点で〟

「公爵！」

その号令は祖母から発せられたもので、祖母は戸口から外をのぞいていた。背後の舞踏会場から差す光が祖母の全身をかたどり、その光る輪郭を見ると、精神的にはともかく、身体的に祖母がどれほど虚弱かよく理解できた。

あのいまいましい杖を戸口からテラスに突きだしながら、困った表情を浮かべている。「ここです」ナッシュは声をかけ、木陰から扉のほうに出ていった。「出てこないほうがいいですよ。暗いですからね。転んだら困る」

「わたくしのことは心配しないで」祖母が言い返した。彼の知っているもうひとりのレディの言い方によく似ている。「あなたが室内で皆さんと話していないから、わざわざ探しに出てきたんですよ。そんなところでこそこそ隠れて何をしているんです？」

ナッシュは祖母の腕を取って体を回し、舞踏会室のほうを向かせた。「あなたのおっしゃった通りだ。隠れていたんです」

「ふん」祖母がぶつぶつ言う。「あなたが若いレディと関わることを拒否したら、次に進めないでしょう」

しかし、関わりはあった。もちろんそれを祖母に言うことはできない。言ったらすぐに合理的な結論に飛びつき、彼女への申しこみをさせたがるだろう。彼女のことが心から好きだから結婚できないと言っても、理解するはずがない。

関心が持てない女性をすぐに見つければ、祖母もすぐに彼の家から出ていく。見つけることに集中すべきだ。アナ・マリアのブランデーの味ではなく。

祖母はまだしゃべっていた。

「なに《ホワット》？」ナッシュは祖母の言葉を遮った。

祖母の杖が彼の足をどんと突いた。「〝なに〟ではなく、〝なんですか《バードン》〟ですよ。〝なに〟では、まるで平民みたい」

そうであればよかったと思うのは初めてではない。だれかに〝閣下〟と呼ばれた時はいつもだが、いまはその苛立ちを抑えなければならない。公爵でなければ、ほかのだれかというわけだが、その人物は自分よりさらに苛立ちを抑える能力が低いに違いない。

「わかりました。では、なんですか？　なんと言われましたか？」

祖母がふんと苛立ちの鼻息を立てる。「ここには適当な候補者があまりいないようだと言ったんです。マルヴァーン公爵夫人には、家系も教育も作法も容姿も申し分のない方が必要ですからね」

それで、そんな完璧の鑑《かがみ》の女性がぼくとの結婚に同意すると、どうして思えるんですかという質問を呑みこむ。たしかに自分は公爵だが、同時に無口で渋面、社交界の虚飾になんの関心もない男だ。そんなすばらしい女性ならば彼が恋に落ちる危険があって、そうであってはならないのは言うまでもない。

ブランデーを嫌悪し、礼儀正しい会話が好きで、紳士は常に紳士らしくすることにこだわるレディを見つけられるかもしれない。それこそ理想的な相手だ。

「わたくしが貴族名鑑《デブレット》を見直しましょう。一覧にしますからね」

その約束は脅迫だった。彼の未来が、首に巻いたいまいましいクラヴァットのように彼をきつく締めつける。

ナッシュは怒りすべてを呑みこんだ。いつもそうしている。正義のための実力行使を除いて。抑制を失った時もだ。あのなにも悪くない椅子のように。「わかりました」こわばった声で答える。

「あなたはすぐに結婚して子どもを持たねばなりません」祖母が断定する。

ナッシュはうなった。

いますぐになにかを殴る必要がある。殴られて当然のなにかかだれか。

あるいは、異母弟であり、従者で親友でもあるファイナンか。


「なぜそんなかったるい拳でおれを打つ代わりに、結婚を拒否するとお祖母さまに言わないんだ？」

ナッシュは頭を振った。後悔先に立たずだ。

ふたりはナッシュのボクシング練習室にいた。客用寝室だった部屋だが、ナッシュはセバスチャンとサディアス以外だれも招待しないので、その部屋を有効活用することに決めた。家具を運びだし、絨毯を取り払って、壁から絵画をはずした。足音を消すために特別な床材を入れ、殴打の音が響かないように壁の詰め物も増やした。

家具はほんのいくつかしか置いていない。拳に巻く布をしまっておく引きだし、水差しとグラスをいくつか置ける頑丈な小テーブル、そして、練習中に休息が必要になった時のために、対でもなんでもない椅子がふたつ。

ナッシュは自分がなにを望んでいるかをファイナンに言う必要さえなかった。従者はナッシュの顔を見るやいなや坐っていた椅子から立ちあがり、自分の部屋に着替えに行った。ナッシュも自室に戻ってさっさと夜会服を脱いだ。引きちぎったクラヴァットはとくに軽蔑の目を向けて床に落とし、わざと踏みつけた。

同じ衣装でまた出かけなければならないことはわかっていたが、少なくともこのばかげたクラヴァットだけは同じ目的に使うことはない。

「祖母に結婚しないと言えないのは、結婚、しなければ、ならないからだ」言葉を切って強調しながら、すばやいジャブを繰りだすが、ファイナンは軽く身をかわす。それこそ、ファイナンと打ち合うのがこれほど楽しい理由だ。ナッシュを負かす相手にこれまで出会ったことがないが、ファイナンはその到達点にもっとも近い。

実際、ふたりが出会ったのもそれだった。政治論争が発展したらしき不公平な喧嘩にたまたま出くわした時、ナッシュは三対一は正しい喧嘩ではないと判断した。しかし、三対二で、ふたりのうちひとりはナッシュでもうひとりがファイナンというのは、瞬く間の勝利を意味した。

「それはなぜだ？」ファイナンが身をよじって直撃をかわしながら訊ねる。

ナッシュはうなった。

「それじゃあ答えにならない」ファイナンが言う。息はわずかも乱れていない。残念。

ナッシュは過去についてこの友にかなり打ち明けていたが、そのファイナンでさえ全体像は知らない。ナッシュの後継ぎのことも告げていなかったから、いつもの無口を克服してちゃんと話さねばならない。

殴るほうがずっと好きだ。

ナッシュは口を開かずに、脳内で数々の思いが重なり、膨れて爆発しそうに感じるまで打ち合いを継続した。唯一、実際に話したくなる瞬間を、話さないほうが別な選択肢よりも苦痛となる瞬間を待つ。

「おしまいにしよう」ようやく言い、ファイナンが持ちあげた両拳から身を引いた。

「坐ろう。話すよ」

「まったく時間がかかるやつだな」ファイナンがぶつぶつ言った。髪が汗に濡れ、シャツが肌に貼りついている。

ナッシュは両手に巻いた布をすばやくほどき、そのために置いてあるかごの中に落とした。そして、びしょぬれになったシャツを頭から脱ぎ、その布の上に放った。

それから水差しをつかみ、ふたつのグラスに注いでひとつをファイナンに渡してから、椅子の片方に坐った。ファイナンもナッシュと同じように布を外すと、グラスに口をつけてがぶがぶと飲み、空いている椅子を引いてナッシュのそばに坐った。「それで?」

「ううむ」

ファイナンは頭を振り、鼻を鳴らして苛立ちを示した。

「つまり、結婚するわけだ、ついに」ファイナンが首を傾げた。「だが、なぜすでに知っている女性と結婚しないいんだ?」

ファイナンの言葉にナッシュの胸が締めつけられたのは、すでに知っている未婚の女性はひとりしかいないからだ。公爵になってから三年、結婚問題を生じさせないために、とくに若い女性を避けてきた結果だ。

「レディ・アナ・マリアは感じがいい」ナッシュがなにも言わないのでファイナンが言う。まるでナッシュが唯一の未婚のレディを思いつけないかのようだ。

「だめだ」その言葉がナッシュの口から砲火のように飛びだした。

ファイナンの眉毛が髪の生え際まで持ちあがる。「理由があるようだな。容姿はひどくないから、それではないな」間があく。真実でない口実を必死に考える。ファイナンが理解できないと思うからでなく、自分が父と同じ弱さを見せるのを心底恐れている事実を、自分に対して、それを言うなら、だれに対しても絶対に認めたくないからだ。

同情は望まないし、身近な人間に、彼自身に潜在する暴力から彼を守ってもらうわけにもいかない。

「レディ・アナ・マリアはぼくにとって妹のような存在だ」この答えでファイナンが満足すればいいのだが。

「きみと血縁関係のない妹、美しく知的、しかも、きみのむっつり黙るところも好きらしい」ファイナンが指摘する。「そんな女性はまれだからね、きっと幸せになれる」

その言葉はナッシュの心をさらなる恐怖で震えあがらせた。幸せになれるということは、惨めにもなれる。怒ることも激怒することも爆発することも。その危険を冒すより、なにも気にしなくて済むほうがはるかにいい。

すべての人と——とりわけ妻と——離れて残りの人生を過ごすほうがいい。

「問題外だ」ナッシュは椅子から立ちあがった。

「きみは愚か者だよ」部屋から出ていく彼にファイナンが呼びかける。「しかも、おれが試合で勝った」

ナッシュは答えなかった。ひとりの男がひと晩に話せるのはこのくらいがせいぜいだ。

6

「きょうはピーチ色のドレスを着たいわ」アナ・マリアは言った。化粧台の前に坐り、髪を梳かしている。レディは自分の髪を自分で梳かしたりしないと、ジェインがいつも思いださせる。

でも、アナ・マリアは自分で梳かす。名目はレディかもしれないが、行動までレディにする必要がないことを思いだすもうひとつの方法だ。

ありがたいことに、とアナ・マリアは皮肉っぽく思った。

「あれはピーチ色というよりオレンジ色だと思いますけど」ジェインが答える。オレンジ色のドレスが嫌いなような言い方だ。

「何色でもかまわないわ。わたしがどのドレスのことを言っているかわかるのなら、出してこられるでしょう？　わたしが出してきてもいいわ」アナ・マリアは言い、椅子から立とうとした。

ジェインが手を伸ばす。「いいえ、いいえ、立たないで。あなたはそういうことをするはずではないのだから」

「つまり、着るドレスを自分で選んでもいけないということね」アナ・マリアは素っ気なく言った。

ジェインが洋服ダンスまで行き、ドレスを探し始めた。アナ・マリアは姿見に映る彼女を見守った。洋服ダンスは美しいドレスであふれそうになっていて、そのほとんどは新品だ。しかもどれも鮮やかな色合いで、ジェインが適切と思うような白ではない。たしかに、若い未婚女性には白が適切な色だとだれもが思っている。アナ・マリアだけが例外で、自分は自由で鮮やかで、鏡を見るたびにほほえんでしまうような色合いが好きだ。

セバスチャンの度重なる説得に屈したあと、アナ・マリアはその純粋な喜びに没頭することに決め、仕立屋や帽子屋や靴屋を訪問した。セバスチャンはその勘定を支払い、彼が去ったあとは、サディアスが同じようにした。彼女が自立していると感じるために、自由に使える手当が必要だと言い張ったが、細かいことが面倒だったに違いない。サディアスは面倒が嫌いだ。

「オレンジ色のドレスをどこにやりました?」

「あれはピーチ色よ」アナ・マリアはあきれ顔で言い直した。

ジェインがようやくそのドレスを持ってきた。皺にならないように高く掲げている。

期待した通りのドレスだったから、見ただけで自然に頬がほころんだ。

ひだ飾りが二段になっていて、片方がもう片方の上に半分まで重なっている。着たらケーキが歩いているようになるだろう。ピーチ色の布地は温かく生き生きした色合いで――絶対にオレンジ色じゃないわとアナ・マリアはつぶやいた――、さらにいくつか風変わりな飾りが加えられ、有閑階級のレディにとって完璧なドレスになっている。立っているか、優雅に歩くだけですばらしく美しく見える。

袖も何層にもなっていて、しかも仕立屋は昼間のドレスから舞踏会用のドレスにすばやく変えられるようにデザインした。

アナ・マリアは派手好きかもしれないが、少なくとも愚かな派手好きではない。実際家のレディというのは矛盾に思えるが、〝歩く矛盾〟である自分にはふさわしいと思っている。

「外出？　ええ、そうよ。ミス・オクタヴィアを生地屋に連れていくの。わたしの客間を生き生きとさせたような生地を自分で見つけたいんですって」

「あのミス・オクタヴィアは極端なのが好きなようですね」ジェインが警告の口調で言う。

「すばらしいじゃないの！　わたしは無難になりがちだから、無難と極端の中間点でちょうどいいかもしれないわ」

ジェインが呆れたようにため息をついた。

ドレスを着ると、ジェインがアナ・マリアの髪を結い、これまでやったことがない部分を巻き毛にしたほうがいいと勧めた。レディであるもうひとつの利点は、立ったまま両手を頭上にあげ、巻き毛をちょうどいい場所に垂らそうと奮闘しなくていいことだ。

レディになってもうひとつ、これまでと違うことがある。自分の一部が失われたように感じることだ。

その一部を見つけることを、〝実際家のレディ〟の使命のひとつとするべきかもしれない。

「おはようございます」アナ・マリアが馬車からおりると、待っていたオクタヴィアが晴れやかな笑顔で迎えた。オクタヴィアは〈ミス・アイヴィーズ〉というクラブの奥にある小さな一室に住んでいる。クラブの名の由来であるオクタヴィアの姉アイヴィが経営しているが、そのアイヴィはアナ・マリアの弟のセバスチャンと結婚したばかりだったので、妹はひとり暮らしをしている。本来ならば醜聞になりかねないが、すでに〈ミス・アイヴィーズ〉でもてなし役や、時にはディーラーとして働いているから、それ以上の醜聞にはならない。

オクタヴィアがクラブの扉を押して開け、手振りでアイヴィに入るようにうながした。中にはだれもいなかったが、想像するだけで、その場所の夜の情景が見えるような気がした。社交界のあらゆる階層から集まってきた人々であふれ、おしゃべりや、硬貨がチャリンと鳴る音、チップが次々と積みあげられていく音、こすり取られて回収される音でざわめいている。

閉店している時しか入ったことはないが、近いうちに夕刻の開店している時に来て、自分が賭け事を好きかどうか試してみようと決心している。やりたいことのひとつで、もちろんこれまでは機会がなかったが、いまはサディアスから充分以上の手当をもらっているし、ここに友人たちもいる。

「わたしの部屋に来てね、カーターがお茶を用意しているから」

アナ・マリアは大金を賭けるゲームの妄想から我に返り、オクタヴィアのあとについていった。友は部屋の一番奥に向けてきびきびと歩き、また別な扉を開けてそこを抜けた。

ふたりは小さな部屋に落ち着いた。寝たり着替えたり以外のあらゆることに使う部屋で、女中のカーターが入ってきて、坐り心地のいい椅子二脚のあいだにすっぽりおさまった小テーブルにお茶の盆を置いた。

「いつか夜に来てくれないと」オクタヴィアがお茶を注ぎながら言う。

もしかして、アナ・マリアの心を読んでいる？

「そうね、来なければ。近いうちにね」アナ・マリアは答えた。「セバスチャンとアイヴィがほぼ毎晩ここにいることは知っているけれど、ほかに知り合いはいるかしら？」

オクタヴィアはわけ知りな様子で片眉をあげた。「セバスチャンのお友達の、あのにらみ癖のある公爵が週に幾晩かいらっしゃるわ。賭け事はしないで、お酒を飲むだけ。チップはたくさん」歌うように言った最後の言葉に、アナ・マリアはくすくす笑った。

その描写は全般的にナッシュをよく示している。賭け事は危険だからやらないのだろう。彼がそういう危険を冒すような人と感じたことはない。酒を飲むところを見たことはないが、飲むのが好きなのは知っている。高額のチップを渡すのも彼らしいと思える。彼はいつも仏頂面をしているが、実際は心優しく、ほかの者たちにはない富を自分が持っている事実を嫌悪しているように感じるからだ。

「いつ――つまり、マルヴァーン公爵が決まっていらっしゃる夜があるの？」

オクタヴィアが胸の前で腕を組み、値踏みするような表情を浮かべて椅子の背にもたれた。「あのでくのぼうさんに関心があるの？」少し考える。「たしかに荒々しい感じが魅力的だと思うけれど」まるでもっとみだらなことを意味しているかのように、荒々しいと魅力的の二語を強調する。「でも、あなたはもっと社交的な人が好きかと思っていたわ。うならないで感じよくおしゃべりできる人が」

「うなり声が好きなの」

自分が話していると自覚する前にその言葉が口から出たことに気づき、アナ・マリアは頬がかっと熱くなるのを感じた。まだ飲んでいないお茶よりもはるかに熱いのではないだろうか。

テーブルからカップを取り、口まで持っていきながら、頭をかがめて顔を隠そうとしたが無駄だった。

「そうなの？　好きなの？」オクタヴィアはおもしろがっている。まだなにか考えているような口調は鋭すぎて恐ろしいくらいだ。

「家族ぐるみの友人ですもの」アナ・マリアは急いで説明した。「彼が十歳の時から知っているわ。もちろん、わたしも彼の……声には慣れているし」彼の漏らすさまざまな音の意味するところを辞書に編纂できそうだ。うなり声のいくつかは明らかに是認であり、一方その他はただの不快感を示す。

「たしかに魅力的かも。陰気な感じとかいろいろな意味で。むしろ、小説に登場する怖そうな貴族のひとりが現実となったみたいよね。彼はお城を持っていないのかしら？」

「わたしが知る限りでは持っていないわね」自分が関心を抱いている人物に、友人まで関心を持ってくれる必要はないと思うが、オクタヴィアの考えがくるくる巡るのが楽しい。セバスチャンが彼女をもっとも親しい友人のひとりに数えているのも当然だろう。

「残念」彼女が指で唇を叩きながら考えこむ。「でも、ただどしどし歩きまわって、不明瞭につぶやいているだけでは不充分だわ。少なくともあなたにとってはね。いったい、彼のどこが好きなの？」

これは危険区域に入った質問だ。中でも無視できないのは、オクタヴィアがなんらかの不謹慎な方法でふたりを会わせる可能性が充分あることで、それについてナッシュがなんと言うか、アナ・マリアはすでにわかっていた。

彼は親友の姉としてわたしを見ているだけで、それ以上のことはなにも思っていない。

「きょう、行くところについて話しましょうか？」アナ・マリアは明るく言った。

オクタヴィアは呆れた顔をしながらも、露骨な話題転換についてなにも言わなかった。

「そうしましょう。実は、このクラブの椅子をいくつか張り替えたいと思っていて、生地を見に行きたいの」

気持ちがざわつき、少し居心地悪く感じていたのを即座に忘れ、アナ・マリアは自分がすでに訪問済みのいくつかの店と、行きたいと考えている店について詳しく説明し始めた。しまいには、オクタヴィアが片手をあげてアナ・マリアを止めた。

「とにかく行ってしまってはだめかしら？　こちらの店は中国から来た生地をただ並べていて、そちらの店はインドから取り寄せた布地を、ずっと素敵に飾ってあるとか聞くのももちろん楽しいけれど」

アナ・マリアはたじろいだ。「そうね、ごめんなさい、わたしはただ――」

「熱中しているのよね」オクタヴィアが口を挟む。「とてもいいと思うわ。あなたの地位のレディが男性や爵位以外のことに熱中するなんてほんとにすばらしいこと」

その言葉にふたりはどっと笑いだした。アナ・マリアは友のあからさまな皮肉に吹きだし、オクタヴィアは自分があからさまな皮肉を言ったことににんまりする。

少なくともふたりがそれ以上ナッシュについて言及することはなかった。

「これはどうかしら？」

オクタヴィアがそばにあった布地を取り、ペイズリー模様に色鮮やかなフクシアが描かれた布と、海の奇妙な生物が描かれた少し控えめな海の泡のような緑色の布地とどちらがいいかを考えていたアナ・マリアに示した。

アナ・マリアはオクタヴィアに向けて顔をしかめた。「それをなにに使うつもり？」

オクタヴィアも眉間に皺を寄せて考えこむ。「部屋の一番奥のバーに使うことを考えているのよ。お酒とこの生地は合わないとは思うけれど」

「そうね、合いそうもないわね。張り布に使えるほど丈夫じゃないし。使えるとしても壁掛けくらいかしら」

オクタヴィアが残念そうな声を出して布地を置いた。

「わたくしどもの商品のことをよくご存じでいらっしゃいますね、お客さま」

店主が感心した表情で長いカウンターの後ろから出てきた。中国人だ。英国人がやっている店よりも品揃えが豊富なのはそのせいだろうとアナ・マリアは思った。おそらく本国の生地製造者と直接交渉ができるに違いない。中国製のシルクはアナ・マリアのお気に入りだった。「数カ月前にもお越しくださいましたね？　中国から着いたばかりのシルクを何巻きも購入されて」店主が頭を振りながら、嬉しい記憶をたどる。「あの商品は人気なのですが、あの時はあなたさまがほとんど購入くださいました。あれは本当に珍しい色調でした」

「そうでしたね」アナ・マリアは答えた。

「それで今回は、ご友人をお連れくださったのですね？」

「ええ、実は、模様替えを考えていて、きょうは下見に来たんです。友人はわたしが使っている生地をどこで見つけたか知りたいそうなの」

「おお」店主の視線がアナ・マリアからオクタヴィアに移り、またアナ・マリアに戻った。「では、こちらのお若い方はご友人なのですね？　あなたと同じくらい生地のことをよくご存じで？」

オクタヴィアが鼻を鳴らし、アナ・マリアは肩をすくめた。

「それで、あなたは助言のためにいらしたのですね？」

「これを見て！」オクタヴィアが熱心に言い、また別な布地見本を掲げて振った。玉虫色のような色合いが朝の光を受けてきらめいている。

「見せてちょうだいな」アナ・マリアは近寄った。生地の表面を撫でて、指の下で色が変わっている様子に驚嘆する。

「それは玉虫ビロードと呼ばれる生地です」店主が言う。「ちょうどイタリアから届いたばかりです。やはりあなたさまはお目が高い、お客さま」

「実はわたしが最初に見つけたんだけど」オクタヴィアがアナ・マリアに向かってにやりとする。

「ああ、すみません――」

「友人はからかっているんですわ。これは本当に素敵。でも、壁に掛けたのでは、この効果が生きないでしょう。なにがいいかしら？」アナ・マリアはそう言いながら、生地を動かして、青緑色から青みがかった紫に変わる様子を眺めた。

「ドレスにしたらすばらしいと思うわ」オクタヴィアが言った。

「大胆すぎないかしら？」

オクタヴィアがにやりとした。「全然大丈夫。だれかが見惚れてうなるかもしれないわね」

アナ・マリアはその言葉を無視するほうを選んだ。

「この生地を全部いただくわ」店主に向かって言う。彼は目を見開き、それから急いで動いて反物をいくつも集め、全部を長テーブルに置いた。そのあと、手を振って部屋の別な隅を示した。「この生地がお気に召したのでしたら、あちらにもきっとあなたさまの関心をそそるほかの生地がございます」

それから一時間、アナ・マリアは生地の天国で夢中になっていたが、一方オクタヴィアは生地の地獄にいるような気分だったらしい。

「わたしはクラブに戻らなければ」胴着にピンで留めた時計をちらりと見て、オクタヴィアが言った。

「まだ昼食の時間にもなっていないわ。白状なさい、わたしたち、いい友だちなんだから。ここがすっかり飽きてしまったのでしょう？　もう一瞬でも長くいたら、叫びだしそうなくらい」

オクタヴィアがほっとした顔をした。「ええ、実はそうなのよ」そう言ってから眉をひそめた。「ここで大丈夫？　ひとりだけで？」

「わたしは二十八年間、自分ひとりですべてをやってきたのよ。自分の身を自分で守るすべは心得ているわ」

「そうでしょうけれど、レディになった今の自分を守るすべはわかっているのかしら？　公爵夫人の雑用をしていた時は、そんなドレスで街を歩きまわっていたわけじゃないでしょう？」

いい点を突いている。だが、ミスター・リーの在庫の深みに埋もれている今はまだ帰りたくなかった。とはいえ、友人の退屈さは解消してやりたい。

「大丈夫よ。帰ってくださいな。ミスター・リーが馬車に乗せてくださるでしょう」

ミスター・リーがうなずき、人差し指を伸ばした。「ミセス・リーに出てこさせましょう。帳簿をつけていますが、今頃はもう終わっているはずです」

アナ・マリアはオクタヴィアのほうを振り返った。「ね？　付添役がいるわけだわ。さあ、行ってちょうだい。心配しないで」

オクタヴィアは友にキスをすると、いつもの颯爽とした歩みで店から出ていった。その後ろ姿を見送りながら、若い娘の自信に満ちた身のこなしをアナ・マリアは羨ましく思った。

きっといつか、自分も不安のない歩き方を習得できるだろう。

数分後ミスター・リーが英国人らしい女性と一緒に戻ってきた。濃紺色の、地味だが申し分ない品質の生地で仕立てたドレスを着ている。

「こちらが妻のミセス・リーです。法律上はこの店の所有者ですが、裏で働くほうが好きでして。ご友人がお帰りになったことを説明したんですよ」

アナ・マリアが片手を差しだすと、その女性はちょっとためらってからその手を取った。「忙しい時に出てきてくださってありがとう」

「どういたしまして、お客さま」ミセス・リーは穏やかに返事をしたが、他人と話すことには慣れていないようだ。

買い物が済んだ時点で、イタリアからのきらめく生地の反物全部のほか、シルクやサテンやタフタやモスリン、そして公爵の女性使用人たちが現在着ている服を大幅に改良することになる実用的なコットン生地も買うことにしていた。

「一台の辻馬車では乗りきれないわね」アナ・マリアは購入する商品を眺めて言った。きらめく生地の反物の一本を持ちあげて、脇の下に抱える。「これは自分で持っていくから、残りを馬車で送ってください。あしたにでも？」

「かしこまりました」ミスター・リーが答えた。「馬車を見つけてまいりましょう」そう言って、店から出ていった。

「お会いできてよかったわ、ミセス・リー」女性だけになるとアナ・マリアは言った。

「ご贔屓くださりありがとうございます。わたくしどもと取引するのを望まない方もおられますから、ご好意がありがたいです」

「取引するのを望まない――まあ！」アナ・マリアはその理由に気づいて小さく叫んだ。

「こんなに商品がすばらしいのに。その人たちはいい機会を逃しているんだわ」

ミセス・リーが恥ずかしそうににっこりした。「本当にありがとうございます」

ミスター・リーが戸口から頭をのぞかせた。「馬車を一台止めました、お客さま」

「ええ、ありがとう。でも、本当に内金は必要ないの？」

ミスター・リーが大丈夫という身振りをした。「よろしいです。わたくしどもは――」

「内金をいただければありがたいですわ」ミセス・リーが口を挟んだ。

当然だろう。帳簿を付けているのはミセス・リーだから、現実がわかっている。

アナ・マリアは手袋を引っぱってはずし、紙幣を入れてある手提げ袋の中に手を入れた。サディアスからは非常に寛大な手当をもらっており、そのおかげでかなりの額の蓄えがある。働いている時に商人の元へ使いに出されていた経験から、貴族階級は翌日かその翌日、機会がある時に支払うと言う。機会がこなければ、商人たちが我慢をする。だから、ミセス・リーがおそらくやりくりしている難しい差引勘定はよく理解できた。

「こちらを」アナ・マリアは持っていた紙幣のうち一枚を残し、あとは全部台の上に載せた。「これを数えて、あといくらお支払いしたらよいか、請求書を届けてくださいな。わたしは――」

「もちろん覚えております、お客さま。レディ・アナ・マリア・ダットン、ハノーバースクエアのハスフォード公爵邸にお住まいですね」

「ええ」

ミスター・リーが頭をそらして背後を眺め、しかめた顔をまたのぞかせた。「止めていた辻馬車はだれかに乗られてしまったようです」

「かまわないわ」アナ・マリアは言った。「歩いたら楽しいでしょう。そんなに遠くないから」

「しかし――」

「一般的でないことはわかっているわ」アナ・マリアは苛立ちを抑えた。自分が六カ月前までレディとして扱われていなかったことをリー夫妻は知らない。「でも、これまでも時々ひとりでロンドンを移動してきたし、辻馬車に閉じこめられるより、そのほうが好きだから」

リー夫妻の顔に浮かんだ恐怖の表情がまったく同じだったので、アナ・マリアは笑わないようにこらえた。

「残りの生地については、あした馬車を差し向けますからね。それから、どうか残金を知らせてくださいね。ありがとう」アナ・マリアは話し続けながら戸口まで歩き、夫婦がそれ以上反論する前に店をあとにした。


「もうまったく」アナ・マリアは小さくつぶやいた。「完全に迷ってしまったわ」

三十分前、家に向かって楽しい気分で元気よく歩きだした。見つけた生地に心がうきうきしたし、友人が好みを生かして装飾できるように手伝っただけでも自分が役立つ人間のように感じていた。

しかし、いろいろな思いに浸り、自分ができること、それももっと公的な形でなにかできないかと考えているうちに、曲がり角をひとつ間違えたらしく、あまり品のよくない通りに迷い込んでしまったようだ。しかもだんだん暗くなってきている。

もちろん火かき棒は持参していない。性急に、ひとりで家に戻ると言い張るべきではなかった。

購入した生地の反物を一本持っているから、だれかに声を掛けられても、その変化する素敵な色合いに目を向けさせることができるかもしれない。

あるいは、それで頭を殴るとか。柔らかい生地で。

最善策とは言いがたい。

アナ・マリアは迷子とわからないようにそっと周囲に目を走らせた。身なりのいいレディが、よいとは言えない場所で困った顔をしていたら、まさにトラブルの招待状であることはよくわかっている。

雑用係の女中だった時はこれよりも治安の悪い場所にも行ったが、公爵夫人が着るのを許可した服、つまりひどくくすんだ色の古着を着ていて、しかも、脚にナイフを縛って持っていた。使う状況には一度もならなかったが、それを持っていたおかげで自信に満ちた態度を取れて、それが抑止力になっていたと思う。

「お嬢ちゃん？」

男の声にはっと振り返り、親切な笑みを浮かべているのを見てほっとした。道理をわきまえた人であることを示すような笑みではないが、とりあえず期待できる。

「はい？」

「手助けが必要かもしれないと思ったので」手を振って、道の向こうの〈王の紋章〉と書かれた看板を示した。「あそこに入って、一杯飲んではどうだい？」

手助けとは一杯のエール。もちろんそうだろう。幸いアナ・マリアは世間知らずの若いレディではないが、そういうレディたちでもこの種の手助けは疑うだろう。

「いいえ、けっこうです」アナ・マリアは言い、離れようと歩きだした。

男が彼女の腕をつかんで振り向かせた。「だが、迷子になったんだろう？　おれじゃなくても、もっと悪いやつにつかまるぞ」

この男がブランリー卿に求婚の仕方を教えていたりしてとふと思った。〝もっと悪いやつ〟も〝まあまあいい夫〟も、人を推薦するのにふさわしい言葉とはとても言えない。

「そちらに賭けるわ」アナ・マリアは答え、身をよじって彼の握っている手を振り切った。生地の反物を腕の下から出して、防壁代わりに自分の前に掲げる。

それを見て男は笑ったが、こうしていれば、両手でアナ・マリアを抱えることはできないはずだ。

男が突進してきたので、アナ・マリアは反物を頭上高く振りあげ、彼の頭に向かって叩きつけた。男がよろめく。

その時背後からうなり声が聞こえ、長い腕がアナ・マリアの横を通り過ぎて男の顔を殴り飛ばした。男が石畳に叩きつけられる。

痛いに違いない。

アナ・マリアが急いで振り返ると、目の前にナッシュの胸がそびえていた。もちろん彼だ。

「自分で対処したところだったのに」

黒い眉毛の片方が持ちあがった。「そのようには見えなかったが」

「それはあなたが介入したからだわ」

彼がアナ・マリアの肩越しに地面に横たわった男を眺め、それから生地の反物に視線を向けた。「きみの計画は彼を窒息させることだったのか?」

「おまえを逮捕させるぞ!」男がうめき、片手で顎を押さえた。

ナッシュはアナ・マリアをすり抜けて男のそばに歩み寄り、男を見おろした。脇におろした両手が拳に固まる。「おまえはそんなことはしない」落ち着きはらった言葉にこめられた脅しは目に見えるようだった。「むしろ、こちらのレディに許しを請うことになる」

「そんなことはしない!」男が言う。

ナッシュはかがんで男の顔を凝視した。それ以上動かず、ただ見つめる。それに対し、男はナッシュの脚をにらみつけるのがせいぜいだ。アナ・マリアはくすくす笑いを押し殺した。

「申しわけありません」男がついに言った。

「謝罪は受け入れました」アナ・マリアは答え、生地の反物をまた脇に抱えた。そしていまだ襲撃未遂者の上に立ちはだかっているナッシュの袖を引いた。「家まで送ってくださいな、閣下？」

彼がうなった。もっと激しい喧嘩をしたいせいか、アナ・マリアが彼に爵位を思いださせたせいか、アナ・マリアにはわからなかった。

「閣下？」男がアナ・マリアの言葉を繰り返した。

アナ・マリアは声をあげ、男に向けて言った。「そうよ、あなたはマルヴァーン公爵に殴られたの」

「おおお」

「行こう」ナッシュがいつものように唐突に言った。アナ・マリアから反物を受け取って脇に抱え、アナ・マリアが取れるようにもう一方の手を差しだす。

アナ・マリアは口を開き、わたしは自分の物を自分で持っていけますわ、ありがとう、と言おうとしたが、もちろん、彼がそれを知らないわけではない。でも彼はナッシュ――自分のまわりの力仕事をすべて引き受け、大切に思う物や人々を自分のものだと思い、なんにでも断りなく介入する。

そう考えると落ち着かない気持ちになった。もちろん彼はわたしを大切に思っている。大切に思っているのは、彼の親友であるふたり――セバスチャンの姉で、サディアスの従姉妹だから。

でもアナ・マリアとしても大切に思っている？　独立した人格として？

アナ・マリア自身は、昔からいつも彼のことを強く意識していたが、彼がアナ・マリアにほとんど注意を払っていなかったことは知っている。ずっとだ。舞踏会の夜までは。

そして今、彼はあらゆるところに姿を見せるように思える。つきまとう人というよりは、むしろ自然のなにか荒々しい力のようだ。

そのすべてに、原始的な興奮を感じずにはいられない。けれど、弟の親友にそんな思いを抱くべきではないこともわかっている。

心の中でぶるっと頭を振り、そこで初めて、ナッシュがアナ・マリアをパブのほうに導いていることに気づいた。〈王の紋章〉ではなく、別なパブだ。男たちがみんな彼女にエールをご馳走したがるとは、いったいなんなの？

「家に連れて帰ってくれるのかと思っていたけれど？」殴り合いをしたくて、彼女を家に送り届けるまで待てないのでない限り。

「きみと話し合う必要がある」

アナ・マリアはふんと鼻を鳴らした。「あなたが？　話し合い？」

彼はパブの扉を押し開け、連れのいない男がひとり坐っているテーブルを目ざした。

「どけ」彼が言うなり、男は慌てて席を立って離れていった。

ナッシュはうなり、その男がいた席にアナ・マリアを坐らせた。

「ぼくだって話はできる」彼がようやく言う。

アナ・マリアは呆れ顔で目をまわしてみせた。「ええ、わたしも歌を歌えるわ。でも、どちらも上手とはとても言えないでしょう」

酒場の女給がテーブルまでやってきた。「なんにします?」

ナッシュがアナ・マリアを見やる。「なにを注文したらいいかわからないわ」

「エールを二杯」

「すぐにお持ちします」

「なにについて話し合わなければならないの?」攻撃的な口調で言うつもりはなかったが、おのずとそうなった。「わたしは話し合わなければならないことなどないと思うわ。わたしがすべてを自分で対処することにあなたが同意する以外は」

「そうはいかない」彼の強いまなざしにアナ・マリアはぞくっとした。「ぼくがきみのためにすべてを対処するつもりだ」

まあ。

7

パブの比較的暗い光の下でも、アナ・マリアの瞳の中で怒りの火花が散るのがナッシュには見えた。「それはあなたが決めることじゃないでしょう？　それに、わたしがどのように行動するかを決めるなんて、いったい何様のつもり？」

ぼくはきみの擁護者だ。

そして、彼女の弟の親友。それがすべてだ。

だがナッシュは、あのうすのろ貴族が彼女を窮地に追いこんでいた部屋に足を踏み入れ、彼女を傷つけるかもしれない物も人もすべて殴りつけたいという強い衝動を感じた時の記憶からどうしても逃れられなかった。そんな時、今度は柄がいいとはとても言えない通りで、なんとまた違う男に声をかけられている彼女に出くわした。正義感による怒りが自分の中で沸き起こるのを感じ、それを正しいやり方で使うことにむしろ喜びを覚えた。

「妥協案でお互い同意できないだろうか？」

実際のところ妥協するつもりはないが、それを彼女に知らせる必要はない。

「妥協案？」疑わしげな口調だ。責めることはできないだろう。彼が妥協するなど、過去を遡っても一度もないからだ。たいていは、人々が彼との妥協を試みず、ただ彼にやらせておくことを選んだ。彼らがそうしなければ？　彼が殴った。

女給がエールを持って戻ってきて、テーブルに置いた。彼はグラスを取り、身振りでアナ・マリアにも同じようにするよううながした。

「なにに乾杯するの？　あなたがわたしを放っておいてくれることに？」

アナ・マリアは彼が覚えているよりもずっと怒りっぽい。もちろん、以前に彼女のことをよく考えていたわけではない。考えているのはごく最近だ。彼女を保護すべきセバスチャンがいなくなったせいで、注意を払うようになった。あのドレスを着た彼女を見たことは言うまでもない。

擁護者だ。必要な時に介入する。望まれていなくても。

「違う」

彼女の口が曲がってかわいらしくとがった。

「だが、きみが自分を守る方法を習得したら、そうしてもいい」彼はエールをひと口すすった。彼女も同じようにすすり、とたんにむせた。その顔に浮かんだ表情にナッシュは笑いそうになった。ただし彼は笑わない。

「変わった飲み物！」彼女がつぶやいた。「でも、慣れるはず」もう一口飲み、今回は表情を抑えることに成功した。「自分を守ることを学ぶというのは、どうやって？」

「ぼくが教える」

彼女が目を見開いた。「まあ」しばし黙る。「つまり――あなたがわたしに教えるのはだれかを殴る方法？　あなたがやっているように？」

ぞっとしたような口調ではなく、明らかに興味を引かれているようだ。ありがたい。

「そうだ」

「でも――でも、わたしの体はあなたの立派な体とはまったく違うわ。どう動かせばできるの？」

どう動かせばできるの？

その質問によって、脳裏に、まったく望んでいないあらゆる映像が浮かんできた。アナ・マリアのことを考える時に絶対適切でない映像だ。

それでも浮かぶものは浮かぶ。

片手を彼女の腕の下に滑らせ、拳の正しい握り方を示す。想像上の敵に手を突きだす彼女の体の動きを感じる。

彼女がもっと強くなるのを助ける。

そのどれも、くらくらするほど魅力的な考えだ。

「そうだな」アナ・マリアが待ち切れない様子で彼を見ているのに気づき、彼はようやく口を開いた。「ぼくがきみを訓練する。ボクシングをする部屋を持っているので――」

「もちろんそうでしょうね」彼女がつぶやく。

「だから、きみが自分で対処できるだろうとぼくが感じるまで、一緒に訓練をする。それまでは、きょうぼくがきみを発見したような地域に行きそうな時にはぼくに知らせなければならない」

両方の眉毛が信じられないというように持ちあがった。「なぜわたしがそんなことをしなければならないの？」

ナッシュは身を乗りだした。「なぜなら、きみがそうしないならば、ぼくがサディアスに言うからだ。彼がどう反応するかはきみも知っているだろう」

口がまたかわいらしくとんがった。彼女が怒った時にそんなにかわいく見えるべきでないと言うべきだろうが、それを言えば、もっと怒らせることはわかっている。

「それは脅迫だわ」

ナッシュは肩をすくめた。「ぼくはきみが安全でいてほしいだけだ。セバスチャンもぼくにそれを望んでいるはずだ」

「ふん」彼女が挑戦的な態度で残りのエールをいっきに飲み干した。だがすぐに鼻筋に皺を寄せてその効果を台なしにした。

「わかったわ。それで、そのレッスンをいつ始めるつもりなの？」

また肩をすくめる。「きみが決めていい。ひとりで危険な地域に行かないとぼくに約束できるならば、必要ないのだから」

「では、明日から始めましょう」

その苛立った口調にナッシュは笑みを押し殺した。

これほどさまざまな感情を一度に味わったのは、アナ・マリアにとってこの二十八年間で初めてのことだった。〝歩く矛盾〟という新しい役割にはぴったりの矛盾する感情だ。

感謝の感情は、あの男のことを自分ひとりで対処できたかどうかと言えば、そこまで強い確信はなかったからだ。それに対して、不快感は彼に救出されなければならない状況になったこと。ほかにも、彼の身体的力強さを考えたり、彼女を守るために突進してきた様子を思ったりした時に湧き起こる感情。

それに加えて、彼と訓練した時にどうなるか想像した時に感じる感情もある。

彼とふたりだけ。その部屋で彼はおそらく、いつもより薄着になり、いつもより汗をかくだろう。

ああ、どうしよう。

今は、こうしたすべてを忘れる必要がある。「もう一杯注文できるかしら？」彼もすでにグラスを空けている。

「うむ」彼が片手をあげて女給に合図し、指二本を立てた。

「あなたのお祖母さまがロンドンにいらしていると知らなかったわ」話を変えるには非常によい話題だった――高齢の親族について考えていれば、シャツしか着ていない彼が架空の敵に向かって拳を突きだす姿を思い描かなくて済む。

「ぼくも知らなかった」

女給が飲み物を持ってきて、空いたグラスを取り、なみなみ入ったグラスを置いた。

「すぐ払ってほしいんだけど」

ナッシュが胴着のポケットから硬貨を何枚か取りだして渡した。「ありがとうございます、旦那さん」手に置かれた硬貨を見おろし、女給は驚いた顔で大げさに礼を言った。

すべてのことに寛大だ。アナ・マリアの予想通り。

「それで、お祖母さまはなぜこちらに？」

彼は答える代わりに長くひと口エールを飲んだ。

「ぼくの推定相続人だ」

それでは全然わからない。「あなたの推定相続人のなにについて？」

答えの代わりにまたもうひと口飲む。「ぼくの父のようだと」

「まあ」彼の父親のことはもちろん知っている。すべてではないが――ナッシュは個人的な事になるといつにも増して無口になる――、若いナッシュが突然、アナ・マリアたちの家に毎日来るようになり、時には原因不明のあざをつけていたことは知っている。

セバスチャンはナッシュに助けさせてほしいと懇願したが、ナッシュが拒絶した。当時ふたりはどちらもとても若かった。おとなの男、しかも公爵である人にどうやって立ち向かうことができただろう？

「それで、お祖母さまはどのように関わっていらっしゃるの？」

「ぼくに自分の後継者を設けろと言っている」

それはつまり――「まあ、では、あなたは結婚するつもりなのね？」

いやだ、なぜこんなふうに言葉の最後が金切り声になってしまうの？

「いずれはそうしなければならない」

「まあ」答える代わりにエールをすすったのは最善策だったと思う。なぜなら、最初の感情は失望と嫉妬と羨望だったからだ。そのどれも、自分では理解できないし、理解しようとも思わないが、それでも、それが事実だから仕方がない。

「それであなたのお祖母さまはここに……あなたが花嫁を見つける手伝いに？」

彼が顔をしかめた。それが彼女の質問に対する答えだった。

「それでこのあいだの晩、あの舞踏会に来ていたのね」ほかの紳士たちと同じように正装し、あり得ないほどハンサムで、同時に危険な雰囲気を醸していた。

肯定のうなり声。

「もしもわたしが手伝えるならば――」しかし、言葉を言い終わる前から、彼はすでに首を横に振っていた。

「助けはいらない」

アナ・マリアは身を引いて椅子の背にもたれた。「つまり、あなたはわたしに闘いの訓練を受けろと命令できる」怒りのこもった低い声で言う。「でも、わたしにあなたを手伝うことを許さない。それでわたしを助けるのが、どれほど不公平かはわからないのね？」

「だが、きみになにができるというんだ?」その激しい口調がアナ・マリアを驚かせた。「もっともぼくを恐れていないと思われる若いレディがだれか教えてくれるとか? それとも、だれがもっとも夫を望んでいるかとか?」彼がふんと鼻を鳴らした。「自分で見つけられるし、もし見つけられなかったら、祖母がぼくのためにやってくれるだろう。きみの助けは必要ない」

それを聞いて、アナ・マリアの胸がきゅっと痛んだ。彼は自分などどうでもいいと思っている。助けたいという心からの申し出も拒否している。結婚したくないのは明らかなのに、父親の振る舞いがふたたび現れる可能性を回避するために、結婚すると決意している。

そのすべてがアナ・マリアに彼を心配させ、同時に怒りを感じ、また誇らしくも思わせた。

「もう家に戻らないと」心の中の言葉を口に出すことはできないし、あえて口にするつもりもない。だから、心が落ち着くまでは、彼のそばに近寄るべきではない。

それはつまり、次に彼に会うのは八十歳になった時ということ。

それまでには彼は結婚しているだろう。だから対処できる。

「送っていこう」彼は立ちあがり、アナ・マリアを支えようと片手を差しだした。彼の手を見やり、その力を感じると、彼がこんなに他者を助けようとしながら、自分を助けようと差しだされた手は決して取らないことに驚きを禁じ得なかった。

もしも彼が助けを受けたらどうなるだろう？

自分は彼にどんな助けを与えられるだろう？

その質問に対して、どうしてこんなにたくさんの魅力的な考えが浮かぶのだろう？


ふたりは言葉を交わさず、だが仲良く歩いてサディアスの家に戻った。かなり距離があり、繊細なレディの足でそんなに歩いて大丈夫かと最初はナッシュも心配したが、この女性が半年前まで公爵夫人の一番大変な仕事をすべてやっていたことを思いだした。ただし、今のように繊細なレディ用の靴を履いていたわけではない。

「足は大丈夫か？」訊ねたが、口調がぎこちないのは自分でもわかった。だから、いつも話さないようにしている。

「わたしの足？」彼女が驚いたように答えた。

「そうだ。歩いたからね。そのほうがよければ、辻馬車を呼ぶが」あるいは、自分が彼女を運ぶか。

「大丈夫よ」少し気を悪くしたような口調だった。つまり、抱いて運ぶことは言わなくてよかったらしい。柔らかい曲線すべてを腕に抱えるのはよい思いつきだと思ったが。

「なぜわたしの足のことを心配してくれたの？」少ししてから、アナ・マリアが訊ねた。

彼は肩をすくめた。

「それでは答えにならないわ。心配してくれるのはありがたいけれど、わたしは自分で歩けます、閣下。ダンスも話すことも自分を守ることもできるわ」

「いや、きみはできない」彼が頭を後ろに傾げて、ふたりが来た方向を示した。「きみの防御のやり方は、布地で殴ることだろう。さあ、それをぼくに貸してくれ」彼がアナ・マリアの腕の下の反物を引っ張った。パブから出た時に運ぼうと試みたが、アナ・マリアのほうがすばやかったのだ。

アナ・マリアは驚きの声をあげ、それから彼をにらんだ。

奇妙なことに、彼女ににらまれるのはむしろいい気分だった。彼の態度にただ我慢するのでなく、別な反応が出てくる。つまり、意見を言い合える人間として彼を見なしている。彼女が同意できる意見でなくてもそうだ。

たとえば、自己防衛法を教わるべきだという意見などにも。

しかし、彼女がロンドン市内をさまようと考えただけで、彼女の繊細なレディの足が、美しいものを探すために、評判の悪い地域にも彼女を連れていく、そう考えただけで、心臓が締めつけられ、両拳を握りしめずにはいられなくなる。

「あなたが心配してくれるのは感謝します」今回は穏やかな口調で言った。「きっとセバスチャンがあなたにわたしを見張るように頼んだんでしょう。あなたがすばらしい仕事をしたと言っておきましょうか」

「彼は言っていな――」ナッシュは言いかけたが、すぐに口をつぐんだ。彼自身が心配だからではなく、親友の頼みでやっていると信じてくれていたほうがはるかにいいだろう。友人の頼みを尊重する以外の動機からやっていると知ったら、彼に大事に思われていると気づくだろう。

　彼女を大切に思っていることを、本人に知られたくなかった。

　なぜなら、もちろんそうでないからだ。つまり、これは友人のきょうだいに対して抱く普通の感情だ。心から大切に思う人との関係においてのみ許容される感情。

　もちろん、セバスチャンに対して、心から大切に思っていると言ったことはない。その理由のひとつは、言わなくてもセバスチャンがわかっているからだ。

　もうひとつの理由は、これまで一度もしたことがないからだ。自分の真の感情をだれかに対して、声に出して表現することを。

「さあ、着いたわ。もうわたしを置き去りにして大丈夫」彼女が唐突に言う。自分はそんなに長いあいだ黙っていたか？

　そうだ。その質問には答えられる。いつものことだ。

　こんなに家のそばまで来ていたことも気づいていなかった。近づいていくと、午後の弱まりつつある光に照らされて、屋敷のたくさん並んだ窓が燃えているかのように輝いていた。

　非常に感動的な光景だった。もちろん、セバスチャンがかつてこれを当たり前と見なし、サディアスは今も自分のものでなければいいと願っていることは知っている。

　ナッシュはどちらの視点も共感できた。

その時、まるでだれかがふたりを待ち構えていたかのように扉が勢いよく開き、執事が出てきた。「お嬢さま、閣下」執事が呼びかける。

表玄関に続く階段をのぼる時、ナッシュはアナ・マリアが万一つまずいた時のために手を差しだした。

自分でも無意識の動作だった。彼女のそばにいる時にいつもやっていることに過ぎない。

なぜこれまで気づかなかったのか？　ナッシュは炎に触れたかのように慌てて手を引っこめた。

くそっ。彼女は炎だ。燃える炎が心に入って火花を散らすことは、決して許容できない。

アナ・マリアが安全に中に入るまで待ったあと、帰ろうと背を向けたが、彼の名前を呼ぶサディアスの声に動きを止めた。

サディアスが、アナ・マリアから離れていろと警告するつもりでないといいのだが。なぜなら、すでに自分自身が充分に警告しているからだ。それに友がつけ加える必要はない。

「彼女を送り届けてくれてありがとう」サッドがしゃがれ声で言う。「出かけている彼女を心配することに慣れていない。この家を離れている時は充分な安全を確保したいと思っているのだが」頭を振る。「一杯飲みたい。きみも飲むか？」

ナッシュはにやりとした。「もちろんだ」

つまり、これは社交上の訪問であり、サッドが新生活についてこぼし、ナッシュが同意しながら、サッドの上等なウイスキーを飲むということだ。

サッドについて書斎に行くと、セバスチャンが出てからなにがどう変わったかがまず目に止まった。執務机の表面は曇りひとつなく磨かれ、乱雑に積まれた紙の束もない。レターオープナーは机の端と垂直の完璧な角度に置かれ、椅子もまるでだれかが坐っていた事実などないかのように、机の下にまっすぐに押しこまれている。

「坐ってくれ」

ナッシュは執務机の向かい側の椅子に坐り、脚を組んだ。

サッドはすばやく飲み物を注いでから、まるで両方が完全に同量であることをたしかめるかのように、目を細めて両方のグラスを眺めた。

ナッシュはグラスを受け取り、サッドに向けて上げてから、ひと口で全部飲み干した。サッドが片眉を持ちあげ、それから自分のグラスをひと口すすった。椅子に坐り、グラスを革のコースターの上に注意深く置く。

ふたりはしばらく黙って坐っていた。普段、ナッシュはサッドのそんなところが好きだった。会話をするためだけの会話は決してしない。

しかしなぜか、ナッシュのほうがきょうは話したい気分だった。

「このあいだの晩に祖母に会っただろう」

サッドがうなずく。「きみが彼女と友好関係にあるとは知らなかった」

「友好関係にはない」ナッシュは言い、立ちあがって、もう一杯飲み物を注いだ。「父のことで来たんだ」

サッドはなんと言えばいいか確信が持てないかのように一瞬ためらった。「きみの父上か」

「そうだ」ナッシュは言いながら、椅子に戻った。「祖母はぼくと同じ理由で、ぼくと同じくらい父を嫌っていたらしい。そして、祖母はぼくの後継者が、つまり現在の推定相続人のことだが、いくつもの重大な点で父に似ていると考えている」

サッドが顔をゆがめた。「ああ、それはわかる」

「そうだろうな」ナッシュはため息をついた。「あの従兄弟がぼくの後を継ぐのを妨げられる唯一の方法は、結婚して後継ぎを設けることだと言い張っている」

しばらく沈黙。「お祖母さまが正しい」

ナッシュも顔をしかめた。「わかっている」

「それで――きみは結婚しようとしているのか？」サッドが疑わしげに訊ねる。おそらく、ナッシュが彼とセバスチャンに自分は結婚しないと断言していたからだろう。ふたりがその理由を知っていたかどうかはわからない。

ナッシュはうなった。

「それで、お祖母さまは手伝うために来たわけか」

またうなり声。

「なるほど」

サッドはウイスキーの残りをひと口で飲み干した。「どういうふうにするんだ?」

ナッシュはまた顔をしかめた。それは明らかではないか?「どこかのレディに会い、何度かダンスをしてからその父親に話す」

「ダンスをする? それから話す?」

サディアスはなぜそんなに猜疑的な口調なのか?

ナッシュはさらに顔をしかめた。「ぼくだってダンスも話すこともできる。好きではないだけだ」

ナッシュは酒類を載せた食器台《カート》にかがんで、グラスにもう一杯ウイスキーを注いだ。

「きみはそう言うがね」口調から見てサディアスは納得していないらしい。「それに、数回ダンスして話をしただけの女性と、残りの人生を過ごすつもりか?」

ナッシュはうなずいた。それこそまさに彼が計画していることだ。未来の花嫁に関心がなければないほどいい。みんなのために。結婚し、ひとりかふたり後継ぎになる息子が生まれたら、あとは別の人生を歩む。

サディアスが頭を振った。「幸運を祈っているよ」

まるで幸運以上のものがたくさん必要であるかのような言い方だったので、ナッシュはそれを彼個人に向けたものと考えないようにした。

「きみが——なにをするって？」ファイナンが訊ねながら、殴打をすばやくかわした。

ナッシュはうなった。「彼女を訓練する」

ファイナンががく然とした様子で、大げさに驚きの表情を浮かべてみせた。「きみがか。妹のような人だと言い張った女性を。結婚はしないが、護身術の訓練はするのか？」ファイナンがいかにも悲嘆にくれているかのように首を振る。もっと早く一発決めておけばよかった。そうすれば、ファイナンも悲嘆にくれた表情を浮かべていられないはずだ。

「彼女を無防備のまま放っておくわけにはいかない」

「だが、きみは平静でいられるのか？」

「そのためにおまえがいるんだろうが」ナッシュはかかとに重心を乗せてリズムを取りながら両拳を構えた。

ファイナンはため息をつき、自分も両拳をあげて構えた。「きみはどう考えても愚か者だよ。そして彼女はどう考えても、きみにとって完璧な妻だ」

「その選択肢はない」言うなりナッシュが放ったパンチが、ファイナンの顎をわずかにそれた。

ファイナンはすばやく飛び退き、目をきらめかせた。「彼女のことを考慮すらしない馬鹿げた理由があって、それはおそらくきみの頭の中では、道理にかなっているんだろう」

ナッシュはファイナンの脇腹に一発くらわせた。ファイナンが一瞬よろめき、すぐに飛び退ってまた構え、リズムを取る。「いいパンチだ」

ナッシュがすばやく動いたので、ファイナンの拳はみぞおちに入る代わりに空を打った。

「ところで、きみの花嫁候補者たちは、きみがレディ・アナ・マリアと、つまり幼なじみで血縁関係にはないレディとふたりきりで過ごしていることについて、どう思うかな？」

「彼女たちが知ることはない」

ファイナンの眉毛が両方大きく持ちあがった。「へえ！　つまり護身術の訓練はすべて秘密裡に行われるわけか。ますますいいね」

「黙れ」

ファイナンは両手を前に広げて、いかにもしてやったりという顔をした。「きみはぼくの言いたいことを、ぼくよりうまく言ってくれているよ。すべてをひと言も言わずに」

ナッシュは前に飛びだしたが、ファイナンは両手をあげて降参を表明した。ナッシュをじっと見つめる彼の目は笑っていた。

ナッシュはボクシング室で消耗して意識が遠くなればいいと思っていた。寝室でひとり気絶していれば、一番大きい客間で祖母とお茶――茶だと！――を飲まなくて済む。

「リストを作りましたよ」

彼女が持つ一枚の紙が、手が震えているかのように揺れている。彼を怖がって震えているわけでないのはわかっている。おそらく高齢のせいか？ それとも病気か？ だから彼を結婚させると決意しているのか？ 公爵位が彼の父の似ているだれかに継承されないと確信してから、安心して死ねるように？

その疑問のどれひとつとして、本人に訊ねられるわけではない。答えるのを拒否するだろうし、そうなれば、やっと祖母を見つけた今、彼がどれほど祖母に死んでほしくないと思っているかを暴露するだけだ。あるいは、祖母が彼を見つけたと言うべきか。それに、彼がこれ以上家族を欲していると、いったいだれが思うだろう？ これまで見つけられた家族全員――父親が残した非嫡出子たち――を屋敷で雇っているのに？

祖母が、つねに背後に控えている自分の小間使いに向かって、紙を持っている手を伸ばした。小間使いがそれを受けとり、彼のところまで持ってきて、警告らしき目くばせをした。わたしの奥さまを失望させないでくださいよ。さもないと後悔することになりますよ。

その忠誠心には頭がさがる。

ナッシュは紙を受け取り、頭の中にさまざまな思いを駆け巡らせながら、リストに目を通した。ただのひとつも知った名前がない。

「それで？」祖母がもどかしそうに急かす。

「だれのことも知りません」ふたりのあいだのテーブルに紙を放り、危うく砂糖壷を倒しそうになった。

祖母の口が曲がって傲慢な笑みが浮かんだ。「だから、わたくしがここにいて、あなたは本当に幸運なんですよ」

「無理やり押し入ってきたの間違いでは」祖母の驚いた表情を見てようやく、ナッシュは自分が声を出していたことに気づいた。小間使いも目を細めてにらんでいる。

「家族の利益のためにやったことです」祖母が言う。

無力な怒りが湧きあがって喉が詰まった。「家族の利益と言うなら、そもそも父についてなにかすべきだったのでは？　二十年前、母がぼくをあの怪物の元にひとり置き去りにした時に？　父がどういう人間かあなたは知っていた。そう言ったではないですか」

祖母の顔がふいにゆがみ、打ちのめされた表情に変わった。「あの時にもっとなにかしなかったことを、わたしはずっと深く深く後悔しています。あなたのお母さまがあなたを連れていけるようにしてやれたらどんなによかったか。でも、あなたの父は絶対に許しませんでした。そのことは残念に思っています」

それは心からの言葉に聞こえた。

「でも、過去は変えられません」祖母は少し強い口調で続けた。「できるのは、あなたが未来を正すのを助けることだけ。そして、未来はこのリストにかかっているのです」そう言い、テーブルの上の紙を差し示した。

　ナッシュはもう一度その紙を取り、ざっと名前を眺めた。レディ・メアリー・アルバスノット。ミス・グレイス・コリンズ。レディ・フェリシティ・タウンシェンド。

「レディ・フェリシティ——このあいだの晩に会った方ですか？」銀のドレスを着たアナ・マリアとダンスをして、あのとんまにパンチをくらわせ、そしてアナ・マリアの顔のブランデーを拭いた晩。

「ええそう。それで思いだしたけれど、レディ・アナ・マリアもそのリストに加えるべきですね。彼女にスペイン系の祖先がいることは知っているけれど、それ以外は非の打ち所のない家系ですからね。公爵令嬢で公爵の従姉妹」

「だめです」

「そして……？」言いかけていた言葉を遮られ、祖母は傲慢な様子で片眉をあげた。

　なぜだめかと言えば、自分がすでに彼女のことを好きで、彼女もぼくも、わが一族の男がレディを好きになった時になにが起こるかわかっているからだ。

　だが、正しいことよりも適切なことをすると決意している目の前の女性に、それを打ち明けるわけもない。彼自身、なにが正しいかを確信しているわけではないが、一族のうち堕落する可能性がある男たち全員を、必要とあらばどんな手段を使っても根絶することが正義ではないかと本気で疑っている。

だから自分はすぐに拳を握るのか？　悪魔を撲滅したいから？

ふむ。お茶の時間に考えるにはあまりに難解すぎる問題だ。

「レディ・アナ・マリアはぼくにとって姉妹のような存在です」嘘だ。

「少なくとも、あなたは彼女を知っているでしょう。ほかのレディたちと違って。しかも、実際は姉妹ではない」

たしかに、当人が当該のレディを守るために近づかないと決意していなければ、優れた論理と言えよう。そして、そう決意しているのなら、自己防衛の技を教えると言い張ったのは賢いこととは言えない。

ではなぜ、黙って見ていられなかったのか？　たいていの場合、むっつりと黙っていることは得意中の得意だ。

もちろんわかっている。口を出さなければ、彼女は襲われるか、もっとひどいことになるからだ。あの時はなにか言わねばならなかった。なにかしなければならなかった。

しかし、彼女を結婚の相手と考えることは許されない。

「リストにあるレディたちを考えてみますよ」言いながら紙を取り、ポケットに突っこんだ。祖母の追及をアナ・マリアに向かわせないためならなんでもする。

「いいでしょう」祖母が椅子の背にもたれた。「さあ、ベルを鳴らしてお茶のお代わりを頼んでくださいな。これはすっかり冷えてしまったわ」

お茶の一杯は完璧でなければという英国貴族の強迫観念にこれほど感謝したことはなかった。

8

「マルヴァーン公爵さまの家に行くんですか。本当に——?」

ジェインの口調は、アナ・マリアが感じているのと同じくらい懐疑的だった。ただし、当該の公爵をパンチするという展望に対し、身震いするような興奮は感じていないらしい。

もちろん、アナ・マリアも感じているわけではない。この興奮は、珍しい新体験に対する純粋な期待であって、ナッシュが敵を倒す最善のやり方を実演する時のシャツだけか、あるいは、ああどうしよう、シャツもなしの姿を見るという思いによるものではない。

思うだけで気を失うことは可能だろうか?

その疑問に対する答えを見つけようとするべきではない。疑わしげな表情のジェインの前ではとくに。

「公爵さまが言っていたのは、きっと必要になるものを見せてくれるということ。わたしがもしも——」だが、ロンドンじゅうを歩きまわったことはだれにも言っていなかった。少なくともレディである今は言っていない。

「あなたがもしも——?」ジェインがうながす。

ふたりはアナ・マリアの寝室で、紳士の屋敷に伺うのに、その紳士が前述のようにシャツしか着ていない時にいったい何を着ていくべきかを議論しているところだった。ジェインはアナ・マリアの言葉を繰り返したわけではない。

昔からよく知っている人々の困るところは、彼女のことをよく知っているという点だ。ナッシュに対するさまざまな矛盾した感情について、アナ・マリアは口に出して話していないが、おそらくそれは話す必要がなかったからだろう。アナ・マリア自身が彼の優しさや親切、荒っぽい保護、力強い両腕を分類し始めるずっと前に、ジェインは気づいていたに違いない。

気を失うことは許されない。アナ・マリアは自分にきつく言い聞かせた。

「もしもわたしが生地のお店に行こうとした時」アナ・マリアは言った。公爵令嬢であり、公爵の従姉妹である若いレディが生地店、それも、店主がなんと英国以外の国々の出身である店を頻繁に訪ねるのがなんの問題もないことであるかのようにさりげなく言う。

自分が使用人という以前の役割に留まることができればいいのにと願うのはこれが初めてではない。ばかげた願いとわかっているし、自己犠牲にかられた愚か者ではないから、実際の仕事は少しも懐かしくないが、だれひとり見向きもしない存在であることに伴う自由を失ったことに関しては残念に感じている。

田舎の地主の娘で、田舎の地主の従姉妹だったらよかったのに。

でも、そうしたレディたちはもっと束縛され、知り合う人々もはるかに少なく、ロンドンのようににぎやかな都市を歩きまわる贅沢も得られない。

自分は今の状況をしぶしぶ受け入れたけれど、だからといって、それによる制限まで受け入れなければならないわけではない。

その具体的な制限にまで考えが及んだ。たとえば、未婚のレディは紳士とふたりきりで過ごさない。そして衝動に従って行動しない。前述の紳士にキスするといった衝動に。彼は、並はずれてハンサムという事実を考えないとしても、キスをする候補者としては完璧だ。そもそも無口だから、絶対に他言しないだろうし、極めて誠実な人だから、アナ・マリアの評判を損なうことをするはずがない。

もちろん、彼にキスをするつもりというわけではない。でも、もしもその衝動が起こったら、それはもちろん、彼の全身を見てどれほど魅力的に感じるかによるが、実際にそういう気持ちになるかもしれない。

「なぜ付添役《シャペロン》を雇わないんですか？　それで問題は解決するし、公爵の手をわずらわせることもないのに？」ジェインが道理を説く口調で言う。「そもそも、なぜそういうお店に行く必要があるんです？」

付添役が解決策であることは明らかだ。でも、ナッシュの魅力は考えないとしても、自分ですべてをやると決意している時に、常に自分のそばにいる人など雇いたくなかった。自分は二十八歳で、十八歳ではない。自分の年齢で、そこまで幸運に恵まれないほかの女性たちは、未婚婦人《スピンスター》と見なされてそんな質問をされることもない。

ジェインの質問はどちらも質問されると予期していたものだが、それを最初に問うのはサディアスだろうと思っていた。でも、サディアスは自分が公爵であることに頭がいっぱいで、一度、ナッシュのことをそのような対象と考えるべきでないと二、三語で言及して以降は、いっさいなにも言われていない。その時だって、アナ・マリア自身がいつも自分に言い聞かせているのだから、わざわざ念を押される必要はなかったのだが。

「自分がなにをやりたいのか、考えているところなのよ」ジェインが当然の質問をしようと口を開けたのを、手をあげて止める。「ミス・オクタヴィアのような人たちが室内装飾するのを手伝いたいと思っているの」

口に出して言うと、いかにもばかげて聞こえた。些細なことのように、意味のないことのように。

しかしアナ・マリアは、自分に喜びをもたらしてくれる色や物に囲まれることがいかに大切かを実感として知っている。小さな客間を装飾し直したことで、気持ちが劇的に改善し、自分の寝室の今の内装もすべて破り去りたくてうずうずしている。

だから、自分自身の、あるいはほかの人たちの疑念に呑みこまれるわけにはいかない。

自分がいる環境を管理するという小さくて無意味なこともできないとしたら、そもそも特権を持つレディでいる利点などある？ くすんだ茶色や灰色の世界から逃れる必要がある人々に自分の能力を分けることができないなら、すべてを諦めて、〝自分ではな

にもしません よ〟のブランリー卿を受け入れたほうがいい。

「それはすばらしい考えですよ」ジェインの言葉にアナ・マリアは心底驚いた。ありがたいことに、付添役問題も不問に付されたらしい。

「本当にそう思うの？」

ジェインがうなずいた。「あなたが覚えているかどうか知りませんが、数年前に庭師頭がお花の見積もりを間違えてしまったことがあったんです。公爵夫人のための花を」最後の一文は吐きだすような言い方だった。「それで、屋敷内がユリであふれたんですよ。奥さまはユリが洗練されていないと思っていて、激怒されましたけど」そこで呆れた表情をしてみせた。「でも、あたしたちがいたるところに飾ったんです。そのおかげで、銀器まで輝いて、ずっと楽しくなりました」

アナ・マリアと同様、ジェインもこの屋敷の使い走りの女中として人生を始め、徐々に地位をあげていって、公爵夫人亡きあと侍女に任命された。

「覚えているわ」アナ・マリアはにっこりした。

「フレッチフィールドは反応しないようにがんばっていたけれど、あの間は彼もいつもより若干楽しそうでしたよ」

「周囲の環境がその人たちの気分を変えることが証明されたわね」

アナ・マリアがジェインを評価する点のひとつは、核心に直接切りこむ能力だ。

「ミス・オクタヴィアのクラブから始めて、そしてたぶん、できれば地域の学校とか孤児院を美しくする資金を見つけたいと思っているの」

「そういう子どもたちは花やかわいい壁紙なんて欲しくないですよ、お嬢さま」ジェインが冷ややかに言う。「欲しいのは食べ物、そしてたしかな未来です」

友の的確な言葉にアナ・マリアの決意は揺らいだ。でも、自分にできることをやれば、なにか波及効果があるかもしれない。「そうでしょうね。だからこそ、そこで自分になにができるかを考えなければ。たとえば、ある状況を作れば、見学者の気持ちをより積極的にさせられるとか」

「どういう意味です？」ジェインが訊ねながら、ドレスを脱がせるため、体を回すようアナ・マリアに身振りで示した。

「わたしの言う意味は」ジェインがドレスを持ちあげて頭から脱がしたので、布で声がくぐもった。「そういう子どもたちに有望な将来をつかんでほしければ、その子たちに見込みがあることを示す必要があるわ。薄汚れたわんぱく小僧を見て、最下級の使用人としてでさえ、よろこんで屋敷に迎え入れるべきだと考える貴族は、残念ながらほとんどいないでしょう。子どもたちがいる環境を気持ちよくすれば、その子たちが貴族の屋敷でも適応できるように見えるでしょう。ずっとチャンスをつかみやすくなるわ」

彼女自身がその証拠だ。六カ月前には、彼女に注意を払う人はひとりもいなかった。それでも、素敵なドレスを着れば、持参金目当てでない人も知り合いになりたがる。

「こちらのは？」アナ・マリアが吟味できるように、ジェインがドレスを掲げた。それは公爵夫人の女中として雑用全般をしていた時に着ていた服の一枚で、公爵夫人の捨てたドレスだが、アナ・マリアがこっそり抜けだして、腹違いの弟セバスチャンとふたりで過ごす時に着たドレスの一枚なので、いまだに愛着があった。

「完璧だわ」アナ・マリアはにっこりした。

「やれやれです。やっとあなたが着たい服を選ぶことができましたよ」ジェインが皮肉たっぷりに言う。「これは、あなたが火格子を磨いていた時に着ていた服のように見えますよ。実際、そうしていたんだから」

「まあ、ばかなこと言うのはやめて。早く用意を手伝ってちょうだいな」アナ・マリアは目を剝いてみせた。


「どうぞ」

ボクシング室の扉を開けたナッシュを見て、アナ・マリアはごくりと唾を飲みこんだ。彼はまだシャツ姿ではなかったが、クラヴァットはつけておらず、つまり彼の喉がじかに見えた。

紳士の覆われていない喉元が魅力的とは知らなかったが、とにかく今ここで、味わうことを禁じられた美味しい果実であるかのように凝視している。だれかの喉を味わうことなど、階下であからさまに語られる性的行為の話にはまったく出てこなかった。レディだと見なされている現在はもちろん触れられない事柄だ。

とにかくアナ・マリアは少しのあいだ戸口に立ったまま、彼の力強そうな喉に見とれていた。

「ええ、ありがとう」ようやく言い、部屋に入る。

その部屋は、隅のほうに家具がいくつか置いてある以外はほぼ空っぽだった。壁は装飾ではない目的のために選ばれたらしい奇妙な材質で覆われている一方、床はつやがなく、アナ・マリアはすぐに磨きたくなった。

その時代はもう終わったと自分に言い聞かせる。

「始める前に飲むかな？」ナッシュが言った。その言い方がとてもぎこちなかったおかげで、アナ・マリアが感じているぎこちなさは多少軽減した。

「いいえ、お酒を飲む必要はないと思うわ」そんなものを飲めば自制心が緩まり、言ってはいけないことをうっかり言ってしまうかもしれない。

「水のつもりだったが」彼が含み笑いのような声を漏らし、反対側の壁に置かれた書き物机まで歩いていった。水差しとグラスが載っている。彼はグラスふたつに水を注ぎ、アナ・マリアのほうに戻ってきて、ひとつを手渡した。

アナ・マリアは恥ずかしさで頬が赤くなるのを感じた。あるいは、彼の喉のせいかもしれないけれど。

勢いよくグラスの水を飲み、急ぎすぎてむせた。彼がアナ・マリアの背中を叩いたせいで今度は体が揺れ、残っていたグラスの水が飛び散ってドレスと床を濡らした。

彼が慌てて背中を叩く手を止める。ふたりは床の水たまりをぼう然と眺めた。

「さて」アナ・マリアは元気な声で言った。「すばらしいスタートを切ったということね」

一瞬彼の表情が凍りつき、そのあと、これ以上ないほど驚くことが起こった。彼がぷっと吹きだしたのだ。

それだけでなかった。彼は頭をのけぞらせて大笑いし、素敵な喉がさらによく見えた。彼が笑いすぎて痛いかのように片手を胸に当てる。もう片方の手はグラスを持ち続けていて、彼がそれだけ動いているにもかかわらず、一滴も飛び散っていない。

アナ・マリアは彼のそばに近寄り、彼の手からグラスを奪ってその中の水を全部床にこぼした。

彼は目を見開き、それからさらに激しく笑った。今回はアナ・マリアも笑いに加わった。ふたりともいったいなにを笑っているかもわからないが、楽しそうな彼を見るのが嬉しい。

これまで彼が笑うのを見たことがなかった。わずかな笑みを見た数少ない機会も、心からの笑いとは言えなかった。

「なにかあったんですか？」

ナッシュの従者ファイナンが顔をのぞかせた。そのまごついた表情が、ナッシュの笑い声が極めて稀なことだと告げていた。

「大丈夫ですか、お嬢さま?」ファイナンがさらに言う。今度はアナ・マリアに向けた質問だ。

「大丈夫よ。でも、たぶんモップが必要かも?」それから、あとでだれも滑らないよう、木の床を充分に乾かすための布も何枚か。でも、今の自分はこの部屋の掃除を任された女中ではないので、その言葉は呑みこんだ。

「直ちに」ファイナンは言うなり顔を引っこめ、扉がふたたび閉まった。

「そこにいろ」ナッシュが自分は動きながら、アナ・マリアに命じた。「きみが転んではいけない」

「わたしは大丈夫」アナ・マリアは答え、一番ひどくこぼれた場所を踏んですでに濡れた靴を持ちあげた。

「なぜいつも〝わたしは大丈夫〟と言うのかな? ぼくが助けようと申し出るたびに?」

彼の誠実な口調にアナ・マリアは胸が苦しくなった。

だからこそ、彼は護身術を教えると主張したのだ。彼は根っからの擁護者であり、ほかの方法を知らない。本人と関係なく、アナ・マリアが彼の保護範囲内にいる人間だからで、彼はその範囲内の人々を大切にする。

彼の父親が国じゅうにばらまいたたくさんの非嫡出子たちを雇っているように。彼がアナ・マリアにその話をしたわけではないが、セバスチャンに話しているのを聞いた。

守ってくれるのが、アナ・マリア個人と関係ないことに安堵すべきだろう。彼の本能的な欲求であり、それ以上でも以下でもない。だから、守りたいという基本的な欲求を否定することはできない。

「ありがとう。もっと感謝するべきだとわかっているけれど——」

「そんなことを言いたいのではない」彼が遮った。「ただきみよりもぼくのほうがわかっていることがあると認めてほしいだけだ」

アナ・マリアは眉をあげた。「たとえば——？」

たとえば？　一瞬、ナッシュはなにも思いつかなかった。しゃべらないことは得意だ。だが、話すのもだいぶ上達してきたということは、話さないのが下手になってきたということだ。とはいえ、話すのがうまいわけではない。たとえば今のように。

言うことをなにも思いつかない。

「自己防衛とか闘うことを言っているのかと」アナ・マリアが言い、彼が答えを考える必要を省いてくれた。「それは本当にそうだわ。でも、基本的な要素を教えてくれれば、わたしもあなたと同じくらい得意になると信じているわ。出発点は違ったとしてもね。女性であるとかそういうこと」

それこそが、困惑して話すことができない状況にいる理由だ。

彼女は女性だ。一緒に長い時間を過ごすには魅力的過ぎる女性。それなのに彼の屋敷のこの部屋にふたりきりでいる。ほかには、使用人である種々雑多な家族がいるだけだ。ファイナンもいるが。

そういうことだ。彼女は女性であり、自分は愚か者だ。

「そうだな」そう言ったのは、自分の愚かさを知られないため、彼女が親友のきょうだいというだけでなく女性であることを強く意識しているのを悟られないためだ。「話している暇はない。練習を始めよう」

「自分が間違っている時に話題をそらすのが、あなたはわたしより上手」彼女がつぶやく。

ナッシュはその言葉を無視することにした。

リネン類がしまってある書き物机まで歩いていき、引きだしから、長細い布を二本取りだした。「きみの手を包む必要がある」

彼女はちらりと布を見やり、両手を前に差しだした。彼に服従するかのように。

なんてことだ。その姿を見たとたん、ある光景が脳裏をよぎってそのまま一物を直撃した。

両手を差し伸べた彼女を包んだ服を彼が剝がしていく。ゆっくり時間をかけて、完璧な金色の肌を少しずつあらわにする。彼女の差し伸べた両手は、彼が連れていくのを待っている。彼女にいてほしい場所に。彼のベッドか、執務机か？　絨毯の上か？

差し伸べた両手が彼の体に触れ、手のひらで彼の肌を撫でる。

それこそ彼がなによりも渇望していることだ。

もちろん、どんなことでも喜んで受け入れるが。

「ナッシュ？」

一瞬のうちに思いから引き戻され、ナッシュは歯を食いしばって、彼女の両手に布を巻き始めた。

ふたたび、彼女の手袋をしていない手に触れている。その肌は滑らかで、彼のような傷やたこのあとがない。

「通りで声をかけられた時には、こんなリネンは巻いていないでしょう」彼女が指摘する。

「そうだ。だが、練習で怪我をしてほしくない」

「あなたは本当に優しいのね」彼女が答える。

少なくとも、その言葉のおかげで、間が悪い勃起で恥ずかしい思いをするかもしれないという懸念が多少減少した。

「ぼくは優しくない」

彼女の口角が持ちあがり、いたずらっぽい笑みになった。その笑みによって彼の脳裏にどんな思いが浮かぶかを考えただけで、懸念がまた復活する。

「あら、でも優しいと思うわ。窮地にある乙女を救うことにこだわっている。もちろん、わたしが窮地だったわけではないけれど。それにあなたの地位の男性のほとんどが無視するような人々を、あなたはあえて雇っているでしょう」

彼は返事する代わりに顔をしかめた。

「それに、やるべきことだけでも忙しい中、時間を見つけて――」

それに対する返事はうなり声だった。

「――わたしに護身術を訓練してくれる。でも訓練が終わったら、たぶんわたしの救助に急行することに時間を費やす必要がなくなるわ。わたしが自分の面倒は自分で見られると知って、心安らかに家にいられるわね」

それはあり得ない。

「ぼくは優しくない」彼は繰り返した。

彼女が呆れた顔をする。「いいわ。優しくない。では訓練の時間に移りましょうか？」

訓練の時間。そこで彼女に触れる。両手だけではないから、両手に触れただけですでに浮かんでいた彼の寝室という個人的な空間にまた思いを馳せることになる。姿勢を矯正し、ストレートのパンチが決まった時にどうなるかを実演してみせる必要がある。動く時に肩が緊張して動きを損なわないように、肩の脱力も確認する。襲撃者が彼女をうつぶせにしようとする時にどうするかもやってみせなければならない。

最悪だ。

だから、自分から一緒にやるべきだと主張した訓練を先延ばしにしようとしたのか？

「ナッシュ」

「うむ」

ナッシュはうなずき、彼女の背後にまわった。

「よし。まずやることは、きみの反応時間を計ることだ」彼は深く息を吸ってから、彼女のウエストの両側に片方ずつ手を置いた。動かなくさせる。

彼女が悲鳴をあげて飛び退き、身を回して、驚いた顔で彼のほうを向いた。

「よし、反応時間は良好だ」

「なぜ予告してくれなかったの？」

ナッシュは眉をひそめた。「予告したら、反応する準備の時間を与えることになる。それでは意味がない」

彼女がまた呆れた顔をした。「あなたみたいな実際的な男性は会ったことがないわ。本当に苛立つ」

「どういう意味かわからない」片手を持ちあげて、口を開いた彼女を止めた。「だが、どうでもいい。とにかく始めよう。辛辣な言い合いはあとでいくらでもできる」

彼女が両眉を持ちあげる。あのいたずらっぽい笑みが戻ってきた。くそっ。「辛辣な言い合い？　まるでそれがあなたのやりたいことにように言うのね？」また呆れたように首を振るが、あの笑みは浮かべたままだ。「あなたがしたいことはなにか言うのではなく、やるほうだと思うけれど？」

なるほど、たしかにそうだ。悪党に対し、理を諭すよりもパンチを食らわせるほうがいいという意味では。あるいは、ウイスキーをどんな味か語らうよりもただ飲むほうが好きという意味では。

輝き始めたばかりの女性にキスすることも。

扉が勢いよく開き、ファイナンがバーサを連れて戻ってきた。バーサは、彼が名づけた〝非嫡出子発見ツアー〟で父の領地――いまは彼の領地だが――近くの村を回っていた時に見つけた若い女性だ。

バーサはモップとバケツを持ち、ファイナンは片手で布を抱えている。

「まあよかった。モップがあればいいと思っていたところ」アナ・マリアが満足そうに言う。

ふたりはナッシュとアナ・マリアのあいだに入り、ファイナンが膝をついて、バーサがモップをかけたあとに残った水を拭きあげた。

「うまくいっていますか？」ファイナンがわざと無礼なほど単調な表情と口調で訊ねる。

ナッシュはうなった。

「よかった、期待通り」ファイナンがにやりと笑った。

「公爵がわたしの両手に布を巻いてくれて、今わたしの反応時間を計っていたところ」アナ・マリアが言う。「これまでのところ、困難な状況でわたしを助けてくれるはずの術はなにも見せてくれていないわ」

ファイナンが両眉をあげ、ナッシュに辛辣な目を向ける。

「準備だ」

ファイナンがうなずいた。「もちろんです。準備ですよね」

どうすれば、そんなにうんざりした感じで言えるんだ？

「では、ぼくたちはすぐに出ていきますよ」ファイナンが言うと、バーサもモップをバケツに戻して満足そうにうなずいた。

「奥方さまがお茶をご一緒にとおっしゃっておられたのをお忘れなく。適切な服装で」

ファイナンがつけ加えてウインクをした。

「ありがとう」ナッシュが答える前にアナ・マリアが答えた。それがまるで普通のことであるかのように。

「ありがとう」ナッシュは出ていくふたりに向かって繰り返した。

「さて、訓練に戻ろうか？」

「あなたが本当になにかをわたしに見せようとしているなら、ええ、そうしましょう」

またあのいたずらそうな笑み。

ナッシュはアナ・マリアがそうやって笑うのが好きだった。過剰なほどに。毒舌でからかわれるのも好きで、それについてはあとで考えるべきだろうが、おそらく考えないだろう。

「まずはきみにいくつか見せよう」

9

「わたしにいくつか見せる?」

彼の言葉を繰り返した時、彼女はそれが質問であるかのように語尾をあげた。しかも、その質問とともに唇を少しとがらせ、片眉を少し持ちあげた。秘密の冗談を言っているかのようだ。

ナッシュはごくりと唾を飲みこんだ。いたずらっぽい笑みを浮かべてその質問をしているアナ・マリアは、彼がこれまでの人生の大半で知っていたアナ・マリアではない。このアナ・マリアはむしろその表情にだれもが抗えなくなる海の乙女セイレーンのようだ。

ナッシュはなにを言えばわからずにその場で凍りついた。親友の姉に対し、親友の身内でなければいいのにと願っている時に、いったいなにが言える? 個人的なつながりがなく、気の向くままに関係を持つことができる女性であればと願っている時に?

凍りついている場合ではないが、彼の少なくとも一部はそんな警告など気にかけもしない。ズボンの中で硬くなった彼自身のうずきは、自分の思いがこれまで存在すら気づかなかった強い欲望に変わりつつあることを知らせている。だが、いまの感情に屈してはならない。それは親友と、その次に親しい親友の両方、さらにはいかなる女性も愛さないという自分の信念を裏切ることだ。とりわけアナ・マリアはだめだ。

だが、ナッシュは彼女がなにを望んでいるかを考慮していなかった。

「いくつか見せてほしいことがあるわ」ためらいと魅力が入り交じった口調。うっとりするような組み合わせだ。彼女が大きく息を吸った。「あなたになにを示してほしいかを考えていたの。そうね、例えばキスの仕方を見せてほしいわ」

そう言うなり、彼が反応する間もなく、つま先立ちで伸びあがり、両手を彼の二頭筋に置いて体を支えると、唇を――官能的で柔らかくて甘い唇を――彼の唇に押し当てた。

ナッシュの両手が自動的に彼女のウエストに向かい、彼女の体に沿って指が丸まる。彼女が震えるのを感じてまた凍りついたが、彼女は彼の両腕に置いていた両手を滑らせて指先までおろし、手を重ねて安心させるようにそっと握りしめた。

そのあとすぐに両手を離したが、それをすぐに彼のウエストに当て、自分のほうにほんの何センチか引っ張った。

ふたりの体がもう少しで――危うく――触れそうになった。

そしてまだ、彼女の唇は彼の唇にある。ただそこに、なにもせずに動かない。

キスの仕方を知りたいのか？　その手伝いを頼んでいるのか？　彼の指示を求めている？

それなら望みをかなえよう。

ナッシュは唇をもっとしっかり押し当てた。彼女の唇に舌を滑らせると、はっとあえぐのがわかった。そのせいで彼に向かって口を開き、そこに舌をゆっくり滑りこませると、さらに身を震わせるのがはっきり感じられた。

そのあいだじゅう彼の一物は太く長く張りつめ、ズボンの生地を強く押しあげている。ふたりの体が触れれば、彼女もそれを感じることができる。その存在を知らせないために、そして自分が彼女の体を感じないために、ナッシュはぐっと引き寄せたい衝動と闘った。

彼女は喉の奥で小さい声を漏らすと、舌先で彼の舌を迎え、それからおずおずと彼の舌に滑らせた。部屋に響く音はふたりの息遣いと、指で相手の体をつかんでいるせいで生地がこすれ合うかすかな音だけだ。両手が彼の背中をまさぐり、彼のシャツの薄い生地に大きく開いた手のひらが当てられる。

上着を着ていなくてよかった。

彼の上半身と彼女の指を隔てるものはシャツだけだ。ボクシングのために彼が着ているシャツは、大事なシャツではなく、同じようなのは何百枚も衣装ダンスにかかっている。

片方の手を彼女のウエストから離してシャツの襟元に持っていき、引きおろしてシャツが満足のいく雑音とともに破れるのに数秒もかからなかった。彼女が飛びあがってキスを分かち、彼はその瞬間を利用してシャツを脱ぎ、放りだした。彼女がどうしたいか決められるように、そのまま動かずに立ち続ける。

「まあ」一音だけにものすごくたくさんの感情が込められたため息に、彼は打ちのめされそうになった。興味と願望と熱情と明白なためらい。

「ぼくに触れてほしいのか？」彼は訊ねた。まだ動きはしない。彼女の唇は前よりも赤みを帯び、頬が火照っている。黒い目はきらめき、火花が激しく散っている。

彼女の顔から下に視線がおりるのを、ナッシュは自分に許さなかった。

「ほしいわ」彼女が前に出たので、ふたりの体がまた触れそうになった。「それに、もっとキスをしてほしい。好きだわ」

彼は止めていた息を吐くと、彼女の手を取って彼の胸の真ん中に置いた。指がぴくぴく動くのを見て、その手をもっと下に持っていきたい衝動を抑える。かわいがればいいだけの飼い犬ではない。自分がなにをしたいか知る必要がある女性だ。

彼女の指が彼の胸毛にからみ、ゆっくりと彼の広い胸を滑って探索し始めた。その目はその手の動きを追っている。

そのあと、彼の顔を見あげ、口元にまたあの狂いそうになるくらい官能的な笑みを浮かべた。

「あなたの肌はわたしの肌とは全然違う感じ」

彼は唾を飲みこんだ。

彼女が彼の目をじっと見つめたまま、彼の胸に沿って手を移動させる。手のひらにそっと乳首を撫でられ、彼ははっと息を呑んだ。彼女が頭をそらし、動きを止めた。

「これが好き?」

ただうなずいたのは、言葉が出なかったからだ。

「そう」彼女が手のひらを彼の脇に動かし、彼の手をつかんで彼が前に出るようにうながした。今以上のことを期待して前に出るが、それ以上の動きをためらったのは、彼女が強制されたと少しでも感じるのを恐れたからだ。

彼女がまたつま先立ちになり、唇を彼の唇から少しだけ離した。「あなたがさっきキスしてくれた時にやったことが好き。もう一度やって」

ナッシュは安堵のため息をつき、官能的な丸みをすべて感じられるように両手でウエストをつかんで強く引き寄せ、唇を彼女の唇に押し当てた。

これまで思いついたアイデアの中でも、これは一番よかったかもしれない。客間の壁紙の代わりに赤紫色《マゼンタ》のシルク生地を貼ることも含めてのことだ。

人から聞いたことをうのみにするのではなく、自分がなにを好きでなにを好きでないかを見極めようと決意していて、キスをするのが好きかどうかは絶対に知りたいと思っていた。

彼にキスをしてと頼んだのは非常にいい考えで、彼はそれ以上のことを期待しないだろうし、絶対に暴露しないとわかっている。結果を気にせずに経験できる相手は彼しかいない。

自分が絶対にキスをしたくない紳士を殴ることができるようになるのと同時に、キスの仕方だって知っておくべきでしょう？　これは訓練のつけ足し。不適切な訓練ではあるけれど。

彼が――驚いたことに――舌を口に入れてきた時のうずくような感覚をもっと感じたかった。使用人だった時に、男女のあいだでなにが起こるかはよく耳にしたが、そこまで詳しく知らないのは、使用人たちの話題は、どうやって回避するべきかに焦点が当てられていたからだ。

それが幸いだった。こんなにすばらしい感覚だと知っていたら、もっと早く始めたいと望んでいたかもしれない。そうなれば、最初のキスを彼とする大事な機会を逸していただろう。

彼の舌がまた口に滑りこんできて、それがあまりに素敵で危うくうめきそうになった。彼は彼女の唇を舐め、唇を口で優しく吸いながら、ウエストをつかんだ指の力を強めた。

胸が膨らんで重たくなったように感じ、彼の体に押しつけたい衝動にかられる。その体は想像していたし、闘っているのも見たけれど、これほど並はずれて力強く、均整が取れているとは理解していなかった。胸幅は広く、上部が黒い巻き毛で覆われ、下部でそれが徐々に狭まり、さらに低く、彼のズボンの中まで続いている。

まあ。続いているその跡《スパー》に沿って自分の舌を這わせたかった。

ふたりの舌が絡み合うあいだ、よろけないように彼の二頭筋を指でつかんだ。激しく強い絡み合いだったから、もし彼に持ちあげられてキスしてもらったらどんなかを知りたくなった。

そうしてほしいと頼むべき？

でもそれを頼むことは、キスを止めることで、キスは止めたくない。一生やめたくなかった。

指をさらに上に滑らせて、彼の力強い肩まであげてから胸におろすと、胸毛で手のひらがくすぐったかった。まだ彼のウエストに当てていたもう一方の手を脇腹から背中、そして腰のくびれに這わせる。彼の肌は温かく滑らかで、覆っている筋肉は広く大きく盛りあがっている。自分にも筋肉というものがあるのだろうか。それとも、あるにはあるけれど、彼ほど発達していないだけか。

その筋肉を使って彼ができることを想像するだけで身を震えた。

自分の内側で反逆の火花が巻き起こる。邪悪で危険な炎が燃えあがって、これまで禁じられてきたすべてを欲しいと思わせた。

もちろん、今もそうしたことは禁じられている。巨額の財産を持つ独身女性として、前よりもさらに禁じられている。みんなから忘れ去られた使用人ならば、そうしたすべてができて、あらゆる自由がある。アナ・マリアがそれを利用しなかっただけだ。

利用すべきかもしれない。むしろこれまで以上に。突然注目を浴びることになった今、なんでも避けずに手に入れるべきかもしれない。自分が欲しい時にやりたいことをする。

だから今も、自分がやりたいことをする。腰のくびれに当てていた片手をさらに下の尻まで滑らせる。そこは体のほかの部分と同様に硬く、丸みが彼女の手のひらにすっぽりおさまった。

彼が彼女の口の中にうめき声を漏らし、つま先立ちをしている彼女の体を安定させるために両腕を持った。ふたりの口が融合し、ふたりの体が押しつけられてひとつになり、触れられて彼女のすべてが燃えあがる。

彼に触り、彼に触られ、ふたりの体が触れている。すべてが凄すぎる。

そして、彼のキスと自分の掻き回された感情に我を忘れたその時、彼がふいに荒々しい動きで身を引いた。がく然とした表情を浮かべている。

それを見て、そもそもこれを始めたことが賢明であったかどうか疑念が起こった。

彼に見つめられ、アナ・マリアは唾を飲みこんだ。彼の黒い瞳が絶望と困惑と恐怖に満ちているように見える。

だめ、お願い。アナ・マリアは言いたかった。わたしをそんな目で見ないで。これはわたしがやり始めたこと。後悔することで、この瞬間を台なしにしないで。

「わたしが始めたのよ」アナ・マリアは言った。自分の声ではないように聞こえる。低くしゃがれて、自分が思っているよりはるかにひどいことのように聞こえる。

「わたしが始めたの」もう一度言い、顎をあげて彼とまっすぐ視線を合わせた。声が少し普通になった。「あなたを利用したことを謝罪します」

その言葉に彼はふんと鼻を鳴らしたが、なにも言わなかった。

「でも、習っておくべきことだと思ったし、どんな感じなのかいつも知りたかったから」あなたと。それは言葉にしなかった。肩をすくめる。「信頼できる人に教えてほしかったの。それ以上の意味を持たない人に」言葉を切り、早鐘のように打っている心臓の鼓動を鎮めようとする。「やっとわかったわ」

深く息を吸い、彼から視線をそらして、彼の肩越しを見ることに集中する。ずっと楽だ。「水を一杯飲んだら、護身術をいくつか教えてもらうのはどうかしら？　自分の身にどんな危険が起こるのかを理解したから」

「それは違う――」彼は言い始めたが、すぐに言葉を切って頭を振った。

アナ・マリアは待ったが、彼は言葉を続けず、片手をあげて、むっつりした表情で髪を梳いた。いまだにウエストから上は裸だったから、男性の胸の堂々たる広がりをちらりと眺めることができた。

彼は彫像作製のためのモデルをやるべきだ。でも、彼の体は神とは違う。完全にひとりの男性であり、彼自身の力強さによって形作られたものだ。アナ・マリアは彼の中に、ヘラクレスとかヘーパイストス（ギリシャ神話に出てくる炎と鍛冶の神）とか、力と不屈の精神で名高い荒くれ男の姿を見ることができた。

「そんなふうにぼくを見るのをやめてくれ」彼の声はしゃがれていた。

アナ・マリアは後ろめたい気持ちになった。「どんなふうに――？」訊ねると、彼はまた頭を振った。

「始めたことを続けたいかのように」彼がまた頭を振った。「できない、アナ・マリア。なぜできないかは、たくさんの理由がある」絶望したような侘しい彼の口調に、アナ・マリアは最初に彼を誘惑してキスをした時よりももっと申しわけなく感じた。

「これになんの意味もないわ」アナ・マリアはきっぱりと言った。「なにかを意味する必要もないし、だれにも言わないし、二度と起こらないように約束します」〝さあこれで決まり〟の口調で言い、彼が納得することを願ったが、実を言えば、自分も納得していない。なにかを——むしろすべてを——意味しているし、二度と起こらないと思っただけで胸が張り裂けそうだ。

そうしたくないわけではないが、彼を大事に思うあまり、彼の顔に今の表情が浮かぶことは耐えられない。彼の苦痛に満ちた声も聞きたくない。

それでも彼は傷ついて見えた。「これはわたしの選択なのよ、ナッシュ。わたしだけの選択。不充分かもしれないけれど、その責任はわたしにあるの」それでも、彼の苦しい表情は変わらなかった。

やはり、いい考えではなかった。ブランリー卿のあとについてあの部屋に入った時のことを考えれば、あるいは、しおれたヒマワリのように見える黄色いバター色の服を着ているのを見て、セバスチャンが服を買う手当をくれた時のことを思いだせば、そこまで最悪とは言えない。

でも、そうした嘆かわしい決断のひとつであることは間違いない。人生で最高の思い出のひとつとなることもたしかだけれど。〝歩く矛盾〟。

もうまったく。


「この指南はもう充分だと思う」ナッシュはついに言った。それ以上はなにも言わず、動きもせずにただ立って待った。

こうしてやめるのは自分がもっとも望まないことだ。つまり、できるのはそれだけということだ。

アナ・マリアにキスをしたことは——いや、それについては考えるべきではない。今はだめだ。彼女がまだここにいて、この部屋でふたりきりでいる時は。

一物がまだうずいている今、ただそのうずきに屈し、自分とその一物の望むことをしたかった。彼女を裸にして、訓練室の床に寝かせることだ。

しかしそれはできない。

彼女はこの世でもっとも深く関わってはいけない女性だ。彼女を好きで大切に思っていることは自覚していたが、今は彼女の望みも同様だと理解している。それはつまり関わりを意味していて、関わりは感情を意味し、感情は情熱を意味し、そのすべては暴力という結果を招く。

おまえはわしと同じようになるぞ。あらゆる点で。

親密な女性を好きになることはできない。父の鉄拳の道をたどるのにそれ以上たやすい方法はなく、自分は断固その道を歩むつもりはない。

彼女が答えるかのように口を開いたが、なにも答えなかった。だが、彼の心は、彼女が言うことを恐れ、その言葉が聞こえたようにきりきり痛んだ。とはいえ、彼女はすでに最悪のことを口に出して言ったではないか？　これになんの意味もないわ。

彼にとって、それはすべてを意味していた。その意味とは、完全に幸せな人生はもはやあり得ないとわかったことだ。彼の世界は無音無色であり続ける。この輝く美しい世界に自分が対処できると信じていないせいだ。肌は柔らかい金色、髪は濃い栗色、瞳は溶けたチョコレート色の彼女がいる輝かしい世界。

「わたしは帰るわね、お祖母さまはあなたとお茶が飲みたいわけだから」アナ・マリアが頭を勢いよく振りあげ、挑戦的な表情を浮かべた。「もうこれ以上訓練はないということでしょう？」

「いや、ぼくたちは――次回はファイナンにいてもらうように頼む」

アナ・マリアが目を狭めた。「わたしを信頼できないからね」

「違う、ぼくは――」そこで言葉を切ったのは、なにを言えばいいか思いつかなかったからだ。ほかのすべては変わったが、少なくともそこは変わらない。なんと言えばいいか、いつもわからない。

アナ・マリアが肩をすくめた。「いいわ。あなたの多忙な毎日の中で、あなたが教えると言い張っていることをわたしに教える時間があったら、知らせてくださいな」あざけるような口調にひるみ、ナッシュは返事に詰まった。彼女が傷ついているのは明らかだが、それについて自分にできることはなにもない。

ただし、それについてできることがなにもない中に、最初の活動を再開することは含まれていない。

「それに、きっとシャツを着たいでしょう。冷えてしまうわ」

彼女は傷ついているのではない。激怒しているのだ。

彼女の怒りからあふれる輝きを浴びたかった。彼女の放った感情すべてをこの身に受けて、その感情を抑えこんだり、闘う方向に導いたりせずに、その強烈さを実感したかった。

だができない。自分がどう感じているかを彼女に知らせることはできない。ほんの少しでもだめだ。知れば、彼にもっと話させようとするだろう。お願いと言って。それこそ起こってはならないことだ。

少しでも彼女に話し始めたら、絶対に止まらなくなる。

だからこそ、ふたりの関係を彼女に示したこと、すなわち彼の保護なしに自分の人生を生きられるように教えることに限定する。なぜなら、わかっていたからだ。自分が彼女と一緒になれないことをわかっているのと同じくらい、ほかの男と一緒になるのを見たら自分が打ち砕かれることを。

だから、それより前に、彼女が安全であると納得したい。

「ファイナンに書きつけを届けさせる」

彼はかがんで破けたシャツを拾うと、戸口に向かって歩き、扉の取っ手に手をかけてようやく振り向いた。「リチャードソンにきみを馬車まで送るように言っておく」リチャードソンは彼の執事であり、少なくとも十歳は年上の異母兄だ。

彼女はなにも答えず、ただ、細めた目で彼が部屋を出て静かに扉を閉めるまで見送った。

そのあと、彼は聞いた。ガラスでできたなにかが床に叩きつけられたかのようながしゃんという音を。

10

アナ・マリアは床の粉々になったグラスの破片を見つめ、自分自身の暴力的行為に狼狽していた。

もちろん、衝動的な行動には気分を引きたたせる要素もある。けれども、衝動的な行動に従って彼にキスをしたのは、最高だけど最悪の考えだった。気持ちの高揚だけでなくとんでもなく愚かな行動だった。

しかも、このグラスをバーサが掃除しなければならないのは耐えがたい。

それこそ、衝動的行動の問題点だ。割れたグラスにしても、自然発生的なキスにしても、そのあと始末をしなければならない人がいる。

散らばったガラスを注意深く避けて、部屋の隅の呼び鈴まで歩いていった。しかしながら、呼び鈴を鳴らす前に、扉が開き、ナッシュの執事――リチャードソン？――が現れて、彼女と床をちらりと見やったが、顔にはなんの表情も表さなかった。

「すぐに掃除に来させます、お嬢さま」彼が言う。「ついてきてください。馬車までお送りします」

「だれかに掃除してもらうのは悪いから――」アナ・マリアは言い始めたが、リチャードソンが黒い眉を片方持ちあげたのを見て言葉を切った。上位の使用人固有の表現法はよくわかっている。彼のあげた片眉は、却下とほぼ同じ意味合いだ。

「気にしないで」アナ・マリアは敗北を認め、ポケットに手を入れて硬貨を取りだした。「どうかこれをバーサにあげてね。彼女が掃除すると思うけれど、わたしがいけなかったのだから」

彼はうなずき、その硬貨を胴着のポケットにしまった。「こちらです、お嬢さま」

案内されて馬車に乗ると、アナ・マリアは座席のクッションにもたれ、大きくため息をついた。なぜ彼はあんなにわからずやなのかしら。結局のところ、ただのキスなのに。

彼はセバスチャンに似ていると思っていた。アイヴィに出会って、結婚する前のセバスチャンに。颯爽とした色男で、あらゆるレディを魅了したが、その全員が彼は本気でないことを知っていた。

でも、アナ・マリアが尻軽女でないのと同じくらい、ナッシュも颯爽とした色男とかけ離れていた。そう考えればうなずける。

もっと悪い。

さっきはナッシュに対して怒っていたが、いまはただ……意気消沈していた。自立という輝かしいはずの行動がほかの人、つまり彼を傷つけることになる。もっとも傷つけたくない人なのに。

彼は人生の中であまりに多く傷ついた。もちろん最近は違う。いまはほかの人、彼の視点から、やられて当然の人間を傷つける側になったらしい。

でも、あの当時、この屋敷に来るようになった最初の頃の彼は、瘦せていて、暗すぎる瞳と怯えた表情の不器用な少年だった。母親が家を出たあとのことだ。アナ・マリアは亡くなった公爵に一度しか会ったことがないが、残酷な男のように見えた。使用人たちのことも自分の息子のことも、懲らしめることを楽しんでいた。

そして、セバスチャンがうっかり漏らした言葉から察して、先代公爵はナッシュに対し、実際に身体的な虐待もしていたらしい。それがナッシュもすぐに人を殴る理由かもしれない。けれども、そのせいで、自分が父親と似ていると感じて嫌なのではないかと、あるいは、父親と同じと思われないように自分を抑えているのではないかと心配せずにはいられない。

あの悲しく寂しい少年のことを考えただけで心が痛んだ。

そして自分は、おとなになったその悲しく寂しい少年とキスをした。彼はいまも悲しいのだろうか？　アナ・マリアにはわからなかった。自分の人生を比較的楽しんでいるように見えるが、社交的な行事や慣習的なクラヴァットが必要な貴族でいることを楽しんでいないのは明らかだ。

彼は寂しいだろうか？

セバスチャンとサディアスという友人はいるが、前者はだれでもないという新しい人生で忙しく、後者は公爵としての新しい人生で忙しい。

もちろん、彼にはファイナンがいる。使用人たちも全員が母親違いのきょうだいだ。

しかし、そのうちのひとりでも心を打ち明けられる人がいるだろうか？　でも、先日の晩のテラスで、彼はアナ・マリアを信頼しているようだった。自分は彼の友人になれる。彼とキスをする友人ではないことが大事。その事実が彼を悩ませているのだから。

適度な距離を保ちつつ、信頼を得られるくらいには近づく必要がある。そのためには〝歩く矛盾〟の道を歩くこと、アナ・マリアはそう思い、心の中で苦笑した。

彼がシャツを着るために二階の寝室に戻ると、腹違いの妹でもある女中ふたりがいて、ひとりは驚いて悲鳴をあげ、その悲鳴を聞いて、もうひとりは笑いだした。

そのどちらの反応が好ましいか悩ましいところだ。

ファイナンも待っていたが、ナッシュの予想ほど独善的な表情は浮かべていなかった。むしろ、友の顔は悲しそうだった。彼から渡された書き付けを開き、ナッシュは顔をしかめた。

待っていますよ。

署名はなかったが、祖母からしかあり得ない。どうやらすでに遅刻しているらしいが、そもそも、なんのために呼ばれたかもわからない。どちらにしろ、不愉快な用件だろう。

ナッシュはうなると、シャツだけでなく上着を着てクラヴァットもつけた。

「まったく堅苦しいレディだ」つぶやき、指で髪を梳いて整える。最後にもう一度鏡を眺め、ほぼ正式な装いの紳士が見返しているのを見て眉をひそめた。

一階におりて、祖母がお茶を飲んでいる客間まで行き、勢いよく扉を開けて中に入る。

「ごきげんよう」祖母の喜んでいるような口調に、彼の背筋に震えが走った。いまいましいクラヴァットがますますきつく感じる。

客間にほかに三人の若いレディがいることに気づくと、背筋を伝う震えは洪水のように広がった。先日の晩に踊った金髪のレディとあとふたりが、まるで彼の観察に備えるように、ひとつのソファに並んで坐っている。

「こちらのレディの方々をお茶にお招きしたんですよ」祖母が言った。もちろん、彼が品定めをするためだ。祖母は目を細めてナッシュを見つめた。「さあ公爵、お坐りになって」

ナッシュはティーテーブルの横の椅子に腰をおろした。祖母がテーブルの反対側にいて、三人の若いレディとは向き合う位置だ。

三人全員が彼を見ている。ただ……見ている。

「こちらがレディ・フェリシティ・タウンシェンド、前に会っていると思うけれど」レディ・フェリシティは得意げな表情を浮かべている。すでに会っているという優越感からか?

「またお目にかかれて嬉しいですわ、閣下。ご一緒に踊ったのがとても楽しかったので」そう言いながら、両肩をすくめて少しもじもじしたのは、事前に練習済みの動作らしい。

「そしてこちらが、ミス・ヴィクトリア・ステーサムよ。ダービーシャー・ステーサムのミスター・ジェームズ・ステーサムのご令嬢」

まるでそれが彼にとってなにか意味を持つかのような言い方だ。

ミス・ヴィクトリアは、薄い茶色の髪と大きな緑色の瞳のせいで、いくぶん妖精のように見える。後生だから、妖精と結婚させないでくれ。

「こちらはレディ・ベアトリス・コルム。レディ・ベアトリスはわたくしがデビューした時に知り合ったレディのお孫さんなんですよ」

レディ・ベアトリスは不安げな様子で、茶色の瞳をまるでイエバエの動きを追いかけているかのようにあちこちに向けている。紹介のあいだも彼とはほとんど目を合わさずに部屋のほうに視線をそらし、膝の上で握った両手を揉み絞っている。唇は緊張のあまり細い線となり、唾を飲みこむたびにわかるほど喉が動いた。

そんなに怖がられているのか？

それともただ彼女が神経質なだけか？

ナッシュは深く息を吸った。少なくともこの予期せぬ訪問のあいだは、レディ・ベアトリスを優しく扱う努力をすべきだろう。「皆さんがお茶に来てくれて嬉しい」

彼の声はまったく抑揚がなかった。自分で聞いたとしても、喜んでいないことがはっきりわかっただろう。

それは真実だが、思いやりにかける。

ナッシュは自分にも思いやりがあることを確認する必要があった。

もう一度レディ・ベアトリスを見やったが、彼女はドレスの襞《ひだ》に夢中らしい。

「お茶はもっとも元気が出る飲み物だ」

祖母が言葉にならない音を発した。このうなり声は、祖母と自分が血縁関係にある証拠になるか？

「注ぎましょうか？」祖母が訊ねる。

レディ・フェリシティがナッシュの顔を見つめたまま、嬉しそうに身をはずませた。

「わたくしもとても好きですわ。でも閣下、ウイスキーもお好きでしょう？」

これが茶の時間に適切な会話なのか？　自分はミルク――大嫌いなひどい不透明の飲み物――から、ウイスキー――殴られる必要がない者を殴らなかった日の褒美――まで、あらゆる飲み物についての意見を公開しなければならないのか？

ナッシュは肩をすくめた。この動作ならしていいわけだ。結局のところ、社交界の礼儀作法もそれほど難しくはないな。

「母がいつも言っています、お酒はすべて悪魔の毒ですって」ミス・ステーサムが宣言する。

ナッシュは眉をひそめて、彼女の言葉について考えた。「つまり悪魔を毒殺するという意味かな。それならば、よいものでは？　それとも、悪魔が作った毒を人々が飲んでいるということかな？」

ミス・ステーサムに向けた質問だったが、答えはほかから戻ってきた。祖母が鋭く息を吸い、ミス・フェリシティの目は大きく見開かれ、レディ・ベアトリスは意外にもくすくす笑いを漏らした。

少なくとも、レディ・ベアトリスはもう怯えたり不安を感じたりはしていないようだ。ミス・ステーサムはひと言も言わなかったが、頬を真っ赤に染めてふいに立ちあがった。そしてつかつかと部屋から出ていった。扉がばたんと閉まる。

森の妖精《スプライト》にも気概《スピリット》らしきものがあったらしい。

「ひとり去り、あとふたり」祖母のつぶやきが聞こえた。

「わたしも失礼いたしますわ」レディ・ベアトリスが言った。「お招きありがとうございました、閣下、奥方さま」髪飾りにもう一度目をやると立ちあがり、小走りで部屋を出ていった。その後ろ姿全体からほっとした様子が見てとれた。

ふたり去ってあとひとり。

「わたくしはぜひお茶をいただきたいですわ、閣下」レディ・フェリシティが言った。その表情はクリーム全部をかっさらおうとしているネコそのものだった。

そして彼はクリーム。

自分はクリームになりたくない。それを言うなら、かっさらわれたくもない。

このネコを立ち去らせるのが一番難しそうだ。

「たまたま、重要な案件で秘書と話さなければならないので」

祖母が彼をにらみつけた。彼があからさまに言い訳をでっちあげたのだから当然だろう。

「ではまた近いうちにお目にかからせていただきますわ、閣下」レディ・フェリシティが甘たるい声で言う。ミャオ。

仕事が溜まっていることを、人生でこれほど感謝したことはなかった。


「またふたり見つけました」秘書のロバート・カーステアズが言い、執務机越しにナッシュに一枚の紙を差しだした。

「父は多忙だっただろうな。しかも、とんでもない繁殖能力だ」最近見つかった自分のきょうだいの名前と住んでいる場所を眺める。はるか北ということは、亡くなった公爵がスコットランドの狩猟小屋を訪れた時に妊娠させたのだろう。

「いつもの通り、援助や勤め口が必要かを訊ねる手紙を送りました。ひとりは返事を寄こし、あなたがぼくらの父親とは違うという言質が欲しいと言ってきました。もうひとりは勤め口に関心があるとのこと。家庭教師として働いていたそうです」

「ここに子どもはいないと伝えてほしかったが」

「〝恵まれない困窮児童援助協会〟のレディの方々にあなたが話せるのではないかと

思ったので。この数年間にかなりの金額を寄付しています」

「へえ、ぼくが？」

ロバートはうなずいた。「レディ・アナ・マリアの推薦によるものです。あの方もその協会に関心がおありのようで」

もちろんそうだろう。自分と同じく、悪い環境で生まれた子どもたちを助けたいと望んでいる。

「では、そこに手紙を書いてくれ」

「もう書きました。人手はいくらでも欲しいそうですが、給金を払う余裕はないとのこと」

ナッシュは持っていた紙を振った。「ではそれも引き受けてくれ。もうひとりのほうには返事を書いて、父とはまったく似ていないと知らせてくれ」現実はそうでなくても、少なくとも本人がそうであることを願っている。

「それもすでに出しました。それから、ほかにもお知らせしたいことが」これまで見たことがない奇妙な表情を浮かべている。

「なんだ？」

ロバートは一度深呼吸をしてから口を開いた。「あなたの母上のおられる場所を突きとめました」

ナッシュは一瞬ひるみ、反射的に両手を拳に握ってロバートのほうに踏みだした。

「なんだと?」

ロバートは動かなかった。ふたりの男は胸がつき合うぐらい近づき、ナッシュは自分の秘書をにらみつけた。

ロバートは父親の死後にナッシュが最初に見つけた父親の非嫡出子たちのひとりだった。ロンドンの海運事務所で事務員として働いていたが、ナッシュのところで働く機会に飛びついた。先代公爵の落とし胤をさらに多く見つける仕事に従事できることが一番の動機だった。

これまでにロバートは一ダース以上――今回のふたりを入れて十四人――を見つけ、希望する者たち全員をナッシュが援助した。ロンドンの屋敷で八人雇い、ほかの何人かには定期的に手当を送っている。

「ぼくたちのきょうだいを見つけるように頼んだ」ナッシュは言った。「母親ではない」怒りが真っ赤な霧となって視界をさえぎる。その怒りを押しやれ。呑まれるな。相手が殴られて当然でない限り、爆発させるな。

ロバートは殴られて当然ではない。

暴力を止められない感覚がナッシュはたまらなく嫌だった。正義に支えられた闘いによって、あるいはいくらかのウイスキーによって、その感覚を阻むことができる。だが、怒りに圧倒されて制御できなくなる時がある。

父親のように。どんないいことをしようとも、どれほど多くのきょうだいを見つけようとも、どれほど多くの悪事を正そうとも、必ず父親の行動に戻ってくる。

おまえはわしと同じようになるぞ。あらゆる点で。

いや、ならない。それは自分に許さない。

ナッシュはロバートを凝視した。腹違いの兄弟がその視線を真っ向から受けとめる。その目に恐怖は浮かんでいない。ナッシュはロバートを避けて手を伸ばし、食卓に置いてあるものを取った。花瓶か水差しか定かでないが、それを頭上に振りかざし、壁に叩きつけるべく構える。

だが、すぐにその手をゆっくりおろした。ロバートの表情を見るうちに、怒りが和らいだからだ。ナッシュに顎を殴られる寸前ではないと信じている表情。ナッシュの不安を理解し、ナッシュが彼を傷つけないとわかっている表情だ。

彼女はなんと言った？ これはわたしの選択なのよ、ナッシュ。自分も父親でなく自分であることを選択できるはずではないか？

ロバートがじっと見守る中、ナッシュは花瓶をテーブルに戻した。この花瓶を叩きつけたらどうなっていたかを一瞬考える。壁に当たってガラスが割れ、破片が床に落ちた時の爽快な破壊音、二度と元に戻らないものを完全に破壊し尽くした満足感。

取り返しのつかないことをするのはたしかに達成感がある。しかし、それは、なってはならない自分に向かう危険で避けがたい道であり、自分を嫌うだけでなく、周囲の人々、彼の評判を鵜呑みにしている者たちではない親しい者たちにまで、彼が危険だと知らせることになる。

もしも彼が噂通り危険だと彼女が信じたら？　もしも正当な理由なく暴力をふるう彼を、彼女が見ることになったら？　彼女の安全が危険にさらされた時に？

自分が良心に恥じないように生きられるとは思っていない。だからこそ、自分の気性を縛りつけておく必要がある。本来の自分と異なる人間になることを選ばねばならないからだ。

「そこにいたのですね。話し合いますよ、今すぐに」

うむを言わさぬ口調が、威厳に満ちた表情にぴったり合っている。祖母は彼の書斎の戸口に立っていた。すぐ脇には彼女の小間使いが控え、どちらの女性も強い非難を全身から発している。

当然だろう。

少なくとも花瓶は割らなかったと祖母に言えればよかったが、それを言えば、祖母が思っている以上に父の傾向を受け継いでいると認めることになる。

「失礼します、閣下」ロバートが戸口まで歩いていき、脇に寄って祖母を通した。

「ありがとう」ナッシュはロバートに声をかけ、すべてに――ナッシュの暴力に断固たる態度を取ってくれたことも、ナッシュの母親を見つけてくれたことも――感謝しているとロバートに伝わることを願った。ナッシュ自身が自分を信頼できない時に、信頼してくれる様子を見せてくれたことも。

祖母は小間使いを従え、ゆっくり歩いて部屋に入ってきた。

「どうぞ坐ってください」ナッシュは言い、祖母のために椅子を引いた。

彼の伸ばした手を祖母がわざとらしく無視し、ゆっくり腰をおろすまで待つ。祖母の小間使いは主人が坐る椅子の後ろといういつもの位置に陣どった。

「あの三人はリストの一番上の三人でした」祖母が坐ったまま背筋をさらにすっと伸ばし、ふんと鼻を鳴らす。「それなのに、可能な候補者はレディ・フェリシティだけとは」

「すぐにわかったほうが時間の節約になるではありませんか?」実際効率的だし、三人のうちふたりとはダンスをしなくて済む。

「そういう問題ではありません。あなたが小さい時にお母さまが出ていったことはわかっていますが、あなたの父親が」〝自分の息子〟とは決して言わないことに、息子に対する嫌悪の深さが見てとれる。「行儀作法の訓練はさせたはず」

ナッシュは遺憾に思っているようにゆっくり首を振った。もちろん実際は思っていない。父に無視されていたのは幸運だった。「亡くなった公爵はほんのいくつかの事にしか関心がなく、ぼくに礼儀作法を学ばせるのはそこに入っていなかった」その代わり、彼はセバスチャンとサディアスの冒険にくっついて田舎の土地を自由に歩きまわった。アナ・マリアも、セバスチャンの母親に気づかれずに逃げ出せた時は加わった。

「あなたに適切な振る舞いを教えなければなりません」祖母が宣言する。背後で小間使いがうなずいて賛意を示している。

ナッシュは椅子の肘掛けを握りしめ、婦人ふたりに向かって怒鳴らないように自制した。「必要ありません」

「明らかに必要です。ほかに頼む人を思いつくなら別ですけれど？」人差し指をあげて非難の意を強調する。「ちょうど学ぶつもりで、まだ始めていないなどという言い訳は聞きません」

一瞬、護身術と交換に礼儀作法の指導をアナ・マリアに依頼するという考えが浮かんだが、これ以上長く彼女と一緒に過ごす危険は冒せない。護身術の訓練は非常に大事だが、一方で、上流社会でだれのことも無視せずに生きていく術などまったく重要でない。

「いいでしょう。任せます」言葉少なく答える。

祖母は驚いたように見えた。あっさり降伏したことに驚いたのか？　しかしなにも言わずに、ただ満足げにうなずいた。

「あしたから始めましょう」言いながら腰をあげる。ナッシュが急いで机を回って出ていくと、彼女は小間使いを待たずにナッシュの介添えを受け入れた。「ではきょうはこれで。わたしは少し昼寝をしますよ。よく休まないとね」そう言い、大丈夫ねと確認するようなまなざしを彼に向けたあと、小間使いにつき添われてゆっくり歩いて部屋から出ていった。残されたナッシュは椅子にどんと腰を落とし、当惑の思いで頭を振った。

結婚して子孫を設けるこの計画は、だれかにただ結婚を申しこみ、ただセックスするよりもはるかに難しい。

もしもこれほど困難だと事前に知っていれば――いや、それでもやっていただろう。彼がそうしなければ、公爵領に関わる全員が危険に瀕することになるからだ。

重荷ではあるが、これは義務であり、彼が背負わなければならないことだ。


彼女は彼にキスをした。そして、彼も彼女にキスを返した。ふたりはキスをした。すごくたくさんのキス。

そのあとには、なにもない。

わたしは後悔している？　ええ、でも、後悔しているのはキス自体ではなく、彼がそれによって身を切り裂かれるような思いをしたこと。とはいえ、キスしているあいだの彼は喜びを感じているように見えた。

でも、そんなこと、どうして彼女にわかる？　もしかしたら、彼が示した喜びは、キスのやり方の一部にすぎないのかもしれない。

けれども、彼ともう一度キスをする機会がなかったら、それさえわからない。

彼以外の人とはキスをしたくないからだ。

頭の中で思いが堂々巡りをしていると、家の前に馬車が止まる音が聞こえた。身を乗りだして窓から外をのぞくと、驚いたことに馬車の出口にミス・オクタヴィアの姿が見えた。

嬉しい気分転換だが、すぐに〝なにかが起こった〟と気づく詮索好きの友人だ。しかも今、自分の頭のなかには様々な思いが巡っている。

オクタヴィアになにも疑われないよう、アナ・マリアは急いで表情を整えた。

「ごきげんよう！」従僕に手を取られて馬車をおりる友人に声をかける。

オクタヴィアは返事の代わりに手を振ると、石段をのぼって玄関までやってきた。

「会えて嬉しいけれど、びっくりしたわ――」アナ・マリアは言い始めた。

「なにを計画しているの？」オクタヴィアが目を大きく見開き、アナ・マリアの言葉をさえぎった。「そんな社交的な挨拶で時間を無駄にしないで、早く話してくださらなきゃ」

なんとまあ。オクタヴィアのクラブで勝負事はしないほうがいいかもしれない。自分は感情がすぐに顔に出てしまうらしい。それとも、オクタヴィアの感性が鋭くて、友人が予期せぬことをしていると、すぐに気づくのかもしれない。

「その表情は、あなたの弟がわたしたちのところで暮らすようになった時に、アイヴィが浮かべていたのと同じだわ」フレッチフィールドが扉を開けてふたりを通すのも待たずに、オクタヴィアがささやいた。

「客間でお茶よ」アナ・マリアは断定口調で言った。オクタヴィアの言葉をだれにも聞かれないほうがいい。自分がどこへ行っていたかを、以前に仲間だった使用人たちに訊ねられたくないし、まして、サディアスに言いつけられたくない。

オクタヴィアの腕を取り、廊下を案内して客間に入ると、扉をしっかり閉めた。

いつものことだが、この部屋に入るたびにその美しさに満足のため息をつかずにはいられない。選んだ生地が到着して、寝室の模様替えをするのが待ちきれなかった。それで思いだしたが、生地はきょう届くはずだった。もう届いているかどうかフレッチフィールドに確認しなければ。

「どうぞ坐って。すぐにお茶が運ばれてくるわ」

ミス・オクタヴィアは椅子をアナ・マリアの椅子に近づけてからようやく坐った。

「購入した生地について話をしようと思って来たの。あなたにもう少し手伝ってもらえればと思って。でも、そちらは待てるわ。どこに行っていたの？　なぜ顔が燃えるように赤いの？」

アナ・マリアは頰に片手を当てた。「赤いかしら？」熱くはなっていないけれど。

「頰が真っ赤よ。それに、その表情――なんて形容したらいいかしら。いつもよりも乱れている感じ？」

「ああ、それね！　マルヴァーン公爵から護身術の訓練を受けてきたところなの」さりげない口調を保つように努力した。

でも、もちろんオクタヴィアの追及を振り切ることなどできない。

「あら！　あの危険な公爵ね！　彼があなたに護身術を教えているの？　それは興味深いこと」

アナ・マリアは認めたほうがいいと判断した。「それに、彼にキスをしたわ」その真実を明かさざるを得なくなるまで質問を保留にするよりも、ここで言ってしまったほうがはるかにたやすいはずだ。

それに加えて、アナ・マリアは嘘をつきたくなかった。ジェインをのぞけば、これまで秘密を打ち明けられる女友だちがいなかった。自分の身に起こったことを、陽気な友と話し合えるのはとても嬉しいことだ。

オクタヴィアの目がさらに大きく見開かれた。「嘘でしょう！」

この友の驚きようにアナ・マリアは思わず吹きだした。「本当なの。しかも、とても素敵だったわ」説明する。「素敵でなくなるまでは」

オクタヴィアが身を乗りだし、アナ・マリアが膝の上で握りしめている両手に自分の両手を重ねた。「全部話してくれなければ。最初からね」


「いったい全体どうした？」寝室で行ったり来たりしているナッシュにファイナンが訊ねる。

アナ・マリア、あのキス、ロバートが母を見つけたこと、祖母、レディ・フェリシティ。悪魔の毒や魅惑的な襞飾りは言うまでもない。

ナッシュは頭を振り、また行ったり来たりを続けた。部屋に入ってすぐに上着を放りだし、クラヴァットをはずしたが、いまはシャツさえもきつく感じる。それに、きっとシャツを着たいでしょう。冷えてしまうわ。

ナッシュはうなった。

「ナッシュ」ファイナンがそう言いながら、ナッシュの腕に手をかけた。ナッシュは身を翻してその手を払い、友と向き合った。

ファイナンが両手をあげて、降参を表明する。「殴りたければ殴ってもいいが、そうなれば使用人たちに、この美しい絨毯が血で汚れた説明をしなければならないぞ」

ナッシュははっとして動きを止めた。「すまない」そう言い、また頭を振る。「きょうは本来の自分でないようだ」

「ぼくには、最近のきみよりも、ずっときみらしく思えるが」ファイナンがベッド脇の大きな椅子に坐った。寝る前に読書をしたい公爵たちのために用意されているものだ。

ナッシュはそういう公爵のひとりではないので、ブーツを履く時に坐るだけだ。

「どういう意味だ、ずっとぼくらしいというのは？」ナッシュは訊ねた。

ファイナンは椅子の背にもたれて両脚を投げだし、いかにも気持ちよさそうに坐っている。

ナッシュはその椅子をひっくり返し、ファイナンを床に転がしたい衝動をなんとか抑えた。

椅子が重いというのが主な理由だが、ファイナンが小柄だが筋肉隆々というのもある。

ファイナンがナッシュを指差した。「きみはなにかの夢から覚めたばかりのようだ」

「悪夢からだ」ナッシュは即答した。ファイナンが問いかけるように両眉を持ちあげる。

「ぼくは結婚しなければならないのに、花嫁候補のレディをひとり以外全員追い払った。しかも、ロバートが言ったことに反応して、花瓶を粉々にするところだった」

ファイナンがにやにやした。「それで全部か？　少なくとも、ロバートの頭に花瓶を叩きつけていない。きみにしては、大変な進歩だ」

ナッシュは返事の代わりにうなった。

「ほらね、だから、きみは変わったと言ったんだ」ファイナンがさらに言う。「以前のきみはそんなことを考えなかった。さらに酒を飲んで、さらに喧嘩しただけだ。たぶん、奥方さまが来て、きみを礼儀正しい社会に引きずりこんだせいか、または、あのレディと一緒に過ごしたからなのか、明らかに妹でなくて――」

「そのことだが、彼女との訓練には毎回立ち合ってくれ」口を切る前にどう話すか熟考すべきだった。「つまり……実際にやってみせる必要があるし、彼女を傷つけたくない」いろいろな面で真実だ。

「なるほど、実例を示すためにぼくが必要なわけだ」ファイナンが疑わしそうに言う。「彼女が妹のような存在だと自分に言い聞かせるのに忙しいからではなく」

「黙れ」

ファイナンは片眉をあげ、けんかをふっかけるような目つきをしたが、なにも言わなかった。

やはり彼に一発くらわすべきだったかもしれない。そのほうが時間を取らないし、言葉もいらない。しかし、そうしないことを選んだ。これが進歩――なのか？

「それで、彼は今後またそうなることを望まないと言ったのね。あなたはその言葉を信じるの？」口調から、オクタヴィアは信じていないらしい。

「わたしが信じるか信じないかは関係ないわ――彼はあまりに途方にくれていて、だから、申しわけなかったと思ったわ。遊び人たちはどうやっているのかしら？　こんなふうにほかの人の気持ちにずかずか踏みこむことに」

「たいていの遊び人は、無口で大柄な公爵にキスする感性豊かな若いレディではないもの」オクタヴィアがあっさり言う。

「たとえわたしが望んでも――」もちろん望んでいるし、それはどちらも知っている――「彼はまたきっと途方にくれるでしょう」

「彼が途方にくれた様子を見るのは楽しいんじゃないかしら――」オクタヴィアが言い始めた言葉は、扉が開く音に邪魔された。ふたりで同時に戸口のほうに振り返る。

「お嬢さま？」

戸口にフレッチフィールドが現れた。すぐ後ろにジェインがいて、嬉しそうににこにこしている。

「お荷物が届きましたよ」ジェインが興奮した声で言う。フレッチフィールドがいさめるようにジェインを見やる。

「それから、また花が届きました」フレッチフィールドが言う。「客間にはこれ以上飾る場所がありません」花束の襲来に批判的らしい。アナ・マリアも同感だった。花は大好きだが、求愛するならば、花束よりも大事なことがある。これまで、実際に申しこんできたのはブランリー卿だけで、しかも彼の申しこみは最低だった。

「どこに飾れば――?」フレッチフィールドの問いかけをアナ・マリアは途中でさえぎった。

「どこでもあなたがいいと思うところに。どうでもいいわ」そう言いながら、片手を振って、その話はおしまいにした。「それよりも生地が届いたのね！　よかったわ！」

これで、購入した生地で模様替えをする計画を立てられる。しかも、先ほどの難しい会話からも抜けられる。「見てみましょう」アナ・マリアはオクタヴィアに言った。

「あとでまたこの話をしますからね」オクタヴィアが警告する。

アナ・マリアはその言葉を無視した。

しかし、友の言うあとが、そんなにあとでないことはわかっている。

それに、たしかに彼が途方にくれる姿を見たいかもしれない。ただし、それをだれかに打ち明けるなら死んだほうがましだけれど。

11

「これは壁に使ったらとてもいいと思うわ」アナ・マリアは反物のひとつを取って広げながら言った。「厚くて丈夫だけど、そこまで厚くはないから、カーテンには合わないわね」

ふたりのレディとジェインはアナ・マリアの客間に戻ったところだった。部屋には購入した生地が絨毯の上に広げられ、そのとりどりのあふれるような色合いに目がくらみそうだった。紫色がオレンジ色と競い、緑色が赤紫色と張り合う一方、部屋自体の鮮やかな赤とピンク色が相俟って独自の雰囲気を醸している。

言い変えれば、アナ・マリアの愛する色合いということだ。

「そうかもしれないわね」オクタヴィアはもう退屈したらしい。最初は熱心そうだったが、最近はすぐに頭が痛いと文句を言う。「このあふれるような模様のせいだわ」

アナ・マリアは笑いだし、お茶のお代わりを頼もうと呼び鈴を鳴らした。

「あなたがクラブに来てくれて、決めてくれたらいいわ」オクタヴィアが言う。「わたしは反対意見はないから――あなたの審美眼を心から評価しているんですもの。たしかに少しくらくらするけれど」

「そうなの？」ジェインが鼻を鳴らすのをこらえたことにアナ・マリアは気づいた。

「考えているのは、クラブに少量でも元気が出る色を取り入れたいということだけだから」

「この生地の色合いは少量とは言えませんけど」ジェインが意見を述べる。アナ・マリアはちらりとジェインの顔をうかがったが、とくに非難の表情は浮かんでいない。

「あなたなら、きっとできるわ。そして、わたしがあなたにお金を払う。契約で仕事をしてもらっているほかの人たちと同じように。どのくらいの報酬が適当かは、ヘンリーに聞いておくわね」

「ヘンリー？」アナ・マリアは聞き返した。オクタヴィアのさりげない提案によって、心臓が喉から跳びだしそうという事実に折り合いをつけるために、あえてありふれた質問をする。

それこそ、やりたいとジェインに話していたことだ。それを今ここでオクタヴィアが提案している。まったくためらわずに。

「ヘンリーは簿記係よ。嫌な客を放り出す仕事もしてくれているけれど――わたしたちのところで働く前はボクサーだったの。でも、基本的には簿記係としてうちで仕事をしてくれているわ」

「ひとりの人がそんなふうにまったく違うふたつの技能を持っているのはすばらしいことね」アナ・マリアは言った。

「そこまで違わないわ。簿記は計算を正確にやることでしょう？　ボクサーは彼又は彼女の敵を片づけために、いつどこをどう殴るか正確に決めることだから」オクタヴィアがにやりとする。「しかもそれは、人の強さと弱さを計算することでもあるわ。収支を計算して純益を出すように」

アナ・マリアはその答えに思わず笑い、それから友が言ったことをじっくり考えた。「つまり、あらゆる事は正確に計算できるということ？　純益を計算し、それを得る過程で問題となる弱点もわかるということ？」

オクタヴィアが片眉をあげてちゃめっ気たっぷりの表情を浮かべた。「もちろんできるわ。それが自分の目的を達成するためだったらとくにね。利益を受け取るためには、まずはなにかに投資しなければならないのだから」

「おふたりが話していることはよくわかりませんが」ジェインが口を挟んだ。「でも、レディ・アナ・マリアが望むものを手に入れることができるならば、続けて追求する価値はあると思います」ジェインがそう言いながらきっぱりうなずくのを見て、アナ・マリアはこれまで気づかなかったが、自分がどんなに多くの味方に守られているかを強く感じた。

オクタヴィアがほらねという顔でアナ・マリアを見つめる。友の洞察に満ちた表情に、アナ・マリアの頬はかっと熱くなった。もっと追求する価値。つまり、きょうの出来事に屈辱を感じる代わりに、再考して、もう一度起こってほしいか否かを計算する。

もちろん、その決意をナッシュに押しつけるわけではない。それは間違ったことだ。

でも、正直に彼に話すことはできる。彼が護身術に加えて、そういう種類のことを教える気がなくても、だれか教えてくれる人を見つける手伝いをしてくれるだろう。

それと、たった今オクタヴィアが提示してくれた仕事もある。

「本気で言っているの？」アナ・マリアは訊ねた。オクタヴィアがまごついた顔をする。「クラブの内装のことよ。わたしひとりで担当できると信じてくれているということ？」

オクタヴィアの表情がぱっと明るくなった。「ええ、もちろんよ。そんなこと全然考えていなかったなんて言わないでね？」

「考えておられましたよ」アナ・マリアが言葉を思いつく前にジェインが返事をした。「装飾に少しでも手を貸せたら嬉しい、役に立ちたいからとおっしゃっていました。もちろん、以前のようにではないですよ。いまは身分あるレディですからね」その言葉とともに、アナ・マリアになだめるような表情を向けたのは、あなたは身分あるレディで、その立場に満足すべきと念を押すかのようだった。「だから、あなたさまのご提案は、考えてもいなかったことではないと思います」

オクタヴィアがあっけに取られた顔をしたので、アナ・マリアはまた笑いたくなり、同時にジェインを揺さぶりたくなった。ふたつの相反する衝動は〝歩く矛盾〟にふさわしい。

彼にキスをしたいと同時に彼を殴りたい。

ただし、その〝彼〟がナッシュである時に、そのふたつが矛盾するかどうかは定かではない。セバスチャンとサディアスも同じように考えるかもしれない。キスの部分を〝アルコール飲料を飲んで、下品なことを言い合う〟に置き換えればだが。

アナ・マリアもよく知っている通り、ナッシュは極端な忠実さと強い苛立ちの両方を持っている。

でも今はオクタヴィアが話していた。ナッシュのことや、彼のキスと彼の拳のことを考える時間ではない。

最近はそれしか考えられないように感じているとしても。

「では、契約書を作りましょう。それとあなたの報酬と経費は」オクタヴィアが言っている。「あなたが購入した品の会計をヘンリーにさせるとして、その額についてはわたしたちで合意する必要があるわ。室内装飾にお金を使いすぎれば、クラブのためにならないから。だれでも、自分がいる環境とまったく違う快適な場所で賭け事をしたいだけなのよ、少なくともわたしの経験ではそうだわ」

アナ・マリアの客間を眺める。「そうね、つまり、ほとんどの人たちの暮らす環境はこんな感じではないということ」楽しげな笑みを浮かべてそう言い、軽蔑と取られかねない言葉をまったく反対のものに変化させた。

アナ・マリアに、ほかの人とのさまざまな違いを、その違いのせいで非難するのと逆に、価値として実感させたのだ。出生の違いもある。公爵の二度目の結婚による子ではなく、最初の結婚の結果として生まれてきたことを、つねに負い目と感じるよう仕向けられてきた。望まれていないという自覚は、いくら馴染もうと、いくら一員になろうと試みても消えることはない。

それは結局のところ、自分がどこにも属していないからだろう。雑用係の女中として階下の集団にも属さず、もちろん階上の家族にも属さず、将来は夫とたくさんのドレスを持つことだけを夢見ていた。

たしかに今、たくさんのドレスを楽しんでいることは認めざるを得ない。

でも、違う立場の人々がどんな様子かを知らなければ、さまざまな階級の人々にとって人生がどんな感じかを見抜く貴重な視点を得ることはなかっただろう。これもまた矛盾だ――属することと属さないこと。どちらにも錨をおろしていないからこそ知るふたつの世界。

「アナ・マリア？」

「お嬢さま？」

思考の深い霧の中からオクタヴィアとジェインの声が聞こえてきて、アナ・マリアははっと我に返った。頭を振り、自分と彼のことになるとすぐに喧嘩を始める感情を追い払う。

ひとつのことだけははっきりわかっている。自分はオクタヴィアの依頼を受け、たとえだれも思わなくても、自分だけは自分を誇らしいと感じたい。

「なあに？」これまで何年ものあいだ、公爵夫人に対峙する時に役立ってくれた、なんの感情も示さないほほえみを浮かべた。

しかし、オクタヴィアとジェインが顔をしかめたので、あわててその笑みを消し、自分も眉をひそめた。

「あなた、少し変だったわよ」オクタヴィアが言う。「でも、今は大丈夫そう。やってくれるかしら？　すぐに始められる？」

アナ・マリアが今度浮かべた笑みは温かい心からの笑みだった。「ええ。もしもあなたがそれを望むなら――いえ、望まなくてもやっちゃうわ」

「よかったわ」オクタヴィアは答え、にっこりほほえんだ。「それと、あなたのほかの計画も、しっかり取り組みましょうね」

ジェインが疑念と好奇心満々でその話に食いつく前に、アナ・マリアが思わず出した片手が当たって紅茶茶碗がひっくり返った。


「どんな催しだ？」セバスチャンが訊ね、ポケットから懐中時計を引っ張りだす。ナッシュは手のひらで時計の文字盤を覆い隠した。「行事はない。それに時計と相談する必要もない。きみが恋をしていることは知っているが、ひと晩くらい、すべてを無視してほしい」

ふたりはサディアスとともにナッシュの図書室で外出の準備をしていた。図書室はナッシュの避難所であり、彼に決断を求めてくる者たち全員を立ち入り禁止にしている。

飲んでからだれかを殴ることを禁じる者たちも。

セバスチャンが結婚し、サディアスが公爵位を継ぎ、ナッシュが社交界に出なければいけなくなってからずいぶん時間が経った。けさは、なんの束縛も影響もなくひと晩じゅう出かけ、酒を飲み、可能であれば乱闘をしていた日々に戻りたいという差し迫った欲求を感じて目が覚めた。

もちろん影響はある。それはわかっているが、あしたまでは無視したい。

「〈ミス・アイヴィーズ〉に行くのか」サディアスが訊ね、ウイスキーをひと口飲んだ。サディアスはナッシュのソファに坐っている。ナッシュの体型に合わせて特注したソファだ。サディアスもナッシュと同じくらい背が高いが、ソファの仕様を活用してゆったり坐っているわけではない。くつろいだ自分の姿におののく元軍人だからだ。サディアスにその軍人の態度を捨てさせるには、なにが必要だろうとナッシュはいつも思う。

サディアスの質問に首を横に振る。「いや、セバスチャンが妻のまわりをうろうろするだけだろうからな」

「そんなことはしない！」セバスチャンが叫ぶ。

ナッシュとサディアスに同時に冷たい目を向けられ、向けられたセバスチャンはすぐに降参のそぶりで両手をあげた。

「ただここにいることもできる」ナッシュは部屋を見まわした。

「きみが喧嘩をする機会はたしかに減るな。セバスチャンが言ったことにきみが腹を立てない限り」サディアスが述べる。「それに久しぶりだからな、今夜はあらゆる責任を忘れる必要があると感じている」

ナッシュとセバスチャンが同時にサディアスを凝視した。サディアスは彼らの中でもっとも穏健な人間だ、通常は。

「公爵になると、膨大な量の責任を抱えるからな」ナッシュは言った。「あらゆることを決定し、人々を養い――」

「どの公爵もきみのように人々を養わねばならないと感じているわけではない」セバスチャンが言い、ナッシュに向かってグラスをあげた。「きみのよき行為に乾杯。隠そうとしているが」

ナッシュは頬が紅潮するという慣れない感覚を覚えた。「なんのことを言っているのかわからないな」グラスにまた勢いよくウイスキーを注ぎ、いっきにそのほとんどを飲んだ。

サディアスが信じられないという声を漏らす。「ぼくたちが見ていないとはさすがに思っていないだろう。腹違いのきょうだいを全員雇っただけでなく、働き口が必要な者みんなに手を差し延べている」セバスチャンもうなずいた。

「黙れ」ナッシュはうなった。「これはばか騒ぎをするはずの会で、ぼくがやったことを話し合う場ではない」少し残っていたグラスを飲み干した。「以前のように一緒に過ごし、解放される晩だ、重荷から」責任から、祖母から、感情から。

セバスチャンがまた懐中時計を引っ張りだそうとしたが、ナッシュの非難の一瞥で手を止めた。「いいだろう。ぼくが妻と一緒に過ごしたいという事実を信じるのがそんなに難しいか？」

セバスチャンの愛情のこもった口調に、ナッシュは一瞬これまで感じたことのない羨望を感じた。妻と一緒に過ごしたいと思うのはどんな感じだろう。

ナッシュが計画している未来――自分に許される唯一の未来――はその真逆だ。大切に思わない妻を見つけようとしているのだから。

くそっ。そのことを考えるたびにうずく胸の痛みを押し流すには、この屋敷全体はおろか、世界じゅうのウイスキーを掻き集めてもとても足りない。だが、友人たちも言う通り、自分には担うべき責任があり、爵位が不適切な人間に渡らないようにしなければならない。

「きみが前にぼくをしつこく誘っていたクラブのひとつに行こう」ナッシュはセバスチャンに向けて唐突に言った。

「どれもぼくはもう入れない。きみたちのひとりではないからね」

「だが、きみはぼくたちと一緒だ」サディアスが答え、無意識に軍人の姿勢を取る。

「賭博場で働くごくつぶしの非嫡出子がか？」セバスチャンが疑わしげに言う。

「元ごくつぶしだろう。きみはたしかに非嫡出子だが、少なくとも今は身を固めて働いている」とナッシュ。

セバスチャンは肩をすくめた。「いいだろう。それに、もしぼくを中に入れる入れないで口論になれば、きみは喧嘩を始められるし、きみはそうなってほしいんだろう。最後に闘ってからどのくらい経つ？」言葉を切り、考える。「少なくとも一カ月は経っているだろう。これまでで一番長いんじゃないか？」

そうだった。友人たちはナッシュがブランリー卿を殴ったことを知らない。それに、波止場で襲撃者もどきを殴ったことも。友人たちに言わないのは、彼女がどちらも自分で対処できると言っていたからだ。ただし、彼女が対処できないこともわかっている。とくにブランリーの事件で醜聞が噴出することは避けたい。あり得る結果としてもっとも注意しなければならない。

「うむ」ナッシュはうなって同意した。

「ではクラブに行こう」サディアスが言い、テーブルにグラスを置き、ソファから立ちあがった。


これこそ自分が求めていたものだ、ナッシュはぼんやり考えた。自分の寝室で、ぐらぐらする脚で立ち、なんとか服を脱いでそのまま落とす。

いつもはファイナンが手伝ってくれるが、今夜は何時に戻るかわからないから寝ているようにと言ってあった。

セバスチャンがクラブに入ることに不快感を示した某伯爵のおかげで、ナッシュの両拳は満足いく程度にあざだらけになっている。その紳士はとくに抵抗もせずにすぐに謝ったが、少なくとも何発かは殴った。正義のパンチだ。

そのあとのほぼ三時間は、しなければならないことも、彼女のことも、自分の義務のことも考えなかった。

しかし帰宅してさっさと裸になった今、明日の朝にはすべてが戻ってくるとわかっている。

しかも、殴ったからといって、数カ月前ほどの満足を覚えなかったことも認めざるを得ない。おそらく、ファイナンが言うように自分は変わったのだろう。違う人間になるという選択をした。彼女も今の自分を選択したように。

しかし、それも明日考えればいい。

今夜は、かつての自分に戻るためにできることをすべてやった。あとはただベッドにもぐりこんで寝るだけだ。ただし、かつての自分はもはや存在しないとわかっている。そして、それをむしろありがたいと思っている。

「あそこにナッシュがいる」舞踏室に入るとすぐにサディアスが言った。まるでアナ・マリアがすぐに彼を探さず、どこにいるかもわかっていないかのように。

ナッシュは部屋の端に立っていた。すぐ後ろに彼の祖母が坐り、非難するように口を一文字に結んでいる。おそらく非難の表情だろうとアナ・マリアは思ったが、今夜のパーティを主催しているカーライル家はすばらしいもてなしで有名だから、食事や飲み物を非難しているわけではないだろう。

まるでアナ・マリアの心の声が聞こえたかのように、この世で一番小さいと思える小指ほどのフィンガーサンドイッチを載せた盆を持った従僕がそばを通った。祝祭にふさわしい緑色のなにかとオリーブがひとつずつ載っている。

従僕と目が合ったのでうなずくと、彼は小さな四角の布にそのひとつを載せて渡してくれた。サディアスはふたつ取り、ひとつを口に放りこんで効率的に咀嚼した。公爵というより軍人の食べ方だ、もちろん。

サンドイッチは見かけも美味しそうだったが、味はさらにすばらしかった。パンはオーブンから出したばかりのように熱々で、パテが詰められ、イチジクのジャムが塗ってある。

「まあ、美味しい」アナ・マリアは言い、ジャムがついた指をそっと舐めた。

その時、部屋の反対側にいる彼と目が合い、そのまなざしの激しさに思わず目をみはった。彼が空腹で、彼女自身が美味しいサンドイッチであるかのような目つき。

彼は空腹なのかしら？

そうだとしたら、なぜご馳走を食べていないの？　ふたりのあいだに嘘偽りがあるわけでもないのに。自分は彼にすべてを見せた。そしてそのことになんの意味もないと言った。彼が助けてくれただけと。

ただし、自分が長年彼のことを思っていたというささやかな事実は、だれにも、自分自身にさえも認めていない。

そこに虚偽があるかもしれない。あってはいけないけれど。

「ナッシュと彼のお祖母さまに挨拶をしてくるわ」アナ・マリアは言い、息遣いが速くなっているのを気づかれないように願った。

「それがいい。ぼくは賭博室にいる」

アナ・マリアは驚いてサディアスを見やった。

「もちろん、賭博はしないが、ぼくが話したい人々がもっとも見つかるのは賭博室だ。論理的には理解できる。彼らはリスクを計算するのが得意だから、その能力を証明したいんだろう」

アナ・マリアはうなずいた。とくに理解できたわけではないが、理解する必要もない。サディアスはそもそもパーティで踊るのが好きでなさそうだから、もっともパーティらしくない環境を見つけるのだろう。

彼が恋に落ちたら、大変なことになりそうだ。あらゆる種類の非論理的な感情に対処しなければならなくなる。

「それなら」アナ・マリアは笑みを押し隠した。「あとで落ち合いましょう」

「そうだな」

アナ・マリアはナッシュのそばに一番早く行ける道を見つけようと振り返り、彼がまだこちらを見ていることに気づいた。サディアスと話している時もずっと見ていたらしい。彼が魅力的なことを、ほかの若いレディたちがまだ気づいていないのも不思議はない。知り合いは他にもいるだろうに、あんなふうにアナ・マリアだけを見ていたら、深く知り合いになりたいと思っている女性も声をかけにくいはずだ。

いつものうなり声よりも、それはさらに問題かもしれない。

足を止めて、この洞察をサディアスに告げるべきかどうか考えた時、アナ・マリアの内側からふいに利他的とはとても言えない鋭い感情が湧きあがってきた。もしも彼が今わたしばかり見ているならば、以前もずっと見ていたのだろうか？

そう思うと嬉しかった。実際には嬉しい以上だ。願望なのか、情熱なのか、なんらかの思いが湧きおこって全身を駆け巡り、すでに温くなっていた心をさらに熱くした。

ああ、どうしよう。

「ごきげんよう」

ブランリー卿が突然目の前に現れたので、アナ・マリアは急いで背筋を伸ばした。ふたりの最後の出会いに火かき棒と、大柄で粗野な公爵と、飛び散った最上級のアルコールと思われる液体が含まれていたとはとても思えない態度だ。

つまり彼はいかにも独善的で気取って見えた。その偉そうな態度を光栄に思うべきなのだろうか。

嫌になる。すべての男性がこんなに愚かなのか、それとも、自分がとくに愚かな男性と出会う巡り合わせなのか。

その答えがなんであれ、いい答えではないだろう。

「ごきげんよう、閣下。すみません、ちょっと失礼して――?」自分の声の語尾があがるのが、まるで彼の許可を求めているかのようで腹立たしかった。

「あなたの従兄弟、ハスフォード公爵と話しましたよ。彼はぼくがあなたに求愛しているのをよいことと思っているようだった」

ブランリー卿は男性と話す時も愚か者らしい。性別に限らないのは平等主義者と言うべきか。

「それでもう一度始めたいと思ったのでね、もしよければ。たしかにぼくは過度に――」

「攻撃的」アナ・マリアは思わず口を挟んだ。

彼は困った顔をした。気取っているよりはましだから、我慢しよう。

「夢中になっていた、と言おうとしていたのだが」彼が顔をしかめて非難の表情を向ける。

いいわ。その非難を受け取って投げ返し、こぼれたブランデーをかぶったように、非難で彼の全身を覆ってやるから。

「ダンスをお願いしてよろしいかな?」ブランリー卿はすでにアナ・マリアの手首にさがっているダンスカードに手を伸ばしている。

ここで騒ぎを起こさずに断るすべはない。

上流社会《ポライト》では、なぜこんな時までずっと……礼儀正《ポライト》しくしていなければならないの？

仕方なく彼がカードの一行に名前を書くことを認めつつ、その回がワルツでないことを願った。

目をそらすと、ふたたびナッシュが見えた。それと同時に火かき棒事件の夜にナッシュとワルツを踊ったことを思いだした。あの時の彼は、まるで初めて彼女を見たかのようだった。

あの時の彼の自信に満ちた力強い動きは、彼が自分の体を熟知し、その体がなにをできるかよくわかっているかのようだった。

室内の温度が急に高まったように感じた。

「ちょっと失礼しますわ」アナ・マリアはまた言い、今回はブランリーの返事を待たなかった。

ナッシュのほうに向かって歩きながら、呼吸が高まり、夜会服の中で体が張りつめるのを実感する。

そして、人々のあいだを抜けていく彼女をずっと追っているナッシュの視線も強く感じていた。

ナッシュは彼女を見るのをやめようとした。

だが我慢するのは得意ではない。とくに、どうしても必要な時は。

自分は公爵だ。公爵は我慢しない。特別公爵らしい公爵ではない彼でさえ、自分も含めてだれからもノーとは言われない。

しかし、彼女にはノーと言った。

その決断のせいで苦悩している。彼女にもう一度キスしたい。いや、それ以上のことをしたい。彼が触れた時の彼女の反応を知り、一緒に笑いたい。あの金色の肌に触れたい。

しかし、いま以上に彼女を好きになることはできない。キスやそれ以上のことをすれば、すでに感じている気持ちがさらに募るだろう。

「ハスフォード公爵の従姉妹がわたくしたちのほうに来るわね」祖母が言う。

そんなことはわかっていると言い返しそうになったが、祖母は彼が今思い描いている妄想はもちろん、過去のさまざまな思いなど知るよしもない。

祖母は彼を知らない。祖母にわかっているのは、彼の父親よりはまだましだろうということ。それを、彼は結婚して子どもを持つことで証明しなければならない。

自分はできる。

「彼女を考慮に入れない理由がわかりませんね」祖母が言葉を継いだ。「すでに知り合いなのだし、彼女もあなたのことを嫌いではなさそうだし、弟が公爵でないと判明したとはいえ、家柄も申し分ありませんよ」

配偶者候補にとっては極めてよい推薦理由。互いによく知っていること、嫌悪感がないこと、英国貴族名鑑《デブレット》に家名が掲載されていること。

それが結婚相手の選び方だとすれば、彼の世界と見なされるものの多くを、これほどつまらないと感じるのも当然だろう。

しかし、彼女はもうすぐそばまで来ていた。ナッシュは歯を食いしばり、彼女の登場によって起こった願望をほんのわずかも見せまいとした。それを見せたら、彼女に対して不当と言えよう。彼女のほうが彼にキスをしたのだから。その日の午前に反駁しておきながら、午後には関心があるように見えたらだめだろう。しかも、また拒絶したら？ 言うことをころころ変えることで、求愛者候補を困惑のあまり気も狂わんばかりにさせる愚かなデビュタントたちと同じになってしまう。

自分自身がその困惑を経験したというわけではない。愚かなデビュタントたちのだれひとりも、彼女たちの感情の雲行きを観察するほどまで近づかなかった。

感情の雲行きを観察するというのもおかしい表現だが。

こうした思いもまた、なぜ目下恋人がいないかの理由であり、それが変わる可能性もない。彼がノーとはっきり言ったひとりの女性以外は。

大した計画だ、ナッシュ、彼は思った。できることならば、ボクシング室に行って、愚かな自分を叩きたい。

「こんばんは、ナッシ――閣下」彼女が言った。頰か魅力的なピンク色に染まり、瞳がきらめいている。それから彼越しに祖母のほうに目を向けた。「こんばんは、奥方さま」

祖母がほんのわずか頭を傾けた。いつものように、自分のまわりに来た者全員に対し、そのものたちより自分のほうがはるかに上であることとさりげなく思い出させる。少なくとも祖母の頭の中では。

「こんばんは」ナッシュは言った。声がしゃがれたので、咳払いをして、この部屋のほかの紳士と同様の声に聞こえるように無駄な努力をする。なにをいつ言うべきかわかっている紳士たち、幼なじみの愛らしい若い女性からふいにキスをされても、良心の危機を感じない紳士たち。

キスをしたのがセバスチャンの姉だったのが不運だった。そうでなければ、はるかに経験豊富な友にこの状況ではどうすればいいかを相談できた。しかし、当の相手がその親友の姉だからそれは叶わず、自分がどう感じているかをだれにも知らせることができない。

「レディ・アナ・マリアがあなたに話しかけていますよ、公爵」

祖母の言葉はまるで霧の向こうから聞こえてくるようだった。曲線と笑い声が立ちこめて彼になにか感じろと迫ってくる。

これは非常に危険だ。そうした感情の霧が彼の感覚を過剰にして、その結果、情熱や願望だけでなく暗い感情にまでつながる。嫉妬や欲望や切望のような感情だ。

「ああ、失礼した」ナッシュは秘書のロバートが、不賛成なことに関して、はっきり言及せずにナッシュにその事実を知らせる時に用いる口調を使おうとした。

その瞬間、彼女のきらめくまなざしが一瞬かげるのを見て、また別の強い感情が起こった。自己嫌悪だ。なぜ愛する人を傷つけずに話せないのか？

いや、違う、彼女を愛していない。大事には思っている。親友の姉として。幼なじみとして。だが、愛しているのではない。

それはできないことだ。

なぜなら、愛すれば、彼女を傷つけることになるからだ。

「ダンスカードにいくつか空いているところがあるので」アナ・マリアが言いながら持ちあげたカードを見て、ナッシュは埋まっているダンス枠がブランリー卿だけだと気づいた。

音が聞こえ、それがうなり声だと気づいた。しかも自分から出ている。

アナ・マリアが片方の眉を持ちあげた。「そのお声から察して、あなたもダンスを申しこみたいようですわね」

祖母が意味ありげに咳払いをする。

そんな意味など知るものか。祖母は彼にアナ・マリアとダンスをしてほしいのか。ダンスをしていれば、ほかのレディたちにも魅力的に映って、彼が求愛しやすくなる？

あるいは、優しく断ってほしいのかもしれない。ダンスをすれば、ふたりが求愛中と誤解されるかもしれず、そうなれば彼が求愛すべきレディたちにとって、望ましい候補者ではなくなるから？

祖母に対して、音で示唆するのではなく言葉ではっきり言ってほしいと思うとは皮肉なものだ。まさに皮肉だし、むしろ腹立たしい。

しかしアナ・マリアはまだ彼を見あげていて、その顔に挑戦の表情を浮かべている。ナッシュは彼女がもう一方の手で持っていた小さな鉛筆を取り、夜食休憩前のダンス《サパーダンス》の欄に自分の名前を書きこんだ。ほかのダンスよりも長い時間を彼女と過ごせるだけでなく、持参金だけが目当てで、その金に付随する女性を評価しようともしないどこかの貴族に、彼女が夜食時につきまとわれる可能性もつぶせる。

「ありがとう、ナッシュ」彼女はつぶやき、彼から鉛筆を受け取ると、彼の背後に坐っている祖母のほうに目を向けた。「失礼いたしますわ、奥方さま。従兄弟の公爵を探してまいります」そして視線をナッシュに戻して言った。「ご一緒に踊るのを楽しみにしています。でも、ほかのレディの方々にもダンスを申しこまなければいけませんよ。皆さん、喜びますわ」

しかし、その言葉と彼女の表情が一致していなかったので、ナッシュは彼女の言葉がなにを意味しているのかわからなくなった。当然浮かぶはずの表情と異なる表情を浮かべて話している時はどう判断すればいいのか。

「ああ、そうだな」ますます自分がまぬけに思えてきた。

だれのことも愛さず、拳とウイスキーだけに強い愛着を抱いているまぬけ。

自分にそう言い続けろ。頭の中で声が聞こえる。

ナッシュはアナ・マリアが歩き去るのを見送りながら、また歯を食いしばった。彼女の優しく揺れる腰から目を離すことができない。

「彼女がふさわしくないとあなたが考えているのは残念だこと」祖母が辛辣な口調で言う。「あなたが一緒に話しているのを見た中で、あなたを理解していると思える唯一のレディですからね」

まさにその事実こそが、彼女を危険にしている要因だ。

12

アナ・マリアは背筋を伸ばすことと落ち着いた表情を保つことに神経を集中した。存在するだけでアナ・マリアにありとあらゆる感情を感じさせる人と話してきたばかりに見えないように。

彼女の努力によって、ほかのレディたちがナッシュのことを、パーティ会場の隅に立ってうなり声を漏らし、にらみつけている無骨な巨人ではなく、求婚者の対象と見なすだろう。それはつまり、ようやく彼を評価するようになったレディたちのひとりに彼が結婚を申しこむということ？　幸せになる人がいるということだから、自分はその結果を喜ぶべきだ。

でも、喜べない。

「アナ・マリア！」

アナ・マリアは名前を呼ばれたので振り返り、それがだれか気づいてぱっと顔を輝かせた。結婚前の名はミス・アイヴィ・ホルトンで、その名前を冠したクラブを所有している義理の妹だ。今はセバスチャン・ド・シルヴァ夫人で、アナ・マリアの弟と彼女はクラブがある通りを行った先の家に移り、アイヴィの妹のオクタヴィアがクラブの奥の住居に住んでいる。

「来ていると知らなかったわ」アナ・マリアは言い、両手でアイヴィの両手を握りしめた。「セバスチャンも来ているの？」

アイヴィが首を振った。「いいえ、今夜は彼が店を見てくれているの。オクタヴィアはなにか秘密の用事とか言って出かけてしまったのよ」アイヴィは苛立ったまなざしを天井に向けた。「わたしはレディ・カーライルがお得意様で、招待してくださったので来たの。断るのも角が立つし、あなたに会えると思ったから」

「少しテラスで坐っておしゃべりしましょう。ずいぶん長いこと会えなかったから」なぜかと言えば、アナ・マリアの弟セバスチャンが、クラブをオクタヴィアとセバスチャンの犬たちに任せて、大半の時間をアイヴィとふたりきりで過ごしているからだ。

アイヴィはうなずき、アナ・マリアと腕を組んだ。人々のあいだを抜けて両開きの扉まで歩く。扉が開くと、心地よいそよ風が入ってきた。

「あそこにしましょう」アナ・マリアはうなずき、テラスの一番奥のベンチを示した。すっきりした夜の大気を何度か深く吸うと、ますます気持ちがくつろいだ。

社交界の最上階級の人々で混み合った部屋の中で、心からくつろげたことがこれまであっただろうか？

くつろげないのは、自分が社交界の上流の人々と一緒にいたいと望んでいないからだろう。むしろ、賭け事をするお金を持っていればだれでも歓迎される〈ミス・アイヴィーズ〉のようなクラブに行きたいくらいだ。あるいは、縦糸と横糸に同じように情熱を抱いている人々に会える布地店がいい。

「あなたとオクタヴィアが時々会っているのは知っているわ」アイヴィが言いながら腰をおろし、膝のあたりのスカートを撫でつけた。「セバスチャンとわたしが自分たちの家に越してから、オクタヴィアは寂しかったと思うの、本人は認めないと思うけれど」

アナ・マリアはくすくす笑った。「むしろ妹さんのおかげで、わたしが寂しくならずに済んでいるのよ。セバスチャンがいなくなって、すべてが変わったから」いまも、前の人生からの友人たちはいるが、もはや違う世界に暮らしていることは、自分もその友人たちもはっきりわかっている。ジェインやほかの使用人たちに、パーティに出席するつらさをこぼすことはできない。甘やかされてわがままを言っているだけと思われるだろう。そうなのかもしれないと自分でも思う。でも、もちろん元の人生に戻りたいわけではないが、この新しい人生をいくらかでも改善するべきだ。

「妹さんとわたしで布地の店をいくつも回ったのよ。クラブを模様替えする計画のようね」

アイヴィはうなずいた。「わたしもいいことだと思うのよ。妹がいたずらばかりしないためにもね」姉の長年の苦労を示すようなため息をつく。「あなたの装飾のセンスはすばらしいと言っていたわ。全面的に頼れると」

その賛辞に心が温まった。「そう伺って嬉しいわ。ほかの場所でも同じだといいのだけれど。たとえば、〝恵まれない困窮児童援助協会〟。子どもたちは食べ物や避難所を必要としているのだから、そういう所の装飾をし直すのは不謹慎のように思えるかもしれないけれど、人々は手入れの行き届いた場所によりいい印象を持つし、みすぼらしくて手入れもされていない施設よりも寄付をしたくなると思うの」サディアスがそういう場所に、公爵としての巨額の財産からいくらか寄付をすると確信しているが、それをいまアイヴィに伝える必要はない。サディアスにもまだ頼んでいないのだから。

「あなたの考えは正しいわ」アイヴィが熱心な口調で言った。「わたしがクラブを開店した時、ただ最高の賭博をする場所を提供するだけでなく、お客さまが最高の気分を味わえることを第一に考えた。ただ卓とディーラーとよいゲームがあるだけでは充分じゃない。〈ミス・アイヴィーズ〉をほかのクラブと異なる場所にするために、内装のデザインでも苦労したわ。それで、わたしからセバスチャンに話したほうがいいの？」

アナ・マリアは驚いて目をしばたたいた。「いいえ、自分で言うつもり。あなたに最初に言いたかったの。女性実業家としてのあなたがいいと思うかどうかを知りたかったから」

「では、その協会の改装も、仕事として料金を請求するのね？」

「いいえ、わたしがこの仕事ができるという証拠として、プレゼントしようと思っているのよ。そこを見て、そのうちわたしを雇う余裕がある人が出てくることを期待して」

アイヴィがにやりとした。「気をつけないと、レディが働くように聞こえてしまうわよ。あなたがた上品な貴族は品位を落とすようなことをしてはいけないでしょう？」

アナ・マリアは肩でアイヴィを押した。「あなたも上品な貴族でしょう？　伯爵家と男爵家の間にうまれた令嬢なのだから」

アイヴィは元気よく首を振った。「もう違うわ。無謀にも賭博場を開いて、非嫡出子の男性と結婚したからね。この人生のほうがずっと好きよ、正直に言うと」

アナ・マリアは目をくるりと回してみせた。「そうでしょうね。あなたがその生活をそんなに好きで、オクタヴィアも嫌に思っていないのなら、わたしも試してみるべきよね。伝統的な貴族のレディの人生がわたしに合っているとは思えないもの」

「結婚、子ども、慈善事業？」アイヴィが優しく訊ねる。「そういうものを望んでいないの？」

アナ・マリアは胸がきゅっと締めつけられるのを感じた。「もちろん望んでいるわ」客間いっぱいの花々を思い浮かべる。彼女のことを知らない紳士たちからの花。知りたいとも思っていない。知りたいのは彼女の持参金の額だけ。「でも、いまの状況でどうすればいいかわからないの。以前のわたしの立場を恥じるような紳士は望まないけれど、これまで出会った紳士もこれから会う紳士も、わたしがやってきたことを聞けば、ぞっとするでしょう」もちろんナッシュは違う。彼はすべてを見てきているし、それによって彼女を判断しないとわかっている。それどころか、彼女が単なるお飾りではなかったことに、むしろ敬意を払っているように思える。

アイヴィが眉をあげた。「あなたは自分にふさわしい紳士に出会っていないのよ。もう少し〈ミス・アイヴィーズ〉で過ごすべきかもしれないわね」

アナ・マリアは笑った。「それって、わたしにあなたの賭博場でお金を使わせる方法？　見え透いていないかしら？　どちらにしろ、あなたのところでお金を使うってわかっているのに」

アイヴィは肩をすくめた。「でも、お金を使う目的で来て、しかもあなたの関心を引く男性に出会ったら、ひとつでなくふたつの目的を達成することになるわ」

「それはとても効率的ね」アナ・マリアは指摘した。

アイヴィが立ちあがり、そぶりでアナ・マリアには坐っているように伝えた。「わたしは行かないと、そろそろあなたの弟が犬たちと一緒に家に帰ってくる頃だから」ウインクをする。「早く彼に会いたくてたまらないの」

アナ・マリアはあきれ顔でまた目をくるりと回した。「恋に落ちた人たちはほんとにつまらないわ。いつもふたりの愛のことを話し、ふたりの愛のことを考え、愛する人と一緒に――」

「待ってなさい」アイヴィが警告する。「あなたにも起こることよ。そうなったら、相手がいなくてなぜこれまで生きてこられたのかを不思議に思うでしょう」

たった今、アナ・マリアを困惑の嵐の中に送りこんだことなど気づいていないかのように、気軽に手を振って別れを告げると、アイヴィは両開きの扉からダンスフロアを抜けて屋敷の表玄関のほうに歩き去った。

その後ろ姿を見送りながら、アイヴィの言葉を考えると切望と不安がせめぎ合った。

相手がいなくてなぜこれまで生きてこられたのかを不思議に思うでしょう。

ナッシュについて考えることに、自分はすでに、使うべき時間をはるかに越えた時間を費やしている。自分の人生に彼がいなくなったら――だれか、社交界の貴婦人になりたい令嬢と結婚した時に――、彼がいなくなって自分は寂しいだろうか？

胸に走った鋭い痛みがその疑問の答えだった。


彼女は舞踏会室にいなかった。ろうそくの光が室内を明るく照らし、陽気な音楽が奏でられ、飲み物も美味しい。

しかし、そのすべてがぼんやりと暗く感じられた。

彼はもう一度室内を見まわした。何人かと目が合ったが、その人々の笑みは彼がにらみつけたとたんに変化した。いいことだ。話さなければならない人間が減る。

ただしそれは、自分がここでやるべきこととは正反対だ。

「公爵！」祖母が、彼が聞いているかどうか確認するかのように杖で床を叩いた。

聞いているだけでない。いつも感じている。ならず者の従兄弟が公爵になった時に、自分の腹違いのきょうだいたちに対してなにをするだろうかと考えるたびに。屋敷――彼の屋敷だが、いまだにそう言い切るのは奇妙に思える――の中を歩いて、そこにもうひとりの公爵が――残酷で容赦なく暴力を振るう公爵が――いるように感じるたびに。

それは、過去の父親であり、止めるために自分がなにもしなければ、未来の従兄弟だ。あるいは自分。感じることを自分に許せばそうなる。

「はい、お祖母さま」ナッシュは祖母のほうに振り返った。胸の前で腕を組まないように自分を抑える。その姿勢が攻撃的に見えることは百も承知だし、過去に幾度となく用いて人々を威嚇してきたが、祖母の前でその効果を示したくはなかった。それで祖母が怖がるわけでもないが――彼女が唯一平静さを失うのは、孫がシャツを着ないで現れた時だけだ。

祖母を徹底的に混乱させるのが彼の最終目的ならば有益だが、今は役立たない。

「踊らなければいけませんよ」杖でダンスフロアを差し示す。

「アナ・マリアにダンスを申しこんであります!」ナッシュは言い返した。

祖母がばかにするように鼻を鳴らした。「結婚を考えるつもりがないレディに? そのダンスを一回と数えることはできないでしょう」椅子から立ちあがり、ナッシュに近寄った。「あの従兄弟に相続させたいの?」杖で床をどんと叩く。「この件をあなたは真剣にとらえる必要があるんです」

「そこまで年取ってはいない」ナッシュはつぶやいた。

「子どもの父親になるには充分な年でしょう」祖母が言い返す。「早ければ早いほど、事情を知っているわたくしたちみんなが楽に呼吸できるようになるんです」

彼自身の呼吸は苦しい。胸が責任で押しつぶされているかのようだ。

ほかのだれか、だれでもいいから爵位を継ぐ者がほかにいればと願うのは、百回目とは言わないが、これが初めてではない。

ただのナッシュでいられたら。名前がミスターで始まるのでもいい。自分が選んだ人生を生きられただろう。街中の喧嘩に怒りを注ぐ必要もなくなる。一緒にいて嬉しい人々、一生懸命働き、酒をたくさん飲み、人生を真剣に生きる人々と一緒にいられる。

もちろん、と心の声が言う。そういう人々はどうやって生きるかの選択肢を持っていない。その多くは貧しく、病気でも働かねばならない。

ナッシュは顔をしかめた。

「あなたに起こったことは最悪とは言えません」祖母が彼の表情を見て言った。「最悪なことは、大事な人々が苦しむと知りながら死ぬことです。その時にはわたくしも死んでいるでしょう。でも、家族のほかの人たちはどうなるの？」

「あの従兄弟に暴力をやめるように説得できないですかね？」

祖母が口をぎゅっと結んで彼をにらみつける。

「ですね。では失礼して、ぼくは――」決して好きになれないとわかっている人々で混み合った部屋だが、それでもそちらのほうがましだと思い、ナッシュは言葉を終える前に歩きだした。

その人々と話すつもりもないが。

彼女を見て、ようやく深く息を吸うことができた。彼女はテラスの、扉から一番離れたベンチに坐っていた。思いは完全に違う場所に行っているように見える。

まさか、ぼくのことを考えているのか？

それはないだろう。一瞬は情熱的にキスをしておきながら、次の瞬間には大変な間違いだったと言う無愛想な男ではなく、ほかのだれかのことを考えているはずだ。

くそっ、彼女はなんて美しいんだ。黒髪はきらきらしたリボンを巻きこんだ複雑な形に結いあげられている。金と白のドレスの大きなスカートがテラスの石の上にあふれているようだ。白い手袋を嵌め、喉元には小さなペンダントがさがっている。

スカートが月明かりにきらめいている。顔の中で黒い瞳も光を放ち、あの完璧な唇が小さく曲がってかすかな笑みを醸している。

彼女が彼のことを考えてくれていたらと願った。いや違う、願っていない。

彼がすぐに気づいたのと同じように彼の存在を感じ取ったのか、彼女が彼のほうに顔を向けた。かすかな笑みが広がって満面の笑みとなり、彼女はベンチのすぐ横を軽く叩いた。「こちらにどうぞ」

彼はそちらに向かって歩きながら、前回ふたりでテラスに出た時のことを思いだした。

「テラスの戯れか」そうつぶやく。

たしかにテラスには、気まずさを一瞬のうちに親密なひとときにするのに理想的な雰囲気が整っている。暗い周囲、舞踏会場から漏れてくる金色の光線、風に揺れる木々のかすかなささやき。

彼女がベンチに膝をついてテラスの壁に手をついている。彼は彼女の後ろにいる。スカートを跳ねあげると、ほっそりした尻があらわになる。彼は彼女のウエストに手を回し、柔らかなぬくもりの中にゆっくりと押しいれる。

くそっ。

こんなことを考えるべきではない。この人はアナ・マリア、そのように欲することは叶わないただひとりの女性だ。

しかも、そのように欲するほかの女性が出てこないことも自覚しつつある。

「ナッシュ？」アナ・マリアに問いかけるように声をかけられ、ナッシュはベンチの端に腰をおろした。そもそも狭いベンチなので尻がずり落ちそうだが、体が彼女の体に触れる危険は冒せない。

「なぜここに隠れているんだ？」ぶっきらぼうに言ったが、それで彼女が不快に思わないことはわかっている。そう思わない数少ない女性のひとりだ。

もとい、そう思わないただひとりの女性だ。

「隠れていないわ、わたしは――」アナ・マリアは言い始めたが、すぐに言葉を切ってうなずいた。「隠れているの」認める。「アイヴィとおしゃべりするために出てきたんだけど、彼女は帰らなければならなくて。ダンスはまだふたつしか約束していないし――あなたとブランリー卿――、踊りたい気分でもないから、ほかのダンスを避けるためにここにいるのかも」

言葉を切る。「あなたはここでなにをしているの？」

きみを探していた。

「中にいて、あなたと結婚するかもしれないレディたちを魅了していなければいけないんでしょう？」悲しそうな口調は自分の想像だろうか？

「だれも望んでいないと思う。レディ・フェリシティは別だが、彼女も今頃、結婚後にいかにぼくを避けるかを考えているはずだ」彼にはぴったりだが、魅力はまったく感じない。

「まあ」アナ・マリアが消え入るような声で言う。「レディ・フェリシティはそういう方なの？」自分のカードを取りあげ、彼が名前を書いた場所をこすり始めた。「状況を複雑にはしたくないわ。あなたはわたしと踊らないほうがいい」

彼は手を伸ばしてアナ・マリアの手首をつかみ、手の動きを止めた。「やめろ、ぼくはきみと踊りたい」自分は真実を述べている、そうだろう？

それとも違うかもしれない。真実は、彼女ともっと多くのことを望んでいる。彼女の口や体や手や彼の舌なんかが含まれることだ。

そしていまや彼のものがズボンの中で硬くなり、立ちあがりたくはないが、彼女の隣に坐っているだけでは問題が大きくなるばかりだ。文字通り。

彼女はうなずいて同意したが、口を一文字に結んでいる様子は幸せには見えない。

ナッシュは彼女に幸せになってほしかった。

いや、だめだ。彼にはできないことだ。

「たしかに」しばらくして彼は言った。「それは祖母に言われ、ぼくも同意していることだ。では、ぼくたちのダンスの時に」

彼は立ちあがって短くうなずき、舞踏会室に戻った。自分がやりたいただひとつのこと以外に専心する。ただひとつのこととは、彼女と一緒にいることだった。

13

マイレディ、ぼくの花束を受け取っていただけましたか?

マイレディ、バラとユリとどちらが好きですか?

マイレディ、どんな花を送ったら、ぼくとの結婚に同意してくれますか? ぼくがあなたの持参金と結婚できるように?

もちろん、最後の一文は想像上の会話だが、紳士全員がそれを言いたいと思っていることはよくわかっている。

舞踏室に戻った時は、二回のダンスしか申しこまれていなかったのに、すぐにダンスカードが満杯になったことに驚いている。紳士たち——と背後で心配そうに見ている母親たち——がたった数分のうちに近づき、それぞれ、ダンスの栄誉を得たいとかなんとか言ってきた。

どんな言い方にしろ、自分にとってはどうでもいいことだ。

そのだれかと結婚するつもりではないからだ。そこまで愚か者ではない。だれとも結婚するつもりがないわけでもない。でも、もっとも大事な関係が彼女のお金という、愛のない結婚なら、そんな結婚を受け入れる気はない。

ナッシュに結婚しなければならない理由があるのはわかっている。でも、自分の状況を考えると、幸いどうしても結婚しなければならない理由はない。死ぬまでずっと幸せに暮らしました的なたわごとを望む以外には。

実はそれを望んでいる。でもいま自分に向けて行われているような、花束すなわち恋の関心という現在の慣例を考えると、その望みをすぐに達成できるとはとても思えない。とりわけ、自分が探求したい唯一の男性が断固として抗っている現状では難しい。

心を開いてくれるように彼を説得できたとしても、互いにふさわしいという確証はない。でも、少なくともうまくいくかどうか試してみるべきではないだろうか？

彼によれば、それはノーだ。

アナ・マリアはため息をつき、ダンスカードを眺めた。もう何度見たかわからない。夜食前のダンスまであともう少し。〝ブランリーを拒絶することは受けつけません〟という態度があからさまなブランリー卿とのダンスを乗り切れば、あとは、申し込みを断わられるのを恐れている様子の紳士がもうひとりだけ。

その紳士は気の毒に思うが、哀れみの感情は関係の基盤にはならない。

「マイレディ」

ナッシュでない紳士が彼女の心をとらえるためにはなにが必要だろうと考えていたまさにその時、ブランリー卿が登場した。

必要なのは、アナ・マリアの幸せを望む心からの献身、彼女が創造的な仕事を実現する姿を見たいと願う気持、トロイのヘレンのように、千艘もの船を出航させるほどの美しさ。

そんな人はだれもいない。

ブランリー卿にダンスフロアに連れていかれながら、アナ・マリアは心の中で肩をすくめた。

少なくとも、今夜の自分の姿は、花束を浪費する理由としては充分だろう。金糸を縫いこんだ白のドレスは、彼女が本当に輝いているかのように見せてくれる。ジェインが髪をあっさりした古風な形に結いあげ、巻き毛に金色のリボンを巻きつけてくれた。トパーズの耳飾りと対のトパーズの首飾りは、十八歳になった時にセバスチャンが贈ってくれた品だ。その時彼は十六歳だったが、その贈り物を購入するために自分の手当を貯金していた。アナ・マリアがほかのだれからもなにももらえないとわかっていたからだ。

セバスチャン。彼とアイヴィのことを考えるだけで自然と笑みが浮かんでくる。

「ぼくのためのほほえみと期待していいかな？」アナ・マリアが独善的口調と分類したまさにその口調でブランリー卿が言う。女性を無理に部屋に追いこんでふたりきりになろうとするような紳士に対しては厳しく判断する必要がある。

あの時は暖炉用具で助かったけれど、とアナ・マリアは思った。

答えずにただほほえんだのは、少しでもあいまいにするためだ。この男性は、この部屋全体を巻きこむ醜聞をいともたやすく引き起こすことができるし、その結果として婚約するはめに追いやられたら、彼との人生が楽しくないと表明することさえできない。淑女気取りとか、人を見下しているとか、身の程知らずと見なされるだけだろう。

そのどれも、レディたちに真の感情を表現させないための言葉だ。

「栗毛馬のつがいを手に入れたので」アナ・マリアをくるくる回しながらブランリー卿が言う。少なくとも彼は優秀な踊り手だ。人生の伴侶として優秀ではなさそうだけど。

「あなたにぜひ見せたい。あしたでも？」

〝あなたは見たいですか〟とか、〝花が好きなのと同じくらい馬もお好きだといいのだが〟とかの問いかけはいっさいなし。

すべては自分のこと。自分の新しい所有物をただ彼女に見せたいだけ。

アナ・マリアがイエスといえば、みんなにアナ・マリアを見せびらかすのと同じ。今すぐに、パンチボウルに頭を突っこんで冷やすべきかもしれない。さもないと、彼女がなにをしたいかをだれも気にしないことに苛立って、自分から騒ぎを起こすことになるだろう。

あなたにキスをしたい。彼にそう言った。

彼もしたいようだったけれど、彼はしないと決めた。それがふたりにとって最善だと。

なによ。

「マイレディ？」ブランリー卿の声がいくらか……ためらっている？　それは、これまで彼から聞いたことがない口調だった。

アナ・マリアの顔に苛立ちがはっきり出ていたに違いない。レディの心得の中でも、とくに自分が取得できていないと自覚している点だ。生まれてからずっとレディとして育てられたレディは、思っていることを隠す名人だ。

でも、自分はいつも顔をしかめてしまう。

アイヴィの店でも賭け事をするべきではないかもしれない。はったりとすぐに見破られてしまうから。

実際のところ、はったりをかけたことさえない。それが自分の問題だとわかっている。実際に起きていないことについて、だれかを説得しようとしたこともない。それは嘘に限りなく近いし、嘘はつけない。

あしたは予定があると舌の先まで出かかったが、自分が嘘をつけないことを思いだした。いやになってしまう。

「お願いだ」彼が謙虚と呼べそうな口調でつけ加えた。「自分があなたにふさわしい紳士であることを証明したい」

あなたにふさわしい紳士。

あなたが望む紳士、ではない。

後者でない限り、結婚するつもりはない。でも、ブランリー卿と遠出に行くことはできる。ナッシュには、遠出に誘われたことはないのだから。それに、ブランリー卿は先の行動の償いをしたがっているように見える。

それに加えて、ブランリー卿とのつき合いを続けるつもりとナッシュに言った時に、彼がどういう顔をするかを見たい気もする。狭量な考えだけれど。

「ありがとう、閣下。それは……いいですね」アナ・マリアは言った。ブランリー卿がまごついた顔をしたのでつけ加えた。「行きますわ」

「すばらしい」卿が安堵の声で言う。

もはや、自分だけの冒険に踏みだす頃合いかもしれない。男性は抜きで、自分の創造性のすべてを自由に探求できるところへ。

愛以外の場所へ。

愛の領域では挫折するように運命づけられている。

でも、愛のない結婚をするよりはましだろう。

「閣下」レディ・フェリシティは比較的踊りがうまく、しかも今宵の会を楽しんでいるように見えた。金髪の巻き毛は頭のてっぺんで爆発したようにくるくるしているが、白いドレスはデビュタントにふさわしく純潔を告げている。このふたつが正反対だと感じるのは自分だけか？

レディ・フェリシティの呼びかけの返事にナッシュはうなった。

「あなたのお祖母さま、先々代の公爵夫人は魅力的な方ですね」

驚きのあまりレディ・フェリシティを凝視しそうになるのをナッシュはこらえた。彼の祖母にはさまざまな面があり、そのなかには彼が称賛する点もあるが、魅力的だと思ったことは一度もない。

「ある事についてあなたを手助けするために滞在しているとおっしゃっておられましたわ」その純情ぶった口調が、祖母の言うある事がなにを指すか充分に知っていることをはっきり示している。

ナッシュはまたうなった。なにを言えばいい？　なるほど？　そうですか？　どちらを言っても、このレディに彼のひどい状況についてもっと語らせる結果につながり、彼はまた、彼女にそう悟られないで、しゃべるのをやめさせるのにどう言えばいいかを考えなければならなくなる。

この女性と結婚したいわけではない。だが、それこそが大事な点ではないか？　必要なのは、とくに結婚したくもないだれかを見つけて結婚することだ。

自分はとくにこの女性と結婚したくないのだから、おそらく結婚すべきだろう。

彼の頭は、ファイナンの強力なパンチを顎にくらった時よりもぐるぐる回っている。だが、彼女のこのパンチを受けたほうがいいかもしれない。

「閣下？」このレディがうなり声以上の返事を要求していることは明らかだ。にらみつける？　それならなんとかできるだろう。しかめ面？　それもできそうだ。

ナッシュは深く息を吸いこみ、なにが適切でしかも曖昧か考えようとした。彼の父はナッシュを育てる時に公爵となるための教育を省略した。

というより、やるべき教育のほとんどを省略した。公爵にふさわしくないことだけを実演で教えたが、それは公爵らしくあろうと試みている時に——初めてのことだが——なんの役にも立たない。

「そうだ、祖母はロンドンに滞在している」

それは答えではなかった。というか、答えではあるが、ふさわしい答えではない。しかし、レディ・フェリシティが寛大にうなずいた様子から判断して、正しい答えだったらしい。

必要なのはこれだけか？　なんの意味も持たない数語かもっと少ない言葉？

それとも、ずっと話し続けるべきだったのか？

あるいは、レディ・フェリシティは公爵夫人になりたいあまり、彼が適切な文章を完成させられないことさえも見過ごそうとしているのか？

アナ・マリアは何事も見過ごそうとしない。異議を申し立てるが、同時に彼を理解してくれる。

そう考えると胸が締めつけられた。彼女は彼を理解する。もちろん、完全にではない。もし完全に理解していたら、彼とは反対の方向に走り去るだろう。

その一方で、自分は彼女をまったく理解していない。だが、理解したいと望んでいる。それで違いが生まれるのならば。

だが、それはあり得ない。

なぜなら、彼が彼女を理解し、彼女が彼を理解したら、彼女は彼がだれか、そしてどんな人間になり得るかを知ることになるからだ。

ほとんど話さない男の常として、自分はいつもあまりに考えすぎる。今は目の前の問題解決に集中するべきだ。別なレディが彼を理解できるかどうかなど考えたりせずに。

「レディ・フェリシティ」言い始めると、彼女の顔に安堵の表情が浮かぶのがわかった。彼が話し始めたからか？「どうですか――」くそっ、この女性がなにを好きかなんてどうしてわかる？――「公園に馬車でお連れするのは？」

「嬉しいですわ、閣下」彼女はすぐに答えた。勝利に勝ち誇る口調を彼は聞き逃さなかった。

自分はこの〝だれのことも大事に思わない運命〟に屈したほうがいい。もうひとつの選択肢は恐ろしくて考えることもできない。


彼女があのろくでなしブランリーと踊っているのを見た瞬間に、だれのことも大事に思わないという選択肢が消えた。彼女は失敗から学んでいないのか？　あの男がイエスと言わせるために彼女を騙して部屋に連れこんだことなどなかったかのようにほほえみ、踊っている。

彼が間に合って駆けつけなければ、今頃はあのうすのろと婚約していただろう。

彼女は自分で対処したと言い張ったが、そんなことで結果は変わらない。しかも実際のところ、対処できていなかった。彼が行かなければ、あの卑劣漢は、暖炉の手入れに必要でもないのに、彼女の手から火かき棒を取るという名目で彼女を引き寄せ、破滅させていただろう。

「公爵、レディ・フェリシティと踊っているのを見ましたよ」祖母の満足そうな口調に、ナッシュは反発を覚え、あいまいさのかけらもない言い方で、自分はあのレディとのことをまったく気に掛けていないと言いたくなった。

だが、祖母自身も気に掛けていないとわかっている。彼女が気に掛けているのは、彼が結婚することだけだ。今すぐに。

「ええ」

「それで――?」じりじりしているようだ。

「あした、公園に連れていくことになりました」

「まあ。そんなにすぐ?」

いい加減にしてくれ。彼はそう言いたかった。時間を無駄にしないように急かすだけ急かして、今になって早く進みすぎると言うのか?

「明日の朝、適切な振る舞いについて、一緒に再検討しましょう」

両手が拳になりたくて引き攣った。適切な振る舞いだと? まるで彼が水兵帽以外はなにも身につけずに満月に向かって吠える姿を見て、レディ・フェリシティがたじろいだかのような言い方だ。しかも、たとえ彼が吠えていても、公爵夫人になれるならば、彼女はその振る舞いにうまく順応するに違いない。

「適切な振る舞い？」彼は低いこわばった声で言った。「公爵が行うには適切な、という意味ですかね？」やめるべきだとわかっていたから深く息を吸ったが、自分を抑えることができなかった。「適切な振る舞いとは、妻とわが子を殴ることでしょう。ぼくはそれはやらない」

「わかっていますよ」いつもよりもずっと弱々しい口調だった。「あなたには、自分を誇りに思ってほしいと思っていますよ。あなたがなった現在の自分に」

ナッシュは喉が締めつけられるのを感じた。よりにもよって今、祖母は彼のこの状況に同情を示すのか？　知りもしない人々でいっぱいの舞踏会の真っ最中に？　彼が反抗できない時に？

公正を期すために言えば、この部屋に祖母とふたりだけだとしても反抗できたわけではない。自分は感情をうまく表せない。すぐに拳が出るゆえんだ。

「ありがとう」彼は最後に言った。「あなたの期待に応えられることを願っていますよ」だが、自分の期待には応えられない。応えることを自分に許さないから。

もし許したら、どういうことになる？

試してみる勇気はなかった。それがあまりに魅力的すぎるからだ。夢見始めたことにあまりに近すぎるからだ。

祖母が彼の腕を軽く叩いた。今回だけは、強調するために杖を使わなかった。「応えられますよ、公爵、必ず」

ブランリー卿はダンスのあいだじゅう驚くほど控えめだった。もしかしたら、ナッシュに協力を求めて、ほかの求愛者も全員一発ずつ殴って従順にさせてもらうべきかもしれない——彼女自身が闘争的な交流方法を用いる必要がないように。

ダンスのあとはサディアスがいるはずの場所にただエスコートしてくれ、そこにふいにナッシュが現れて肘に手を当てたのでアナ・マリアは驚いて悲鳴をあげそうになり、なんとか呑みこんだ。

ブランリー卿が頭をそらして値踏みするような目で見あげたため、ナッシュはさらに堂々と胸を張り、それを見てアナ・マリアは内心呆れて目を剝いた。

控えめな振る舞いもここまでのようだ。アナ・マリアはふたりを見やったが、どちらもにらみ合うことに忙しくて、彼女に目を向ける余裕はないらしい。

信じられない。まるで彼女がここにいないかのよう、どちらも相手を男らしさで服従させようとしているかのようだ。

「ぼくたちのダンスの時間だ、マイレディ」ナッシュの口調は普通の貴族そのもので、通常は発音が不明瞭で寡黙な公爵ではないかのようだ。

この競争がなんなのかよくわからないが、とにかくブランリー卿を出し抜こうと必死になっているらしい。

アナ・マリアはため息をつき、彼が伸ばした手に手を置いた。今夜はずっとこのダンスを楽しみにしていたが、それは彼が面倒を起こさない前提だ。それに彼女がだれと踊ろうがだれと話そうが、彼とは関係のないこと。その点はすでにはっきりさせたはずなのに。

「あしたお会いしましょう、マイレディ」ブランリー卿が言ったが、明らかにナッシュに向けて言っている。

ナッシュがうなって答えた。

すばらしいこと。このふたりだけでどこかに行って、自分の縄張りを誇示すればいい。そのほうがはるかに簡単だし、彼女が巻きこまれなくて済む。

それに自分はなぜ、ブランリー卿にノーと言わなかったの？　あまりに親切すぎた。卿が機会を狙ってすぐに求婚を押しつけてくるとわかっているのに。それでもイエスと言ったのは、ノーと言うよりも簡単だったのと、知った時のナッシュの顔を見たかったからだ。

でもそのための代償として、ブランリー卿と遠出をしなければならない。

つまり自分は愚か者だということ。

「あの卑劣漢め。あしたきみを遠出に連れだすのか？」

ナッシュに振り回すようにダンスフロアに連れ出された時、アナ・マリアはその荒っぽい力に一瞬喜びを覚えた。だが、それは一瞬だった――彼の態度も愚かすぎる。たとえ、その反応が、アナ・マリアが心の底で願っていたものだとしても。彼も愚か。自分も愚か、みんな愚か。

「それでレディ・フェリシティはいかがでした？」きつい口調になるのは嫌だった。だが、彼に男を全面に押しだされ、威張りくさられるのはもっと嫌だ。

「普通」彼が短く答えた。「あの馬鹿者はきみをどこに連れていく？」

マルヴァーン公爵が質問するのを阻めるはずがない。

「彼の馬を見に」

彼は嫌悪感と不快感と却下の全部を一度に伝える音を発した。なんとすばらしい。

「それで、レディ・フェリシティは？」アナ・マリアはもう一度言った。ふたりして、〝阻まれないぞ〟ゲームをしているみたいだ。

「彼女を連れていく……遠出に」

最後の言葉を言う前のためらいに、思わず彼のほうに顧みたのは、あらゆる可能性が頭に浮かんだからだ。彼女を連れていく……彼の動きを見せるためにボクシング室へ？彼女を連れていく……彼の意図を宣言するために教会へ？　彼女を連れていく……彼の腕の中へ？

「まあ、遠出に。あなたの馬を見られるところかしら。楽しそうね」アナ・マリアはこわばった声で言った。彼女の手を握った彼の手の力が強まった。抑えきれない反応が出てしまったかのようだ。

「いや、それは――」彼が言い始め、それから頭を振った。

アナ・マリアが踊るのをやめたせいで、数組にぶつかられてにらまれた。

「話しましょう」アナ・マリアは言い、彼の腕を取ると、舞踏室から出ようと彼を引っぱった。好奇の目で見る者もいたが、今ふたりのあいだに募りつつあるなにかを放置するより、醜聞に対処するほうがまし。

彼はアナ・マリアの友だちのはずだ。弟の親友であり、彼女が頼れる人。会話を編集せずに話せる人。寡黙な紳士と友だちである肝心な点は、なんであれ本心を言わねばならないことだ。

でも今はそうではない。あのキスから、あるいはもっと早く、自分が銀色のドレスで登場した晩に初めてダンスをした時から、彼がようやく彼女のことに気づき、親友の姉としてではなく、女性として意識したように思えた時からだ。

今は不快感やぎこちなさばかり、これを続けるつもりはない。

「テラスに行きましょう」アナ・マリアは言い、混み合った人々のあいだをじりじりと進んだ。しかしながら、人があまりに多すぎたため、数秒後には彼が先導し、彼らの前に大胆にも立ちはだかる者たちを突き飛ばしながら進んだ。

彼の粗野とも言える傲慢さが遺憾なく発揮されている。

いかに粗暴で傲慢に振る舞っているかを考えれば、とても称賛すべきことではないが、アナ・マリアは心の中で称賛していた。

いけないことだけど。自分が〝歩く矛盾〟であるゆえんだ。

テラスに出るとすぐにアナ・マリアが主導権を取り戻し、会話に没頭する何組かの男女のそばを通り過ぎて、大きな木の陰になった隅の引っこんだ場所に向かった。垂れた枝のせいでほかよりもプライバシーが保たれている。前にも坐ったあのベンチに向かったが、もう一度見ると、ふたりが坐るのに充分な大きさにはとても見えなかった。

「わっ」彼が横に坐ると、アナ・マリアは思わず声を出した。彼がベンチの端から落ちないように両脚を広げて踏ん張っているのを見て、思わず笑みを抑える。彼が笑われたくないだろうと思ったからだ。

「なんなんだ？」彼がぶつぶつ言う。「なぜダンスフロアから引っぱりだした？　ぼくはあのろくでなしがきみと一緒になにをしようと計画しているかを知りたかっただけだ」

「それが問題なのよ」アナ・マリアは答え、肘が彼を小突いた。彼が驚いた声を発し、石のテラスに落っこちた。

地べたが快適なはずがない。

だが、彼は立ちあがらず、坐ったまま彼女をにらみつけた。怖い顔で見おろす代わりに、テラスに尻もちをついたまま見あげるのでは、にらみつけの効果ははるかに薄れる。これも次に議論する時のために覚えておこう。

「わたしがなにをするかについて、あなたに発言権はないわ。もし発言するなら、わたしがやることに口を出す理由を説明する必要があるわ。ブランリー卿の気の毒な馬たちを見に行くことをわたしが選んだとすれば、わたしはそうするし、そうすることを選べるということ」アナ・マリアは顎をぐっと持ちあげた。「前にも言ったでしょう」——キスをした時——「わたしがなにをするかはわたしだけの決断だと。自分がすることの責任は自分が取ると決めたの。たとえわたしが間違いを犯しても」言ってから、その言葉を彼がどう解釈するか気づいて一瞬凍りつく。「そういうこともあると思うけれど、それはわたしの過ちになるだけのこと。あなたがやっていることと同じでしょう？　常に自分ひとりで決断する。公爵の特権だわね」

彼に向かって苛立ちを爆発させるのは気持ちがよかった。ただし、実際のところ、彼は彼女の怒りを受けるべき相手ではない。アナ・マリアの持参金欲しさに花束を送りつけた紳士たち全員がいる時ならばいいけれど。

「きみのそういうところは偉いと思う」彼がゆっくり言った。「ぼくは自分の選択が自分の考えでないように感じることがある。公爵としてのぼく、そして父親の——」彼が唐突に言葉を切った瞬間、このまま話し続けてほしいとアナ・マリアは願った。

彼はまた話し始めたが、その口調はすでに変わっていた。

「だから聞くが、本当に自分がやりたいことをやっているのか？　だれかから言われたことではないのか？」

彼の唇がゆがんでかすかな笑みとなったのは、自分がなにを言っているか——実際になんのことを言おうとしているかをふいに気づいたかのようだった。

アナ・マリアは深く息を吸いこんだ。「あなたはつまり、わたしたちはすべきでないと――」

彼はアナ・マリアが言い終える前に言葉を遮った。「ぼくは望んでいない。きみが望んでいない限り。これはきみの選択だ、アナ・マリア」彼はまだテラスに直に坐り、まるで居心地がよいかのように、両手をうしろについてもたれている。

そのせいで彼が彼女になにかについて、嘆願しているかのように見えた。そのことについて。

それは酔わせるような力があり、強いアルコールの飲み物を飲んだかのように、彼女の全身を危険な速度で滑り抜けて頭をぼうっとさせ、なにも恐れず、すべてを欲しいと思わせた。

彼に触れられているかのように全身がぞくぞくする。

これはきみの選択だ、アナ・マリア。

彼は前に彼女の胸に触れた。それをもう一度してほしかった。もう一度、そしてもっと。

アナ・マリアはふいに立ちあがり、片手を彼に差しだした。「来て」命令する。

彼はその手を取って立ちあがった。さらなる指示を待つかのようにじっと立っている。

これが酔わせるような力。

アナ・マリアは身を回し、テラスのさらに奥の、庭におりる階段があると思われるほうへ彼を導いた。暗かったが、壁に触れながら移動すると、冷たい石の感触が熱くなった指に気持ちよかった。

もう一方の手を彼の力強い手に握られながら階段をおりる。アナ・マリアが唐突に向きを変えたせいで、逆側が壁となってほかの客たちからふたりを隠した。

パーティの音は聞こえるが、頭上に見えるのは木の枝とはるか遠くできらめく星々だけだ。

「次はどうする？」彼が訊ねる。とても近くにいて、手は彼女の手に握られたままだ。

「次は」その手を引いた。「あなたにキスをしたい」

あえて、彼にキスをしてとは頼まずに、自分が彼にキスをしたいと言った。そのほうが、説得力があるし、彼に強いられたことではなく、自分の選択だと示せる。自分がどれほど望んでいるかはもちろんのこと。

彼が片手をアナ・マリアの上の壁に当てて、大きな体で彼女を覆うように立ちはだかった。すでに充分魅力的な巨体が、その瞬間にすべてを引き受けたかのようだった。彼女の命令に従いつつ、自分の欲しいものを手に入れる。

アナ・マリアは彼の襟の折り返しに指を置き、その指を生地に沿ってウエストまで滑らせた。彼をもっと近くに引き寄せ、顔をあげて彼の顔に近づける。

唇と唇が合わさり、手が彼の背中に回って腰のくびれを見つけると、彼の大きな体が彼女に押しつけられた。前にもやったように口を開き、舌で探って彼の舌を見つける。その感触に体が溶けて彼の体と一緒になるような感覚を覚えた。

彼の壁に当てて支えていないほうの手は彼女のウエストをしっかり包んでいる。まるで貴重なものだから、しっかりつかんでいなければならないかのように。

それから彼の指がゆっくり滑ってあがっていった。もし止めたければ止められるほどゆっくりと。でも、止めたくなかった。大きい手に触れてほしかった、胸を、そして、うずいているすべての場所を触れてほしかった。

そこ。

そこも。

そしてそこも。

彼の指がドレスの襟の下に滑りこみ、彼女の丸みを包むのを感じ、はっとあえぐ。

彼のキスが激しくなり、口のなかで舌が探求している。舞踏会場から漏れてくる音楽が唯一聞こえる音だ。

まるでふたりだけの世界にいるかのよう、ふたりだけが属している世界、なにも気にせず、望むことだけをできる世界。

これを望んでいた。彼を望んでいた。

彼女が彼にキスをしたいと望んだ。ふたりのどちらも、なにも起こらないことを知っている。少なくともこれ以上のことはないことを。

彼女もわかっている。自分もわかっている。でも、ふたりでここにいる。わかっていながら。

彼女の口は柔らかくて温かくて、そのキスは以前よりも自信に満ちていた。彼の背中に手のひらを押し当て、彼を彼女の体に引き寄せる。彼のすべてもそれを望んでいた。とりわけ彼の一物が。

すでに硬く張りつめ、全身が今すぐスカートを持ちあげて彼女を壁に押しつけろと叫んでいる。そのすべてに若干の危険をつけ加えろと。

でもそうすれば、彼女の胸を愛撫できなくなるかもしれない。今やっているように、ドレスの胴衣に指を滑りこませて乳首を見つけ、それが硬くなって彼の肌を押すのを感じる。手全体を中に入れて胸を包みこみ、とがった乳首に手のひらをこすりつける。彼女が喉の奥で小さい音を立てる。さらに胸を愛撫し、ぎこちない動きで、ドレスのさらに奥に手を突っこむ。

彼女が彼のほうに動いた。自分がなにをしているかもわかっていないに違いない。体がうずいているのだろう。そのうずきを自分が和らげたいと彼は願った。

彼女の手が彼の尻に滑りおりて、手のひらでこすり、尻の低い脚の付け根の部分を包みこむ。その動きのせいでふたりの体がさらに近づき、いまや彼のペニスがふたりのあいだに挟まって彼女の下腹を突きあげている。そこでなにが起こっているか彼女は知るべきだ。

彼女はまだ彼にキスをし、彼に触れていて、そして彼が柔らかい肌を撫でて熱い口を舐めるとうめき声を漏らした。

その時どっという笑い声が聞こえた。ちょうどふたりの真上のテラスに何人か立っているようだ。ふたりはさっと離れたが、呼吸は荒いままだった。

彼は片手で彼女の口をふさぎ、かがんで耳元でささやいた。「じっとして。静かにしていればぼくたちがここにいることは気づかれない」

彼女がそんなことわかっているというように苛立った息を吐いたが、もちろん発見される危険があるので声を出しては言えない。

彼は彼女の肌に向かって小さく笑った。口をさげて、彼女の肩に唇を当ててそっとキスをする。ドレスから注意深く手を抜いて生地を撫でつけ、それからうなじを手のひらで支えて、肩から首筋から耳までキスを這わせた。

彼女の頭が後ろにそらし、背中もそらして胸を彼の胸に向けて突きだした。

「きみと言い合うのが好きだと思う」彼はつぶやき、唇を耳に這わせた。

彼女が身を震わせると、その動きが彼の全身を貫いた。

「わたしも好きだわ」彼女がささやき返す。「それに、あなたとまた闘うのも待ち切れないわ。部屋にファイナンがいない時に」彼女の言葉は暗い約束だった。

彼は彼女が欲しかった。問題はもちろんそこだ。自分がこの女性を望んでいることだ。

それはつまり、彼女を手に入れることができず、そうするべきでもないということだ。

「なあに？」

彼は身を引き、眉間を寄せて顔をしかめた。「なにがなんだ？」

「あなたはたった今変わったわ。なにか考えたでしょう」彼の胸に向かって言う。「考えるのをやめなければだめよ。それとも、これでは充分ではないということ？」

充分以上ということだ。これがすべてだ。

しかし、続かないとわかっている。自分が続けさせないからだ。

「きみをサディアスの元に送り届ける」彼は言い、彼女から離れて腕を差しだした。

彼女は苛立ちのため息を吐いたが、なにも言わずにその腕を取った。

ふたりはなにもしゃべらずにまた混み合った人々のあいだを抜け、サディアスが立っているところに戻った。

「数日中に訪問しますね」彼がお辞儀をすると彼女が言った。それは質問ではなかった。命令口調に彼の内臓が反応した。

もっとしてほしいという言葉を聞きたかった。ものすごく聞きたかった。なぜなら、そうすれば、それは彼女の選択肢だから。

14

パーティの残りの時間が慌ただしく過ぎ去った主な理由は、アナ・マリアがそのことを考えるのをやめられなかったからだ。そのこと、そのすべて、彼の唇が唇に合わさり、手が彼の手と重なって、彼が耳元にささやいた時の声がどう聞こえたか。

真下の庭でなにが起こっているかを知ったら、衝撃を受け、恐怖にかられ、同時に興奮もするはずの人々がすぐ上にいるという状況がどんなに刺激的だったか。

アナ・マリアは夜明け前に、かつてのベッドと違い過ぎる大きさに慣れることができず、いまだ片側半分しか使っていない豪奢なベッドの上で目を覚ました。窓の向こうを眺めると、さまざまな形の煙突と雲が見え、もうすぐ太陽がのぼるかすかな光の気配が感じられた。

すべてをしっかり掌握していると感じている。自分が望むことを、望む時にやれている感覚だ。

その感覚は長く続かないかもしれないから、続いているあいだに活用する必要がある。

ベッドから跳ね起きて、洋服ダンスまで行き、新調の昼用ドレスを引っ張りだした。海に浸して染めたように見える青いドレスだ。幸いボタンを留めるのもそれほど難しそうではない。もちろん、レディたちのほとんどが、着るものすべてに手伝いを要求することは知っている。

でも今は、このすばらしい感覚をひとりだけで堪能したかった。

ただのキスではない。もちろんキスが助けてはくれたけれど、あれは自分が、自分と彼の両方に対して望んでいたことであり、自分の望みに即して行動できたことの証。

きょう、自分は新しい冒険に踏みだすことになる。人がどう思おうと、自分にとっては冒険だ。まず〈ミス・アイヴィーズ〉に行ってオクタヴィアの相談に乗り、それからさらなる闘う訓練のために彼の家に行く。

〝闘う訓練〟は婉曲語法ではなく文字通りの意味だが、それ以外の活動もあればいいと願っている。それも彼に率直に伝えた。

これからは、自分が思っていることだけを言うつもりだ。そのためには、なにを言いたいかをしっかり把握する必要がある。自分が本当になにを望んでいるかについて、正反対の考えが一度に浮かぶし、常に矛盾を抱えているからだ。

でも、自分が彼を望んでいることは、はっきりわかっている。

「お嬢さま！」

盆を持ったジェインが戸口から飛びこんできて、隅の時計にちらりと目をやり、驚いた顔でアナ・マリアに視線を戻した。「まだ時間が早いじゃないですか。いったい全体なにをやっているんですか？」

ジェインはベッドの右脇の低いテーブルに盆を置くと、アナ・マリアに近寄って両肩をつかみ、くるりと回して自分のほうに背を向けさせた。彼女の両手がボタンに触れるのを感じ、アナ・マリアは身をよじってその手を払いのけた。

「もう留めたわ」そっけなく言い、身を翻してまたジェインのほうを向いた。

「確認したかっただけですよ」ジェインが答えた。

アナ・マリアはにらみつけたが、全然信用していないという友の表情はいっこうに変わらない。

「少しはこういうことを、わたしにさせてくれないと」今度は苛立った口調を少し控えて言った。

「もちろんあたしだって、あなたにとって難しいことはわかっていますよ、このすべてに慣れるのは」ジェインが優しく言い、手を回して部屋全体を示してみせた。「でも、うまくやってくれることを、あたしたちみんなが願っているんです。自分を使用人と思うのを早くやめないと、これからもっと大変になりますよ」

「それは思っていないわ」

間髪入れずに答えたことに自分でもぎょっとした。でも、実際のところ、今はもう自分が使用人とは感じていない。代わりに爵位と財産を持ちながらも、自分で決断を下せるひとりの人間だと感じている。伝統に基づいて育てられた若いレディたちはやり方さえも知らないことだ。

「いいでしょう」ジェインがうなずいた。「それなら早く自分の夫を自分で選び、自分の家庭を築かなければ」必然のように言われて、アナ・マリアは自分がたじろぐのを感じた。

「それはできないわ！」

ジェインが眉をあげる。「なぜです？　従兄弟の方にずっと依存して生きることは望んでいないのかと思っていましたけど」

アナ・マリアは込みあげた感情で喉が詰まりそうだった。しばらくなにも言えず、それから頭を振った。「もちろんそうだけど。わたしは――結婚だけが選択肢と思っていないわ」

ジェインが胸の前で腕組みをした。「では、ほかになにがあるんです？」

「自分自身よ！　そして、自分がやりたいこと！」

ジェインが目を細めた。「では、そのやりたいこととはなんですか？　まさか、以前にやっていたことに戻りたいわけじゃないと思いますけど。たとえそれが可能でも」

「もちろんそこに戻りたいわけじゃないわ」アナ・マリアは少し考えた。「でも、なにかをやりたいの。そのなにかは、ほかに機会がないからという理由で、ただ歯が揃っていて、花を贈りつけてくるだれかと結婚することじゃないわ」

「あの巨大なでくのぼうさんは違うでしょう！」ジェインが大きな声で言う。

アナ・マリアの顔がかっと熱くなった。ジェインが偉そうに言いつのる。「あたしはそう思っていましたけど」

「だめ、それはあり得ないわ」アナ・マリアは口調の強さでジェインの言葉を止められるかのようにきっぱり言った。

「わたしは昔からずっと、あなたがあの方を見る様子を見てきましたからね。あなたはいつも彼をそういうふうに見てましたよ」ジェインが肩をすくめる。「やっと本来の自分になれたのに、なぜあり得ないんです？」

アナ・マリアはベッドにひょいと腰をおろし、手振りでジェインにも隣に坐るようにうながした。「あなたが言うととても簡単に聞こえるけれど」

「でも、簡単なことでしょう。公爵夫人が許さなかっただけ。あなたの立場に嫉妬していましたからね。でも、亡くなって、従兄弟の方が受け継いだ。それなのに、なぜだめなんです？」

「彼のほうがなんらかの理由でそれを望んでいないのよ」

「どんな理由があるっていうんです？　あの方になにか変わったところがあるとか？」

ジェインの言外の意味と、その答えを自分がほぼ直接と言ってもいい体験から知っているという事実にアナ・マリアは顔を赤らめた。「そういうことではないわ。彼はとても健全な人」

少なくとも身体的な意味では――でも、彼が精神的に苦しんでいることを自分は知っている。彼のなにげない言葉とさまざまなうなり声とうめき声がそれをよく告げている。

「まあ、それならいいじゃないですか？」

「この話はやめない？　きょうは〈ミス・アイヴィーズ〉に行く用事があるの。ミス・オクタヴィアが店内を改装するのを手伝うのよ」今の自分は、壁に使おうと思い描いている赤色のシルクと同じくらい頬が赤くなっているはずだ。

その時、その日がすばらしい日でないことを思いだした。「いやだ！　ブランリー卿と、彼の栗毛の馬を見せてもらうために出かける予定だったわ」なぜ同意してしまったのだろう？　なんて愚かな自分。

「あたしはあなたに幸せになってほしいだけです」ジェインが手を伸ばしてアナ・マリアの手を取った。彼女の指はたこでごつごつしている。

「幸せになるわ、約束する」彼と一緒であろうと一緒でなかろうと、とアナ・マリアは思った。今はもう、自分の幸せは自分の責任であり、途方にくれた巨人《ベヘモス》が自分の考えを整理するのを待ってなどいられない。前に進み、自分が望むものを手に入れるだけ、彼にその気があればだけど。

「ブランリー卿は何時にいらっしゃるんですか？」

アナ・マリアは首を振った。「きょうの午後のどこかだと思うわ」

「では、〈ミス・アイヴィーズ〉が先ですね？」ジェインはベッドから立ちながらそう言った。「この寝室を先に改装するつもりかと思っていましたが？」

「両方同時にできるわ」

アナ・マリアも立ちあがり、自分の寝室の地味な装飾を眺めた。彼女の魂は多彩な色彩と活力をずっと望んできたから、この模様替えは必ず実行すると決めている。

「できますよ」ジェインの言い方も、アナ・マリアと同じくらい自信ありげだった。

「あなたが夢見てきたすべてを実現するために、全面的にお手伝いしますよ」

「でも、まずはブランリー卿の栗毛の馬を見に行かなければならないわ」思っただけで嫌そうな声しか出ない。

「あの方は、あなたが馬を装飾するのは許してくれなさそうですね」ジェインがいたずらっぽい口調で言って、アナ・マリアを笑わせてくれた。


「公爵！」

廊下の先から聞こえてきた祖母の声にナッシュはうなった。椅子から立ちあがり、書斎の扉まで行って開けると祖母がいた。とくに祖母と話したいとは思っていないが、自分の脚で歩いて祖母を迎えに行ける時に、高齢のレディを呼びつけるほど頑なでもない。

彼を説教し、いろいろなやり方で困らせるためだとしても。

「そこにいたのね」祖母が言い、祖母の小間使いの表情も祖母の口調と同じくらい批判的だった。「時間がある時に、あなたがいくらか行儀作法を勉強する必要性についてふたりで話したけれど――」

「あなたが話したんですよ」ナッシュは祖母の言葉を遮った。

「それで、今はその時間があるので」

なるほど、彼の時間があるかどうかは関係ないわけだ。時間はあったので、それについて文句を言うつもりはない。

ただし、彼の人生に侵入して完全に、そして徹底的にひっくり返したことはまた別問題だ。

「ではこちらで？」ナッシュは言い、書斎のほうを手で示した。

公爵夫人が顔をしかめた。「ではこちらで、ではありません。こちらにおいでになりますか？　とか、もっと丁重な言い方をしないと。それに違います、そこでは話しません」

ナッシュは一瞬宙《ちゅう》をにらんだが、いつものような反応は差し控えた。

「では、舞踏室においでになりますか？」わざと丁重な言い方にする。

「だいぶまし。そうね、そうしましょう」

祖母は後ろを向いて小間使いの腕を取ると、舞踏室に向かって廊下を歩きだした。

ナッシュも、祖母の速度に合わせるため、歩幅をいつもの半分に保ってついていった。見てください、と言いたかった。ぼくはあなたに合わせている。あなたが気づいていないだけだ。

ふん。

ナッシュは舞踏室の端に沿って置かれた低いソファのひとつに祖母が腰を落ち着けるまで待った。

自分はここにはほとんど来ない。ここはパーティが開かれる場所であり、ナッシュはセバスチャンとサディアスとウイスキーを飲む以外の集まりは開かない。

この部屋は父が夜を過ごしていた場所だった。そのせいで本能的に嫌悪していることもある。今でも、赤い顔で声を荒らげ、常に怒っていた父を思い浮かべることができた。部屋の真ん中に立って怒鳴りつけ、その命令に従おうと人々が走り回っていた。

ナッシュは父親が開くパーティに出席する年齢にはなっていなかったが、子ども部屋から抜けだして、客たちが到着するのを眺めた。その時は考えなかったが、今になってみると、父は友人たちと一緒に女性たちを傷つけていたのではないかと疑っている。むしろ確信している。その友人たちを見つけだして、償いをさせたかったが、それには、父の非嫡出子たちさらに見つけて雇う必要があるだろう。

「なにをしているんです？」祖母が言う。「そこに立って、ぽかんとなにを見ているんです？」

ナッシュは首を振った。「なにも」両手が拳に固まるのを感じ、耐えられずに行ったり来たり歩きだした。内側の怒りがうなりを立てて湧きあがってくる。

祖母が杖をどんと床に突いた。「ここに来て坐りなさい。なにも見ていないはずがないでしょう」

ナッシュはため息を呑みこみ――ため息とは！　このおれが！――体重でソファのクッションがへこまないように注意しながら祖母の横に坐った。

祖母が彼のほうを向き、両手を膝の上で組んだ。「彼はよくない男でした」

「なんですって？」ナッシュは驚いて訊ねた。

「あなたの父親のことです」

「どういうことで――？」

「あなたが、昔の彼のように見えたんですよ。このあいだの――」祖母がふいに言葉を切り、ナッシュは背筋に怖気が走るのを感じた。

ぼくは怒ると父親のように見える。

「現在の公爵家の指定相続人に継いでほしくないのは、それが理由です。彼も似ている。しかも、行動についてもいろいろ聞いていて……」祖母の言葉が途絶え、ナッシュは胸が締めつけられた。関心を持たないことが自分にとってこれほど重要なゆえんだ。関心は暴力につながる。父親がそれを示した。

「でも今のところ、あなたを受け入れているように見えるただひとりのレディはレディ・フェリシティで、彼女はまあ適切ではありますね。理想的とは言えないけれど」

ナッシュは眉をひそめた。「なぜそんなことを？」

祖母が軽蔑するように手を振った。「彼女はあからさま過ぎますからね」

「それは公爵夫人になりたいからでしょう？」ナッシュはふんと鼻を鳴らした。「彼女たちが望んでいるのはそれだけでは？」

祖母が鼻をつんと持ちあげて、いつもよりさらに高慢な雰囲気を醸した。「ええ、もちろんです。でも、レディはそれを見せてはなりません」

あなたにキスをしたい。

彼女は望んだことを言う。ナッシュはそれが好きだった。言ってもらわなければ、どうしてわかる？　自分はそういう気配に気づくのが明らかに苦手だ。レディに対してはなおさらだ。友人たちは、彼からもらいたいものをはっきり言ってくれる。たいていはウイスキーのお代わりであり、時にはばかなことをやめろと言う。

前者は望まれたものを提供するが、後者はいつも聞き入れるわけではない。

自分が結婚することと、子どもの父親になることだけが、父がやった、そして従兄弟が爵位を継いだらやるであろう不当な行為を正す唯一の機会だ。

「わかりました」彼は深呼吸をして、そして言った。「それで、なにを学ぶ必要があるんですか？」

15

「では、これで決まりね」アナ・マリアは言った。「正面の壁が赤紫色《マゼンタ》、ほかの壁は紺青色」

オクタヴィアは緑色の賭けテーブルのひとつに置かれた生地見本を見おろしてうなずいた。「あなたは卓越した目を持っているわ。わたしなら、このふたつの色を一緒にするなんて考えもしないけれど、本当によく合っているもの」

アナ・マリアはにっこりした。「椅子は全部終わってから、そちらの紫色の生地で張り直しましょう」

「その余裕がある時にね」オクタヴィアがにやりとした。「クラブの経営は順調だけど、アイヴィはお金に関してはかなり締まり屋だから」いささか苛立った感じでため息をつく。「全部任せてくれたらと思うんだけど——そのほうがセバスチャンともっと一緒に過ごせるのに、姉は放っておけない性格なのね」

「目的を持つことが喜びなんじゃないかしら？」

「あなたの弟とキスするほかに？」オクタヴィアがまたにやりとする。

アナ・マリアは顔をしかめた。「弟がキスしている姿を思い浮かべたくないわ。そうしていることはわかっているけれど」

「姉が働くのが好きなことはわかっているの。セバスチャンは姉に、クラブの経営から離れるとか、その他の選択肢を提示してくれたはずなのよ。でも、姉がノーと言った」

そういう事柄にノーと言えることこそ、アナ・マリアが望んでいること、やろうとしていることだ。

イエスを言うのも必要だけど。

「それでこのあとはどちらへ？」オクタヴィアの言葉がアナ・マリアの明らかに不適切な思いを遮った。「マルヴァーン公爵のお宅？」彼女の眉が持ちあがる。

アナ・マリアは頰を赤らめた。「きょうは違うわ、でも――」

「なにも言う必要はないわ」オクタヴィアはアナ・マリアの言葉を遮り、片手をあげた。「言う必要ないと言うのは、全部顔に書いてあるから」

「彼には護身術を教わっているだけよ」アナ・マリアは言い訳がましく言った。

「そして、ほかのこともあなたに教えているわけね、あなたの赤い頰から判断して」オクタヴィアは胸の前で腕を組み、疑わしそうな表情で友を眺めた。「正しい理由で赤くなってほしいけれど。とにかく――気をつけてね」

「もちろんよ」それは反射的な返事だった。相手の言葉に同意する時に必ず言う言葉だ。

「でも、なぜ気をつけるの？」

オクタヴィアが肩をすくめた。「彼が花嫁を探していると聞いたけれど、あなたの名前が出ていなかったから」

アナ・マリアは胃が締めつけられるような痛みを感じた。「出た名前は……もしかして、レディ・フェリシティ？」

オクタヴィアがうなずいた。「ええ――クラブでも賭け台帳ができているわ。今のところ、彼女が彼と結婚するのは二対一の確率よ」

「みんなは、そんなことにも賭けをするの？」アナ・マリアはぞっとして言った。

オクタヴィアが笑った。「あらゆることについて賭けるのよ。〈ミス・アイヴィーズ〉は、人々のその愚かさを手助けしているだけ」

「気をつける、約束するわ」目を丸くして言ったが、その時ある考えが浮かんだ。「もしかして、わたしの結婚についても賭け台帳があるの？」

オクタヴィアが一瞬ひるんだ。「そうね――、ええ、まあ、あるわ」

「どんな賭け？」

オクタヴィアが首を振る。「あなたは知りたくないと思うわ。あなたの護身術の指導者はほとんど見込みなしとだけ言わせてちょうだい」

なんとまあ、いちかばちかの賭博師たちでさえあり得ないと思っているわけだ。

もちろん、彼と結婚したいと言っているわけではない。そもそも、彼のほうがアナ・マリアとは結婚しないと頑なに決意している。彼が言葉にできない面倒な理由がいろいろあるに違いない。でも、アナ・マリアは望まれていないと感じたくはなかった。

なぜなら、まさに望まれずに、人生の最初の二十七年間を過ごしてきたからだ。セバスチャンとサディアスと、そして――彼を除いては。

「あなたの次の……授業を待つ代わりに」オクタヴィアが明らかに話題を変えたいらしく、ウインクをして言った。「今夜、開店している時間にここに来たらどうかしら？いちかばちか、賭けてみたら？」

賭け、授業、主導権。アナ・マリアは生地見本を手に店を出ながら、そう思って満足を覚えた。

自分はほかの人たちと関係なく、自分がやりたいことをやろうとしている。

自分がやりたくないことはやらない。

その午後の天気は完璧だった――ロンドンでは珍しいほど温かく、日が照って、そよ風が吹いていた。

馬たちも、ブランリー卿が約束した通り、馬としては魅力的だった。魅力的な馬がどういうものかわかっていたわけではないが、アナ・マリアは馬を眺めてにっこりした。

新調したばかりの午後の外出用のドレスを着ていて、そのドレスが幸せな気分にしてくれた。きょうの空と同じ薄いブルーの色合いで、スカート一面に小花が散った小枝模様が描かれている。羽織っているショールの青い陰影によってドレスの色をさらに引きたたせ、ボンネットも青いリボンの花結びで留めている。

ブランリー卿の隣に坐っていなければ、まさに自分がやりたいことだけをやっていると言えただろう。

自分だけで出かけられるように、適当な馬車の購入をサディアスに頼もうと心の備忘録に書き加える。

「ぼくが贈った花は届きましたか?」ブランリー卿が訊ねる。公園を馬車で走っていて、ちょうどすれ違ったほかの男女にうなずいて挨拶したところだった。

「届いたと思います」アナ・マリアは答えた。「とてもたくさん届いたところですので」フレッチフィールドがその花々を整理し、アナ・マリアが一番好きな花を彼女の寝室に、ほかのは客間に飾ってくれた。

「とてもたくさん届いた?」ブランリー卿が気を悪くしたように言う。

当然だろう。アナ・マリアは自分の頭を叩きたくなった。実際に起こったことを報告しただけだが、きっと自分の人気を鼻に掛けているように聞こえたはずだ。ブランリー卿はそんなことで高慢の鼻をへし折られる人ではないだろうが、わざと言ったように感じたかもしれない。

「その花のいくらかはマルヴァーン公爵から届いたものですかね?」

アナ・マリアは鼻を鳴らしそうになり、あやうくこらえた。「いいえ、ナッシュは花を贈るような人ではないので」花を届けるくらいならむしろ、ボクシングのグローブを送りつけるだろう。あるいは、攻撃的な求婚者を阻止するために特注した火かき棒とか。

もちろんそんなことはブランリー卿には言わない。

「そうですか」ブランリー卿が嬉しそうに言ったことに、アナ・マリアはまた苛立ちを覚えた。

卿の一挙一動にここまで苛立ちたくないが、彼の独善的な言動はあり得ない。

「公爵と言えば、あそこに彼がいる。レディ・フェリシティと一緒だ、ぼくが間違っていなければ」ブランリー卿の言い方はさらに独善的で鼻持ちならない。

たしかに彼らがいた。アナ・マリアの目はまず彼に向かった。クラヴァットが一点の染みもないこと、上着が体にぴったりなこと、そして、馬車の座席に、華奢なレディ・フェリシティと並んで坐る彼がとても背が高く見えることに気がついた。

レディ・フェリシティの服装も素敵だった。薄い黄色のドレスを着て、花をたくさんつけた楽しげで華やかなボンネットをかぶっている。その様子にアナ・マリアは賛美と嫉妬の両方を感じた。

〝歩く矛盾〟にぴったりの感覚。

「ごきげんよう、閣下、マイレディ」ブランリー卿が言い、馬の歩調を遅くした。

だれに挨拶されたかわかったとたんに、ナッシュの唇が細い一線に結ばれた。アナ・マリアとは視線を合わせようとせずにブランリー卿をにらみつける。

「ごきげんよう」レディ・フェリシティが呼びかけ、その機会を逃さずにナッシュの腕に手を置いた。それが所有権を誇示する動作であることをアナ・マリアは知っている。

彼はもう求婚しただろうか？　アナ・マリアとのあいだであんなことがあってすぐなのに？

嫉妬心と心配で胃がむかむかした。嫉妬心の理由は明らかで、心配のほうは、ふたりのあいだでなにが起ころうとも、ふたりは友人であり、彼がレディ・フェリシティのような女性と結婚して幸せになれるとは思えないからだ。

でも、もしかしたらそれが大事なのかもしれない。彼は幸せになりたくないのかも?

「なんといい天気ではありませんか? レディ・アナ・マリアにぼくの新しいつがいを見せたくてね。そのためにこれ以上すばらしい日はないですよ」

ブランリー卿にとっては、心地よい天気も自分の手柄らしい。先日彼が見せた謙虚さはうららかな陽光のどこかに捨て去ったようだ。

「たしかに」ナッシュがぶっきらぼうに答えた。まだアナ・マリアのことを見ない。アナ・マリアにしてみれば、それは許容できないことだった。

「閣下」アナ・マリアは呼びかけて、彼の目をとらえた。「近々〈ミス・アイヴィーズ〉にいらっしゃるご予定はありますか? 内装を変えるみたいですわ」

彼は完全に戸惑ったようだ。唐突に賭博場について訊ね、その内装の話をしたのだから当然だろう。

「〈ミス・アイヴィーズ〉」ブランリー卿が言った。「だれでも気軽に行かれる店だったかな?」

レディ・フェリシティが軽蔑するような音を立てる。

「ええ」アナ・マリアは答えた。「わたしの義理の妹が経営していますの」

「おお、それは忘れていました」ブランリー卿が恩着せがましい感じで、彼女の手を軽く叩いた。なんという気取り屋だろう。

「わたくしは行ったことありませんわ」レディ・フェリシティが言い、ナッシュのほうを向いた。「よかったら、今度連れていってくださいません？　わたくし普通の方々とお会いするのも気にしないので」そうつけ加え、辛辣な言葉を悪い意味に取るもしれないと思ったらしく、ちらりとアナ・マリアを見やった。

ナッシュが答え代わりにうなると、レディ・フェリシティは彼がイエスと言ったかのように得意げな顔をした。

でもアナ・マリアは、あのうなり声が〝そのつもりはないが、それを議論するのに時間を費やす気もない〟を意味する当たり障りのない返事であることを、このレディに教えてあげられる。

レディ・フェリシティは口下手なナッシュとあまり会話を交わしていないらしい。

「さて、ぼくの馬たちをこれ以上立たせておきたくないな」ブランリー卿が言い、帽子の縁に触れてレディ・フェリシティに挨拶した。「ぼくたちはもう行きますよ。またお会いしましょう」とつけ加えたので、アナ・マリアは彼を殴りたくなった。彼の言葉では、まるで彼とアナ・マリアが〝ぼくたち〟のようだが、断じてそうではない。

しかも、馬車の中にはすぐに使える火かき棒がない。卿がまた彼の言い分を訴える決断をした時のために、なにか持参すべきだったかもしれない。

「ごきげんよう」レディ・フェリシティが言い、もう一度ちらりと見下すような目線でアナ・マリアを見やった。

アナ・マリアの唯一の慰めは、自分が感じているのと同じくらい、ナッシュも居心地悪く惨めな思いをしているように見えることだった。

彼がレディ・フェリシティと結婚したら、居心地悪くて惨めな状況が続くだろう。いつか彼にそのことを話し、彼の未来について警告しなければならないだろう。なぜなら、セバスチャンもサディアスもそういうことをなにも考えてもいないからだ。まったくもう。

「なんて美しいんでしょう!」

アナ・マリアは〈ミス・アイヴィーズ〉に足を踏み入れたとたん、目の前の光景に目を丸くした。オクタヴィアが雇った作業員たちがすばらしい仕事をし、たった数日で壁の改装という任務を完了したのだ。オクタヴィアの魅力と仕事が早く終わった時の特別手当の約束に後押しされたに違いない。

アナ・マリアの称賛にオクタヴィアは顔を輝かせ、友の腕を取って壁の前に連れていった。「すばらしいでしょう? すべてあなたのおかげだわ」

アナ・マリアは首を振った。「いいえ、あなたがこの変化を望んでいたからよ。さもなければ、ここまでの提案をするなど考えもしなかったわ」

オクタヴィアが謙遜するように肩をすくめた。「わたしは進んで変化を受け入れる性格なのよ。よい実業家の証と思いたいわ」

アナ・マリアはくすくす笑い、壁に張られた生地を眺めた。オクタヴィアが進んで変化を受け入れる態度を自分も取り入れるべきだろう。オクタヴィアは変化を後悔せず、もしも紳士にキスをしてほしかったら自分から求める性格のように思える。

そのオクタヴィアがアナ・マリアの提案を受け入れたことは大きな意味を持つ。もしもその提案に同意できなければ、必ずそう言ったはずだからだ。赤紫色《マゼンタ》と濃い青色が相俟って、この部屋は前よりもはるかに豪華に見える。オクタヴィアはさらに金色の燭台をいくつか見つけだして壁に取りつけ、姉が装飾として掛けていた絵を何枚かはずした。

「まだ時間が早いから、仕事開始の前にしばらく一緒に過ごせるわ。こちらにどうぞ」オクタヴィアはアナ・マリアの腕を引いて、部屋のもう一方の奥に連れていった。カーテンを引いて、その向こうの扉が開ける。オクタヴィアが個人的に使っている部屋につながる扉だ。そして、クラブの業務用机と備品が置いてある倉庫に案内した。

「なぜここに？」アナ・マリアは驚いて訊ねた。前に訪問した時は、寝室とのあいだの小さな客間でお茶を飲んだからだ。

オクタヴィアがくるりと目を回してみせた。「あなたの弟とわたしの姉アイヴィが、この引きだしにしまいこんだウイスキー以外のお酒を全部持っていってしまったからよ」

アナ・マリアは目を見開いた。「ということは、わたしたちウイスキーを飲むの？」

オクタヴィアがにやりとした。「もちろんよ、あなたの成功に乾杯しなくては！」

アナ・マリアは友に促されるまま机の前に坐り、オクタヴィアがふたつのグラスに茶色い液体を注ぐのを見守った。

これまでにウイスキーを飲んだことはあったかしら？

オクタヴィアの手からグラスを受け取り、おそるおそる嗅いでみる。強烈な匂いがした。

オクタヴィアが自分のグラスをあげ、アナ・マリアもそうするのを待った。「まずはあなたの仕事に感謝したいわ。しかも、これはあなたの未来の始まりですものね」

アナ・マリアはまだお酒を飲んでいないのに、体の中がぽっと温かくなるのを感じた。自分がやったことに感謝されるのはとても素敵で、しかも味わったことがない感覚だった。これまでの人生で多くのことをやってきた――屋敷での雑用すべてや、時には逃げだした家禽の捕獲までやったが、だれも気づいたり感謝したりしなかった。

「そんなに貢献したわけではないわ、正直言って。ただ生地を選んだだけですもの。だれでもできるわ」

オクタヴィアがアナ・マリアに向かってグラスを掲げてみせた。「だれでもできるかもしれないけれど、こんなにうまくできるのはあなただけよ」吟味するような目でアナ・マリアを眺める。「それに、こんなにうまくできるのはあなただけという話で言うなら、あなたのドレスもとても素敵」

アナ・マリアは嬉しい気持ちでドレスに目をやった。このドレスも退廃的なふわふわの砂糖菓子を食べたように感じさせてくれる。全体が何層にも重なったピンク色のチュールとサテン地で包まれ、裾を濃い目のピンク色のリボンで結んでさらにふんわりさせてある。アナ・マリアがそのドレスを洋服ダンスから持ってきてくれるように頼んだ時にジェインが顔をしかめた事実から、そのドレスを着るとすごく美しく見えることはわかっていた。ジェインは直接言わないが、アナ・マリアが社交界でうまくやっていくには愚直すぎるし、あまり華やかに装うと、その見た目のせいで危険が増すと考えている。

アクセサリーは、セバスチャンにもらったルビーの耳飾りをつけていた。セバスチャンが爵位を継ぐやいなや、アナ・マリアに買ってくれた数多くの贈り物のひとつで、それを彼は失われた時の埋め合わせだと言い張り、アナ・マリアはそんなものは必要ないと考えた。

それでもやはり素敵なものは素敵だ。それに自分は美しく装うのが好きだと今は認識している。自己満足のためだけであるにしても。

「ありがとう」アナ・マリアは言った。「それに、壁の生地についても、優しい言葉をありがとう」

「当然の言葉だわ。さあ、早く」オクタヴィアが命じる。「飲んで！　一時間も経たないうちにクラブはお客さまでいっぱいになるわ。そうなった時の豪華な雰囲気をぜひあなたに見てもらいたいの」オクタヴィアはグラスの酒をいっきに飲み干し、口を拭った。

少し飲んだだけで喉が燃えるように感じ、アナ・マリアは思わず咳きこんだ。でも、その液体が喉を通り過ぎると、今度は体じゅうに心地よいぬくもりが広がった。ウイスキーの刺激で口がうずいている。

「美味しいでしょう?」オクタヴィアが言い、ふたりのグラスにさらに注いだ。

「これ以上飲まないほうがいいと思うわ」アナ・マリアは言い、また咳払いをした。

オクタヴィアが目を細めて彼女を見つめた。「それはこれ以上飲みたくないから? それとも、これ以上飲むべきではないと思うから?」

アナ・マリアは頭を傾げて考えた。「いいわ。もう一杯、でもそれだけにしておく」

二杯目は最初の一杯よりもすんなり喉をおりていき、今度はそのあとにどんなふうになるかもわかっていた。あの心地よいぬくもりはさらに増して、柔らかいコットンに包まれたような気持ちになった。

「酔うってこういう感じなの? 幸せいっぱいで、ふわっと浮いている感じ?」顔をしかめて友に質問する。

オクタヴィアは首を振った。「ウイスキーの効用は少しで、あなたが自分の仕事に誇りと自信を感じているせいだと思うわ」

「そうかもしれないわ」アナ・マリアはうなずいた。自分がやったこと、自分が計画したことに誇りを感じている。「もうお店のほうに戻ったほうがいいかしら？　お客さまが新しい装飾にどんな反応を示すか見たいわ」

「あの人たちが高い評価をするとは期待しないでね」オクタヴィアが警告する。「どのくらい勝って、どのくらいお金を稼げるか、それしか関心ない人たちだから」

「わたしも賭け事をやってみたいわ」アナ・マリアは宣言して立ちあがったが、すぐに坐っていた椅子の肘掛けを握って体を支えた。満面の笑みを浮かべてオクタヴィアにほほえみかけると、彼女もほほえみ返した。「わたしは自分がやりたいことを選ぶのが好きみたい。それからピンクのドレスとウイスキーも」つけ加え、友にウインクする。

オクタヴィアは声を立てて笑い、それからふたりは事務所を出てクラブに戻った。


ナッシュはひとつの目的を持って〈ミス・アイヴィーズ〉に入っていった。飲むことだ。家にいてもその目的は達成できるが、ここならば、まわりにいるのは、異母きょうだいでない人々だ。異母きょうだいのほとんどが彼に救われたことを感謝しているのはわかっているが、その救出はたとえだれもやらなかったとしてもするべきことであり、なにかすばらしいことをしたように扱われたくはなかった。

ここに来た理由を考えたが、うまく思いつけずに目をしばたたいた。

どうでもいい。家から出ることを望み、家から出られた。だからここにいる。喉が渇いた。酒を飲みたい。

それに彼女が〈ミス・アイヴィーズ〉のことを言ったせいで、彼女もここに来ているかもしれないと思わずにはいられなかった。だから出てきたわけではないが、ここに来たかったことを思いださせてくれたのは間違いない。

「いらっしゃいませ、閣下」ナッシュがセバスチャンを連れてきた最初の時に、セバスチャンをもう少しで投げ飛ばしそうになった大柄な紳士が、用心深い表情に敬意を込めて彼を迎えた。自分たちふたりが、この部屋にいるほかの全員を負かすことができるたったふたりの男だと思っているかのようだ。ただし試してみたことはない。

ナッシュはうなり声で答え、人々のあいだを擦り抜けて部屋の右手にある小さなバーに向かった。そこには、それほどたくさんの客はおらず、たまたまいた客もナッシュと目が合うとすぐに目をそらしたのがありがたかった。この店に来るのが好きなのは、ここならばちょっとした楽しみのためにやってきた事務員や商人から、街に出てきた田舎の地主、そして家政婦や家庭教師らしき女性まで、あらゆるタイプの人がいる点だ。賭け事の勘定を支払えるかぎりだれでも入っていいというのが店の規則だった。

もちろん飲み物代もだが。

ナッシュはバーカウンターに坐り、給仕が彼に気づくのを待った。

「こんばんは」彼女の声が聞こえ、ゆっくり振り返った。飲み物に対する強い欲求を二の次にした自分に驚愕する。彼女の存在だけがなせることだ。

「来ていたのか」彼は言った。自分の耳にも、あり得ないくらいまぬけに聞こえる。

「賭博のために？」

「装飾のために来たのよ」彼女は答え、大げさな身振りで壁のほうを示した。ナッシュはわけがわからず顔をしかめ、それから壁を見やった。前回ここに来た時と違って見えるが、なにが変わったのか彼にはわからない。そうだった。模様替えのことをなにか言っていたが、とくに注意を払わなかった。ブランリー卿を投げ飛ばし、完璧に整えた髪を地面に叩きつけたいという衝動を抑えることに集中していたからだ。

「自分の手で改装したわけじゃないのよ」彼女がわざと誇張しているらしい口調で説明する。「でも、生地を選んだの」彼の肩を突っついた。「あの男に声をかけられた時に行っていたお店で」

「きみが布で男を制圧しようとした時か？」ナッシュは疑わしそうに言った。

「ええその時！　わたしが護身術の訓練をするべきだとあなたが決めた時のことよ。まだそれほど教わっていないけれど」彼女がつけ加える。

そうだ。彼が教えようとした一回が、キスで終わったからだ。そのせいで彼は後悔し、この女性を大事に思うあまり最悪の気分に陥り、それにもかかわらずまたやった。ただし、それをもう一度望んだのは彼女だった。自分は彼女の言いなりになった。心から喜んで。

「あなたは好きかしら？」

ナッシュは壁をしばらく見つめ、なんらかの意見をまとめようとした。普段から選ぶことはしない。選ぶというのは、それを気に掛けることであり、彼が気に掛けるのは、父親の非嫡出子に必要なものが提供されているかどうかの確認と、殴られて当然のやつを殴れる力、そしてウイスキーだけだ。

順番はどうでもいいが。

「色が好きだ」彼はようやく言った。

彼女が呆れた顔をした。意見の表明としては、それほどうまくいったわけではなさそうだ。

「飲み物を頼んだほうがよさそうだ」

給仕がふたりの前に立ったので、ナッシュはほっとしてウイスキーを指さした。

「わたしもそれをいただくわ」彼女が給仕に言い、給仕がうなずいた。

「きみも？」ナッシュは驚いて聞いた。

彼女が元気よくこくりとうなずいた。「ミス・オクタヴィアと少し飲んで、好きだと思ったの。でも、それを確認するためには、もう少し経験が必要」

なるほど。それでなぜ彼女がこんなに陽気なのかが説明できる。給仕がふたりの前にグラスをふたつ置き、両方にウイスキーを注ぐと、その瓶をカウンターに置いた。

「きみはそれ以上飲まないほうがいい」グラスを取ろうとする彼女に警告した。「飲みすぎると、翌朝頭が死ぬほど痛くなる」

「あなたは飲みすぎることはないの？」彼女が眉をひそめる。正直な話、その表情をするとてもかわいらしく見える。「それに、これはわたしの選択なの」

ナッシュは深く息を吸った。彼がこういう状況で理性的に振る舞う立場だったことは一度もない。それにもかかわらず、今ここで若いレディに、ウイスキーを飲みすぎるのはよくないと説いている。

なぜなら、ウイスキーを飲みすぎることは、彼女が傷つきやすくなることだからだ。彼のような紳士たちが、彼女の酒《スピリッツ》による文字通り高揚《ハイスピリッツ》した気分を不適切な行為に及ぶ絶好の機会と思うかもしれない。

だが、彼女は彼にキスをしたいと望んだ――二回も――時、完全にしらふだった。

そのことを考えてはいけない。

「生地について話してくれ」ナッシュは話題を変えようとした。「選択と言えば、あの変わった色合いをどうやって選んだんだ？」

これでいい。これはイエスかノー以上のことを聞く質問であり、それについて話させることができれば、熱心に話すだろうから、酒について彼に訊ねたことは忘れるだろう。自分がどのくらい飲めるかも、彼がどのくらい飲んでいるかもだ。

彼女はグラスを取ると、彼ににっこりほほえみかけて彼のグラスとカチンと合わせ、顔の前に持っていってひと口すすってから下に置いた。

酒のことを忘れさせるのは無理らしい。

だが、少なくともいっき飲みはしていない。

「本当に知りたいの？」疑わしげに言う。「あなたが色選びについて考えたことがあるとは思えないけれど」

彼はすまなそうな表情を浮かべないよう努力した。「考えたことはないと思うが、考えるべきだと思ってね」これまでは、色について考えるどころか、自分の世界を無色にすることしか考えなかった。だが、今は学びたかった。この女性から。「なにが一番よい選択かを教えてくれるのにきみ以上の人はいないだろう？」彼女のドレスを示した。「きみは銀とピンクのドレスを着ることで、自分をどう見せるかをちゃんと心得ている」

彼女の頰がドレスと同じようなピンク色に染まった。「このドレスのことを気づいてくれたのね？」

どうすれば気づかずにいられる？　輝く星のようなのに。

「うむ、ほかの若いレディたちが着ているのとはまったく違うからね」気づかないではいられない。最近は、きみのすべてを気づいている。褒められた時にどんなふうに頰を染めるか、ぼくが救おうとした時、どんなふうにぼくに挑んでくるか。ぼくがなにも言わない時に、どんなふうにぼくが言いたいことを理解してくれるか。

「とにかく、ありがとう」彼女が顎をつっと持ちあげた。「以前は上等な服を着る機会がなかったから、こうして自分を素敵に見せることができるのは嬉しいことよ」

彼はむしろ、彼のベッドで一糸まとわぬ姿でも同じように素敵に見えるだろうと思うが、今はそれを言う時宜ではない。もちろん、それを言う時が来ることはないし、それが来ないことを常に自分に思いださせる必要がある。キスをするたびにどんどん難しくなっているが。

「でも、前にも言ったように」彼女が、彼の空想には気づかずに言葉を継いだ。「マゼンタ――あちらの濃い紫がかった赤の生地――は豊かな感じが〈ミス・アイヴィーズ〉に合うと思ったの。そして、濃い青色で重厚さを足して、この二色の組み合わせがこのお店の顧客の雰囲気だと考えたのよ」

「豊かさと重厚さが？」彼は言った。

彼女がまるで優等生に向けるような笑顔でにこやかにほほえみかけた。「ええ、その通り。というより、顧客がそのように見えることを望んでいるというべきかしら。周囲の環境によってそういう印象が増すでしょう？」

「なるほど」彼は自分の空のグラスにまたウイスキーを注いだ。

バーにはほかに二名の客が坐っていて、ナッシュはいつも自分のまわりの人々を無視すると決めているが、彼女は同じようには考えていないらしい。

「ミセス・リー！」叫び声をあげ、身を乗りだして、呼びかけた婦人の向こう側に坐ったもうひとりにも挨拶した。「ミスター・リー！」

「こんばんは、マイレディ」アナ・マリアがミセス・リーと呼んだ女性が答えた。髪は茶色で、態度がとても控えめなこの中年女性は、壁と同じような濃紺の色合いのドレスを着ていた。

横に坐っている男性はやはり中年の中国人で、ダークスーツを着て、ネクタイはファイナンが結んだナッシュのネクタイよりもずっと複雑な形に結ばれている。

「うちの生地を見に来たんです」ミセス・リーが言い、ナッシュのほうを不安げに見やった。

「とても素敵でしょう？　そうだわ、紹介させてくださいな。こちらはマルヴァーン公爵」アナ・マリアが言い、手のひらをナッシュの肩に置いた。「こちらはリーご夫妻。おふたりの生地店は、ロンドンで一番品揃えがいいのよ」

「まあ、ありがとうございます、マイレディ」ミセス・リーが言った。「お目にかかれて光栄です、閣下」つけ加える。

ナッシュはふたりに向かってうなずいた。

「来週には、新しい生地が届きます」ミスター・リーが言ったが、彼の口調は妻よりもはるかによどみなかった。「あなたさまにぜひ最初にいらしていただき、欲しい生地があるかどうか見ていただけたら嬉しいです」

アナ・マリアが興奮した表情でナッシュを振り返った。「すばらしいわ、そうでしょう？」またリー夫妻のほうを向く。「もちろんうかがいたいわ。知らせをもらえれば、すぐに行かせていただくわ」

「ぼくと一緒でなければだめだ」ナッシュはうなった。

彼の言葉にリー夫妻は椅子から飛びあがり、アナ・マリアは顔をしかめた。「その必要はないわ」彼女はそう言ったが、すぐに片手をあげて降参した。「でも、あなたと議論したくないから、一緒に来てもかまわないわ」

口論しなくて済んで心からほっとしたのは、こんなに魅力的な彼女がふたたびロンドンを歩き回ることなど絶対に許可できなかったからだ。暖炉の火かき棒や生地の反物といったでたらめな道具で自分の身を守れると言い張るのだからなおさらだ。

実際のところまだ護身術の訓練をしていないのは言うまでもない。キスの訓練しかしなかったからだ。

彼女のそばにいると、自分は理路整然と考えられなくなるらしい。だが、離れていることもできなかった。

「きょうはパンチの仕方を見せよう」

ナッシュは目覚めた段階で、彼女に約束した訓練をしようと決意した――もうひとつのほうの訓練ではない。

そこで、その目的のため、ファイナンに一緒に部屋で待機してくれるように伝え、アナ・マリアにはお昼に来てくれるように、しかし、午後一時にはロバートと会う必要があると連絡した。それならば、ボクシング室でいちゃつく時間はない。テラスでの時間もない。パンチを少し打つだけだ。

彼が彼女の手首に布を巻くと、彼女は部屋の真ん中に立った。髪をひとつにまとめて結び、前回と同じ古い服を着ている。

「ようやくね」彼女は答え、ちゃめっ気たっぷりに彼を見やった。まるでこの訓練の進行が遅れたのは彼だけのせいであるかのようだ。

彼はその挑発を無視した。

「まず、指先を手のひらのほうに丸める。このように」彼は言いながらやってみせた。

彼女が彼の動きをまねする。

「それから丸めた指の一番上に親指を置く。逆でないことがとても重要だ。それをやると親指を痛めてしまうからね」

彼女がうなずいた。

「それから」彼は続けた。「しっかりした土台になる位置に両脚を置く」

彼女がわからないというように目を細めた。「しっかりした土台？　それはどういう意味？」

「それは――」彼は言おうとした。

「見せたらいいじゃないか」ファイナンがうながした。明らかに声がおもしろがっている。このならず者は面倒を起こそうと機会を狙っているに違いない。

「そうだな。つまり、殴打の威力の一部は脚が作りだす。全身を使って殴るんだ、拳だけでなく」彼は右足を後ろに脚を開いて構えた。「こんなふうに」

「なるほど」彼女が答えた。目を細めて集中している。

彼女が同じように構えるのを見守り、もともと彼女がこの訓練をやりたかったわけではないのに、彼から学ぶと固く決意していることに感嘆を覚えた。

「だれかを殴る時、それは腕の力だ。拳ではない。だから、弓を放つように殴打を放つ。こんなふうに」その動きをやってみせる。

「ああ、なるほど」彼女がまた答え、自分の拳で宙を殴った。

「そうやって構えたら、彼を殴らないと」ファイナンがまたうながす。

彼女はそれを聞いて笑い声を立てた。

「だめだ。だが、たしかに殴るべきだ」ナッシュは言った。「そうすれば、実際にどんな感じかわかる」

「彼を殴ると、消化不良があっという間に解消しますよ」ファイナンが言う。

ナッシュは肩越しに友を見やった。「きみはなんの役にも立っていない」

彼女が眉をあげた。「たしかに最近胃の調子が悪いから、いいかもしれないわ」

ナッシュはうなり、それから身振りで自分の顎を示した。「わかった、さあ来い」

殴打を予期して身構える。空を打つのではなく、実際に殴ったらどんな感じか知ってほしい。自分をちゃんと守ろうとするならば、その経験は必須だろう。彼女にはしっかり準備をしてほしい。

彼と一緒でなくどこかに行かせるつもりはまったくないにしても。

彼女の拳が突きだされ、彼の顎を直撃した。頭が後ろに倒れる。ナッシュは少しよろめきながら足場を保持した。

　頭を振ってはっきりさせると、背後でファイナンが大笑いしているのが聞こえた。そして、目の前には彼女のショックを受けた顔があった。

「大丈夫だ。ぼくが殴れと言ったんだからね。実際に殴ったらどんな感じだったか？」彼は彼女が殴った場所を手でさすりながら言った。

「強い感じ」彼女が答える。「痛かった？　本当にごめんなさい」

「問題ない」痛みを消そうと顎を前後に動かした。これまで受けた殴打のなかで一番ひどいというわけではないが――一番ひどかったのはもちろんファイナンのパンチだ――、かなり強力だった。少なくとも彼女を守るためになにかやれたと思えば、この痛みも誇らしい。

「もう一度やってみるべきだと思いますよ」ファイナンが言う。

「とんでもない、だめよ」彼女があわてた口調で答えた。「こんなに激しいものと思っていなかったわ」

　その形容は、この瞬間だけでなく、彼が彼女に触れる時はいつでも該当する。彼女の唇に唇を重ねた時も、彼女の丸みに指を走らせた時も。

　またここに戻ってくる。決して考えてはいけない形で彼女のことを考えてしまう。ただし今はもう、彼女の体に両手を置きたがる不埒な者たちに対しても、彼女は自分を守ることができるだろう。

「そうだ、言うのを忘れていたわ。リー夫妻から手紙が届いたの。品物があした波止場に届くのですって」彼を見あげてにっこりする。「でも、もうこうして教わったから、たぶんあなたが来る必要はないわね？」

彼はうなった。

彼女が目をくるりと回してみせた。「いいわ、何時かはまだはっきりわからないけれど。あとで時間を書いた書き付けを届けさせるわね」つま先で弾みながら、うきうきした表情を浮かべた。「これは同じくらい楽しいわ、あの――」そう言ったところで、はっと目を見開き、ファイナンのほうをすばやく見やった。自分が危うくなにを言いそうになったか気づいたらしい。

彼は笑いを嚙み殺し、この訓練をキスの訓練で終えられないのを残念に思った。

「それを着て、波止場に行くつもりなのか？」

アナ・マリアはナッシュの驚いた口調に片方の眉をあげた。

彼は彼女の客間で、両手を後ろで組んで立っていた。彼女が来るのを待って、行ったり来たりしていたのは明らかだ。十一時に彼が迎えに来て出かけることで合意していたはずだが、まだやっと十時四十五分を過ぎたところだ。彼が早く来たことをアナ・マリアは内心喜んでいた。それは、一緒に出かけることを楽しみにしてくれているということでしょう？

同じことが彼女自身にも言えたから、たぶんその気持ちを共有しているに違いない。

「あなたは急にファッションの権威者になったのかしら？」アナ・マリアは訊ね、手を出して、彼のだらしなく結ばれたクラヴァットを引っ張った。「わたしが着ている服のなにがまずいの？」

ドレスを見おろすたびに思わず浮かぶ笑みをアナ・マリアは抑えられなかった。春用の緑の生地で作られ、全体に小さいヒナギクが刺繍されている。裾には四層ものひだ飾りが施され、肩にかけたスカーフも透き通るような緑色で、思慮深さの印でありながら、その下の胸も多少見えている。

「きみは――それは――素敵すぎる」

もう片方の眉も持ちあがった。「素敵すぎる、ですって？　まあ、ナッシュ、そんなに褒められたら困ってしまうわ」彼の明らかな困惑に、唇を噛んでくすくす笑いをこらえている。

「あなたが一緒に来てくれるのだから、わたしが〝素敵すぎる〟せいでだれかがなにかしようとしたら、阻止してくれるでしょう？」

彼は肩をいからせて立ち、後ろに組んでいた両腕を前に回して腕組みした。

「そんなふうにしても、わたしを怖がらせることはできないわ、ナッシュ。覚えているでしょう？　わたしたち、お互いをよく知りすぎているから」自分の言ったことがいくつかの意味に解釈されること、しかもそのすべてが上品な意味でないことに気づいて目を見開いた。

「そうだな」彼の視線が彼女の視線を通り過ぎる。触れられているかのような感覚にアナ・マリアは思わず身を震わせた。

たった一週間かそこら前に、彼が手で彼女の胸を包み、乳首を撫でたことが思いだされた。彼は触れながら耳元で嬉しそうに品のない事をささやいた。

「やめて」彼女は言った。「そんなふうに見られていたら、出かけることもできないわ」

彼は前に一歩踏みだし、腕組みをほどいた。「おそらく、行くべきではないかもしれない」

「ナッシュ……」

「名前で呼んでくれ」彼がしゃがれた声で言った。「イグネイシアスだ」

アナ・マリアは目をしばたたいた。「イグネイシアス」ナッシュの名前としてはとても奇妙に思える。日がな一日書斎で過ごしている皺だらけの老人の名前のように聞こえる。

彼が顔をしかめた。「ああ、ばかげた名前だとわかっている」

「そんなことないわ！」アナ・マリアは叫んだ。「ただ――ただ、あなたの名前を知らなかったから、これまでは」言葉を切る。「セバスチャンとサディアスは知っているの？」

彼はゆっくり首を横に振った。「いや、言ったのはきみだけだ」

彼のその言葉は、アナ・マリアの体の内側を熱くし、彼が人生の中で彼女のことを本当に大事に思っているかのように感じさせた。一番親しい親友たちにも言わなかったことを打ち明けてくれたのには何らかの意味があるはずだ。〝そうなって済む時には話さない〟ナッシュの口から出た言葉だからなおさらだ。

アナ・マリアは彼の襟の折り返しを軽く叩き、ハンサムな顔を見あげた。「信頼してくれてありがとう、イグネイシアス」

彼が傷つきやすそうな無防備な表情でアナ・マリアを見つめた。普段とはまったく違う表情に、アナ・マリアは涙が出そうになるのを必死に呑みこんだ。

「さて」彼がいつもの口調で言った。「もう出かけたほうがいい。さもないと、積み荷を最初に見る機会を逸してしまう。きみが無法者を打ちのめすための生地をもっと購入できなくても、その責任を負いたくはない」

アナ・マリアはくすくす笑いながら、彼の襟を最後にもう一度撫でた。

「そうね、イグネイシアス。出かけましょう」

なぜ彼女に告げたのか自分でもわからなかった。暗い秘密というわけではない。たかが名前だ。知ろうと思えばだれでも知ることができるものだ。しかし、彼自身は母が去ってから一度も使ったことがない。その名前で彼を呼んでいたのは母だけだったから、母がいなくなったあと、彼はナッシュになった。

アナ・マリアに打ち明けるまでは。

彼女に手を貸して彼の馬車からおろし、御者と、同行するように彼が主張した追加の従僕たちにうなずく。

彼だけでもアナ・マリアの面倒は見られるとわかっていたが、万が一のために防御態勢を整えておきたかった。

彼女が、決して傷つけられるべきではない貴重なものだったから。

彼女のことを、思ってはならないほど大切に思っていたから。

彼と一緒にいる時は常に安全で守られていると感じてほしかったから。

もちろん、彼がキスをしている時以外の話だ。その時は荒々しくて危険だと感じてほしい。彼がそう感じているのと同じように。

彼は深みに落ちつつある。自分でもわかっている。それにもかかわらず、止めることができない。

悲嘆にくれて終わるだけとわかっているのに。

「どうしたの、大丈夫？」

彼女の優しい声が彼を思いから引きずりだした。

「うむ」彼は答えた。振り向いて彼女と目を合わせると、その温かな茶色い深みが、奇妙なことだが、彼に安全だと感じさせてくれた。

この女性と一緒にいれば安全だ。彼の意見を尊重し、彼が必要とする時には彼に挑みかかる。そして彼が話すという滅多にない状況ではじっと耳を傾けてくれる。

「なぜそんなにたくさんの生地が欲しいんだ？」彼は訊ねた。「客間の模様替えは終わったのだろう？」

アナ・マリアは座席のクッションにもたれ、彼に怒った表情を向けた。「わたしの模様替えが気にいらないのね？」

「そうは言っていない。ただ――とても色鮮やかだから」

「その言い方は、わたしのことを素敵すぎると言ったのとほぼ同じ褒め方ね」彼女がくすくす笑う。

彼は顔をしかめた。彼女が機嫌を損ねていないことはわかったが、それでも、自分の、感じていることをうまく伝える能力のなさを痛感する。

「まさにきみらしい」彼はようやく言った。「きみのことを考えた時に浮かぶ言葉は、アナ・マリア、喜びだ。それから色彩。それから幸せだ。すべてが惨めに思える時でさえも」

「まあ！」彼女が驚いた声で言った。「これまで言われたことの中で、一番素敵な言葉だわ。ありがとう、イグネイシアス」

「うむ」自分が言ったことに気恥ずかしさしか感じない。

「わたしがあなたのことを考える時は、可能性という言葉が浮かぶわ」彼女が言った。

彼は問いかけるように眉をあげた。

「わたしが言っている可能性というのは、あなたが自分の内側にたくさん持っているもの、でも、自分では気づいていないもの。たとえば優しさや共感や力のようなこと」

「ぼくは、力は強い」彼は言い返した。彼が関与し――そして勝利した――多くの格闘がその証拠だ。

「わたしが言っている力は、あなたの荒っぽい腕力のことじゃないわ。それもたしかにすばらしいけれど」

その褒め言葉を誇らしく感じるべきではないが、それでも誇らしく感じた。

「わたしが言う意味は、あなたがみんなのためにやっていることに発揮されている力よ」

「公爵だからという意味か？」

彼女が首を振った。「それだけではないわ。もちろん、その地位だからこそできることもたくさんあるでしょう。でも、わたしが思っているのは、あなたが大事にしている人の中にある力なの。あなたは気づいていないでしょう。セバスチャンとサディアスにとって自分がどれほど大切か。わたしにとってどれほど大切か」

彼は馬車から飛びおりることができればと願った。そうすれば、押し寄せてくるあらゆる感情に屈しないで済む。そう願いながらも、彼女の言葉をもっと聞きたかった。

「セバスチャンとサディアスがいなければぼくは生き延びられなかったと思う」彼はぶっきらぼうに言った。「とても傷ついていたぼくを彼らはただ一緒にいさせてくれた。

それについてはなにも話さずに」

「今はそれについて話したい？」彼女が言葉を挟んだ。

彼は深く息を吸った。「ああ」その答えに一番驚いたのは彼自身だ。

「話して」彼女がうながした。

アナ・マリアは胸を締めつけられるような思いで、ナッシュが心の内を打ち明ける言葉に耳を傾けた。彼の父が振るった、母親に対する、そして彼に対する暴力のこと。その結果、彼の母が出奔したことと、ひとり息子をあとに残す時にむせび泣いたこと。

「お母さまが今どこにいるか知っているの？」アナ・マリアは訊ねた。彼が話しているあいだにいつしか握っていた彼の手を握りしめる。

彼はゆっくりうなずいた。「知っている。前はあえて探そうともしなかった。だが、少なくとも無事であることを確認すべきだと思った」

「あなたはいつも擁護者だから」アナ・マリアはほほえんだ。

「以前は母をうらんでいた。とくに出ていった直後は」

「もちろんそうでしょう。あなたは子どもで、理解もできなかったはず」自分が母親の状況だったらどう決断したか、アナ・マリアにはわからなかった。それでも留まって、さらなる暴力に立ち向かう？　たったひとりの子どもと一緒にいるために？　それとも二度と我が子に会えないかもしれないと知りながら逃げる？

ナッシュの母親のことを思うと心が痛んだ。

「それで、まだ連絡は取っていないのね？」息を詰めて彼の答えを待つ。

彼は首を振った。「まだだ。そうすべきだ――そう考えている。だが、母が不幸せか、あるいはもっとひどい状況だった時に、自分がどう反応するかわからない」

アナ・マリアは彼のほうを向いて目を合わせた。いつもなら決意に満ちている彼の顔が、とても傷つきやすく無防備に見えて、アナ・マリアは泣きたくなった。

「会うべきだわ。あなたがなにを知ることになっても、わたしがいるわ」

「だが、もしも自分が母を助けられなかったら？」

アナ・マリアは信じられないという表情で彼を眺めた。「あなたは公爵なのよ、ナッシュ。自分が望めば、あらゆる権力と特権を使ってなんでもできる。しかも、屋敷には賢いきょうだいたちがたくさんいて、助けてくれるんでしょう？」

彼はぎょっとした顔をした。「知っているのか？」

アナ・マリアは目をくるりと回してみせた。「もちろん知っているわ。使用人たちはしゃべる生き物なのよ、でしょう？　しかも半年前までわたしは使用人だった。あなたがだれを雇っているか、全員が知っているわ。階下で秘密を保つのはほぼ不可能よ」

「父の……性癖を考えれば、それがぼくにできるせめてものことだ」

「あなたがそうしていることをすばらしいとわたしは思っているわ」

彼はその称賛を受けるのをためらうかのように小さくうなずいた。いつものナッシュだ。「秘書のロバートだ、母を見つけてくれたのは」彼は一瞬言いよどんだ。「それを告げられた時、ぼくは彼を殴りたかった。だが殴らなかった。つかんでいた花瓶も壊さなかった」頭を振る。「壊す寸前だったが」

アナ・マリアは息を呑んだ。「とても怖かったでしょうね」

その言葉に反駁しようと口を開いたところで、彼女が正しいと気づいた。怖かったのだ。感情を制御できなくなり、父親のようになにかをしでかす不安は、まさに彼がおそれていた感情だ。

だが、彼はなにもしなかった。たしかに怒りが湧き起こったが、それでも花瓶を元の場所に戻した。前にはやらなかったことだ。祖母が到着した時に破壊された椅子に訊ねればわかる。

「だが、やらなかった」ゆっくり言葉を継ぐ。「きみが言ったことを考えていた。選択についてだ。世の中にどんな自分を見せたいかを自分で決めることについて」

「ではあなたもこれから、ピンクと銀色のドレスを着ることになるのね？」彼女が優しくほほえんで言う。

彼は声をあげて笑い、首を振った。

「お母さまに連絡するつもりでしょう？」穏やかな口調で訊ねる。

彼はうなずいた。「そのつもりだ」それがいかに恐ろしくても。自分に喜びを、あるいは痛みをもたらす可能性があることを永久に避け続けることはできない。

「その時はわたしがそばにいて、あなたを支えるわ」

彼は手を伸ばして、彼女のもう一方の手を取った。「ありがとう」
それから馬車が波止場に着くまで、ふたりは互いの手を握ったまま黙って坐っていた。

「こんなにたくさんの生地がなんで必要なのか、まだ教えてもらっていない」彼が言った。船倉の中で彼は彼女の隣に立っていた。

リー夫妻もそこに来ていて、自分たちの積み荷の箱のあいだを歩き回り、アナ・マリアが関心を持ちそうな反物を引っ張りだしている。ふたりの働く様子はとても好ましかった。あまり喋らず、一緒に効率よく働いている。理想的な夫婦関係に思えたが、そこに至るまでにはさまざまな苦労があったに違いない。ふたりが結婚するだけでも簡単だったとは思えないから、一緒に事業をやるとなればその困難は想像に難くない。

その結果ふたりはここにいて、手際よく大量発注を行い、届いた品が店に運ばれる前に購入しようと押しかけてきた、鮮やかな色が好みの好奇心旺盛な若いレディに対しても、すばらしい対応をしてくれている。

「サディアスの屋敷の部屋いくつかと〈ミス・アイヴィーズ〉以外にも、模様替えをできる場所があることを期待しているの。自分の家の内装を、もっと自分自身を反映できるものにしたいと思っているレディたちの相談に乗りたいのよ。母親とか継母とか夫の考えだけでなく」生地を見ながら歩いていた足を止め、さらに考えた。「女性は、本当の自分を表現する機会を与えられることがほとんどないわ」手振りでドレスを示す。

「実際、どのような装いをするかが、唯一許されている自分の表現方法だし、それでさえも、だれかがふさわしくないと思えば、自分の選択をけなされる」肩をすくめる。「ほんの数人でも、レディたちが自分の可能性に気づく手伝いができれば、それが壁紙の選択だったとしても、わたしは幸せなのよ」

「まさに生地界のジャンヌ・ダルクだな」彼が指摘する。

「からかうような言い方をしないで。それはレディたちが意見を表明した時に人々がすることよ」自分が怒っていることにアナ・マリアは自分で驚いた。

「からかうつもりはなかった」彼が謙虚な口調で言う。そして、青緑色のシルク地の上に載せていたアナ・マリアの手に手を重ねた。「きみの言葉が心に響いたからだ。そういう時は自分の感情をどうすればいいかわからなくなる。それで冗談を言ったと思う」言葉を切る。「感情を和らげるために」

「そのせいで、自分が大切に思う人々からそんなに頑なに自分を遠ざけているの？」そして自分はどうしてこんなに怒りを感じ、こんなに単刀直入に話しているの？

彼は彼女の言葉に体を殴られたかのようにたじろいだ。「自分を遠ざけてなどいない」彼は自分を弁護するように言ったが、それが事実とわかっていることを表情が物語っていた。

ここは議論する場所ではない。それはわかっていたけれど、自分を止められそうになかった。「あなたは人々を大切に思っていながら、うなり声の壁と圧倒的な力しか示さない。あなたほど強くて特権がありながら孤独な人はほかにいないと思うけれど、あなたはそれを望んでいるように見える。でもナッシュ――イグネイシアス、孤独でかまわない人なんていないわ」アナ・マリアは深く息を吸った。自分がこれから言おうとしているのはきわめて不適切なことだとわかっている。「あなたはレディ・フェリシティと結婚してはいけないわ」

「なぜいけない？」けんか腰でなく、ただ率直な疑問を口にしたかのような言い方だった。

「彼女はあなたを大事に思っていない。永遠に思うことはないでしょう。感じがよくて、たしかに美しいけれど、彼女の中にはなにか欠けたものがあると思うわ」

「ぼくの中にも欠けたものがある」

彼はすでに決まったことのように言った。自分には希望がないかのような言い方だ。それを聞くとまたアナ・マリアの心がずきずき痛んだ。「わたしが約束するわ」言い続ける。感情が高まって声が震える。「あなたが自分から失われたと思っているものはすべて見つけることができると。あなたが自分にその機会を与えさえすれば」わたしにも機会を与えてほしい。

「マイレディ」ミセス・リーが呼びかけ、腕いっぱいに布地を抱えてこちらに歩いてきた。「一番いいと思う生地を見つけてきましたよ」反物をすべて、アナ・マリアの前にある雑な造りの木の台に置いた。「もうすぐこちらの箱の運びだしを始めますので、もしできましたら――？」

「ええ、もちろんよ。すぐに選ばせていただきますね」

「感情が欠けているわけではない」彼は歯を食いしばって言った。

ふたりは彼の馬車で帰路についていた。ふたりのまわりに布地の反物が積みこまれているせいで、おのずと膝が触れるほどそばに坐らざるを得ない。スカート用の生地が彼の脚にからみつき、アナ・マリアは、彼の頭にぶつからないように、帽子を脱がねばならなかった。

「欠けているとは言っていないわ」

「できないんだ――感情はあるが、それを表現することができない。もし表現したら――」

「もし表現したら――なに？」彼女が訊ねた。

ナッシュは首を回して彼女を見つめた。両手が意志を持っているかのように持ちあがり、彼女の顔を包む。「もし表現すれば、こういうことになる」

頭をさげて彼女の口に口を押し当て、唇で焼き印を押した。強引に、力強く、それでいながら、彼女の意向に沿いたいと感じている。

迎えた唇も同じくらい強く勢いがあった。彼女は両手で彼の両腕をつかみ、さらに背中に回して両手をからませると彼を引き寄せた。

彼女の唇に向かってうめき、彼女の味に没頭する。舌と舌がからまり、彼女の両手が彼の背中から離れて胸にまわる。彼のクラヴァットに指を置き、簡単な結び目をほどいて、彼の首からその布を取り去った。

彼は右手を彼女のウエストに当て、あふれるような美しい胸のすぐ下に届くように指を広げた。

もう一方の手は彼女の脚を滑らせて床のほうにおろし、ドレスの裾をつかんでゆっくり持ちあげつつ、柔らかいシルクのストッキングに包まれた脚を指で撫であげた。

ゆっくり動かして、彼女がやめるように言うのを待つ。でも、彼女は言わずに、手のひらを彼の胸に広げ、さらに滑らせてウエストまでおろし、それからおずおずと下にさげた。

うずいているペニスの先端に手のひらを載せる。彼女の肌と彼のものを隔てているのは服だけだ。動いている馬車の中でなければいいのにとナッシュは思った。すべてを脱ぎ捨てて、彼女の手のなかに自分のものを押しつけ、どうやって動かすかを教えただろう。

彼女が喉の奥で快感のくぐもった小さい音を立てる。口が開いて彼の舌を受け入れ、指が彼の直立した先端を前後にさする。

スカートは膝のすぐ上まで持ちあがっていて、彼はその下に手を入れて奥に滑らせ、ストッキングの先の柔らかい肌を見つけた。

指が彼女の太腿を愛撫し、ウエストに当てていたもう一方の手をさらにあげて胸を丸く包みこむ。彼の手に余るほど豊満だ。

彼女の胸を見たことはない。

乳首を吸ったり舐めたり、彼の注目によって誇らしげに尖らせたかった。彼女の首すじからつま先までキスを這わせ、その美味しい部分すべてにひとつひとつ関心を注ぎたかった。

柔らかく濡れた中に押し入れて、どの動きがもっとも喜ばせられるかをゆっくり見つけるあいだずっと、快感のうめき声を聞いていたかった。

彼女が唇を離したので、彼は必ず来るはずの拒絶に心の中で身構えた。自分も同じように拒絶してきたのだから当然の報いだ。

「触って」彼女が言い、彼が手を当てている脚をもじもじさせた。

彼が予期していた反応とは違った。

「ぼくにそうしてほしいと——？」

彼女がうなずいた。顔を紅潮させ、唇はすでに赤く膨らんでいる。魅力的だった。その様子を見ているだけで爆発してしまいそうだ。

「そこに触って。感じたいの」彼のペニスにさらに圧力をかける。「わたしもあなたのものを感じたい」

彼は触れられてうめいた。「ぼくに、きみに対してやるほうに集中してほしいならば、それはやめなきゃだめだ」

「まだなにもしていないじゃないの」彼女がからかう。「さあお願い。待っているの。触って」

彼はうなり、指を太腿のさらに奥に滑らせて、脚と体が出会う境目を見つけた。少し横に動かすと柔らかい巻き毛が指に絡まり、それが彼女のことも刺激して、ふたりを次に起こることに備えさせた。

次に起こること、すなわち、彼女に経験してほしいことだ。

口をさげて彼女の耳に触れ、すぐ下の肌にキスをする。「きみの中に指を入れるよ、アナ・マリア」かすれ声で告げる。彼女が身を震わせた。「きみが絶頂に達するのを感じたい。きみの喜びを感じたい。もしもきみが望むならば」

「ああ」彼女が吐息まじりに言う。「ああ、ナッシュ、ええ、お願い」

彼は彼女の願いに抗えなかった。指でさぐると、すでに濡れているのが感じられた。

「自分で触ったことはあるか？」

彼女がうなずく。

「それも見たいな。でも最初は、ぼくが自分できみに触れる必要がある」親指でクリトリスをこすりながら、人差し指を彼女の中に滑りこませる。彼女がうめくのを聞き、彼女の動きとため息に呼応してそっと指を動かし始める。彼女の体の小さな動きひとつひとつに動きをぴったり合わせていく。

ズボンの中で彼の一物が激しく張りつめ、耐えられないほどうずいている。官能的な苦痛だ。

レディの快感を引きだした経験はそれほど多くない。正直に言えば、一般的な経験もさほど多くはない。暴力を介してのほうがうまく衝動をやり過ごせるからだが、彼の手の上で彼女が絶頂に向かえつつあるのを感じている今、そんな考えも色褪せた。

「来てくれ、ぼくのために、アナ・マリア」切羽詰まった低い声で言う。

彼女がうめき、それから前に身を傾けて彼の首に口を押しつけて肌を嚙む。そして絶頂を迎えた。

彼の指を握った手にぐっと力が入る。彼女の全身が絶頂の快感に巻きこまれて打ち震えるのを、ナッシュは心ゆくまで味わった。

「そうだ」彼にしがみついて大きくあえぐアナ・マリアをなだめるように小さくささやいた。指の動きを止める。そしてそっと引き抜きながら彼女の首すじにキスをして、最後にもう一度乳房をそっと握った。

「ああ、ナッシュ」彼に口を押し当てたまま彼女がつぶやく。「これは——すごかったわ」

「きみはすごいよ」彼は同じように低い声で答えた。

これこそ彼が望んでいた力だ。彼女に喜びをもたらす力、彼女を酔うような経験に、ふたり両方を深く揺るがす経験に引きこむ力。

なぜなら彼も彼女と同じくらい揺さぶられたからだ。だれかとこれほど強くつながっていると感じたことは一度もない。親友たちと一緒にウイスキーを飲みながら冗談を飛ばし、思い出話をしている時でさえもなかった。

これは力だ。これは――くそっ、自分には言えない。だが心はささやいていた――それは愛だと。

その思いに彼は凍りついた。そのあとに必ずやってくるものを考えずにはいられない。それこそが、〝それ〟の存在をわかっていながら、決して認めることができない理由だ。

絶頂の余韻に浸る女性が腕の中に横たわっている時に、心が打ち砕かれることなどあるだろうか？

それでもやはり打ち砕かれている。

ちくしょう。

予想し得る最悪の時に馬車が速度を落として停止した。

「家まで送ってくれてありがとう。それに――」彼女の頬が燃えるように真っ赤に染まった。彼女を見ただけで、なにか起こったとだれでも気づくだろう。しかし、彼がなにかできる前に馬車の扉が勢いよく開き、セバスチャンの従僕のひとりが、歩道におりるのを助けるためにアナ・マリアに片手を差しだした。

「アナ・マリア！」

家から出てきたサディアスがアナ・マリアに声をかけたが、馬車からおろされる反物の数を見ると困惑の表情を浮かべた。

「やあ、ナッシュ」そこまで歓迎していない口調でつけ加える。

「サッド」

「サディアス、ナッシュが、リー夫妻の船荷を見るために波止場まで連れていってくれたの。そしてそこでわたしは、これを全部購入するという幸運に恵まれたわけ」

馬車でたった今起きたことが、彼女の頭から完全に滑り落ちて、布地に対する情熱に変わったらしいことに苛立つべきだろうか？

起こったことを打ち明けてほしいというわけではないが――間違いなく、彼が答えたくない疑惑を引き起こすはずなので――、馬車の中の絶頂の時と同じように生地の反物に興奮しないでほしいと思わずにはいられない。興奮も、たとえば前者のほうが後者よりはるかに勝っているというように、階層をつけるべきかもしれない。

自分は生地に関心はないが、それならなにを知っている？

「きみを波止場に連れていった？」サディアスが繰り返す。

セバスチャンも家から出てきて、ナッシュの馬車とアナ・マリアを見ると目を狭めた。

「つまり、きみたちはそこに行っていたのか？」内側まで見通すような鋭いまなざしに、ナッシュは思わず不安でもじもじしそうになった。彼が、ナッシュが、不安でもじもじする？

それは以前の自分ではない。

彼女が彼を変えつつある。彼女のせいで、彼は自分を変えつつある。

「失礼していいかな、アナ・マリア？　ナッシュと話したいことがある」

「わたしを波止場に連れていったことで彼に怒っているのなら、怒るべきじゃないわ」アナ・マリアがそう言いながらナッシュの腕を取った。「わたしは自分ひとりで行くつもりだったけれど、彼がわたしの安全のために一緒に行くと言ってくれたの。だから、わかるでしょう、問題ないことなのよ」

「二階の使っていない寝室のひとつで買った物の仕分けをしてきたらどうか？」サディアスが言った。質問というよりははるかに命令のように聞こえる。「そうしたければ、きみの計画のためにひと部屋使っていいぞ」

「そうするわ。でも、彼を非難しないと約束してほしいわ。彼はわたしを保護するためにいてくれたのだから」アナ・マリアはそう言うと、かがんで石段の両脇に置かれた花の鉢から黄色い花を一本摘み、ナッシュに手渡した。

「すばらしい一日をありがとう」彼だけに聞こえるほどの低い声で言う。「特に――」言葉を切り、彼と目を合わせる。よくわかっているという温かなまなざしだ。

「どういたしまして」彼は花を受け取った。「もっと護身術の訓練をしたいならば、来られる時を知らせてくれ」

彼女の唇が曲がって茶目っ気たっぷりの笑みになった。「もっと護身術の訓練？　ええ、連絡するわ」

　彼女は最後にもう一度彼を見ると、くるりと背を向けて石段を駆けのぼった。その途中でも、購入した品をどこに置くか指示を出す声が聞こえてきた。

「中へ、ナッシュ」サディアスが言った。これは完全に命令だ。このふたりがなにを言おうとしているにせよ、いずれは必ず言うはずだとわかっている。それなら今我慢して聞いておいたほうがいいだろう。彼はアナ・マリアの花をポケットに入れると、大股で石段をのぼった。彼らの関心事がなんであれ、醜聞という意味では、つい先ほど起こったことの足元にも及ばないことだけはわかっている。


「それで？」

　ナッシュはサディアスのソファにゆったり坐り、腕を後ろにそらして背伸びした。サッドがブランデーを注文してくれればと期待したが、なにを言う必要があるにせよ、酒抜きで話すべき内容らしい。

　つまり、ナッシュが聞きたくない話だということだ。

　セバスチャンが口火を切った。「きみとアナ・マリアが一緒に過ごしていると聞いた」

「そして、きみのお祖母さまがきみをすぐに結婚させるためにロンドンに来ていることもぼくたちは知っている」サディアスがつけ加える。

　ふたりの疑わしげな表情の真剣度合いはかなりいい勝負だ。

ナッシュは目を狭めた。「それで、それが問題か？」ふいに歩きたい衝動にかられて立ちあがる。「きみたちには関係ないとはねつけるつもりはない。だが、アナ・マリアとぼくは友人だ。ずっとそうだった」

互いの口を舌で探求するような友人だが、その点を打ち明けるつもりはない。

「彼女と結婚するつもりはないんだな？」セバスチャンが言う。

「ぼくが彼女と結婚するつもりがないのを怒っているのか？　それとも、結婚するかもしれないというのを怒っているのか？　きみたちふたりは、なにを考えているかまったく読めない」

セバスチャンがふんと鼻を鳴らした。「きみの考えがまるで容易に読めるような言い方だな。なにが起きているのかわからないと言っているんだ。ナッシュ、ぼくたちに説明してくれ」

「なぜ説明しなければならない？」セバスチャンとサディアスを順番に見やると、いっきに怒りがこみあげた。

友人たちに説教されたくないという以外に、なぜこんなに怒りを感じているのかわからない。

「なぜなら、アナ・マリアはぼくの保護下にあり、その彼女にたくさんの求婚者がいるからだ」サディアスにいつもの杓子定規な言い方で言われると、反射的な反応としてナッシュの拳は丸まった。

「きみといつも一緒にいることで、ほかの求婚者たちを知る機会を、彼女が自分自身から奪っているのではないかとわれわれは心配している。多くの求婚者は真剣だ、彼らが送ってくる花で部屋がいっぱいだ」

ナッシュは信じられないという顔でサディアスを見やった。「そのうちのひとりでも、彼女の十分の一の価値でもあるかのようだ」サディアスに人差し指を向けて非難する。「その求婚者たちのひとりが彼女を襲おうとしたことを知っているか？　ぼくがそばにいたからよかったが！」

「アナ・マリアは自分で対処できる」セバスチャンが答えた。「いつもそうしてきた」

「だが、そのいつもは社交界のレディとしてではなかった」ナッシュは言い返した。「床を磨いたり窓を洗ったりする方法は知っているが、自分の花嫁になれば彼女は幸せだと決めつける浅はかな貴族から自分を守る術は心得ていない」

「だからこそぼくたちがいる」サディアスが椅子にもたれ、胸の前で腕を組み、ナッシュをにらんだ。

にらみつけられた方もにらみ返す。

「アナ・マリアの面倒を見ることについて、ぼくはサディアスを信頼している」

その言葉が岩の塊のようにナッシュの上に落ちてきた。怒りがセバスチャンの言葉でいっきに燃えあがったように感じた。

「つまりぼくは信頼していないということか」彼はうなった。

セバスチャンが片手をあげた。「聞いてくれ。闘うとなれば、きみ以上のやつはいないとみんな知っている。だが、今起こっているのはそれじゃない。最後に社交界のパーティできみを見たのがいつかも思い出せないのに、きみはこの一カ月のあいだにいくつも出席した。なぜだ？　花嫁を見つけるためか？　ぼくの姉を見守るためか？　きみはなにひとつはっきり言わないから、なにを考えているかまったくわからない」いつもの繰り返しだ。何十年も前に友人になって以来、セバスチャンはずっと同じことを言ってきた。セバスチャンに関しては、訊ねられないから、答えないだけだと言うことはできない。彼はいつも訊ねてくる。ナッシュが口を閉ざし、話すことを拒否したあとでも。

ちくしょう。話さないことの代償は計り知れない。それでも今、自分が彼女のことをどう感じているかについて彼らに伝えることはできない。間違っているとか不適切だからではなく、自分でもわからないからだ。そして、自分の混乱した状態を彼らに見せたくないからだ。

「きみがなぜそこにいて、まるでナッシュらしくない振る舞いをしていたかをぼくに説明する必要はない。レディたちと踊り、クラヴァットをつけ、喧嘩をしなかった」セバスチャンの口調は警戒していると同時におもしろがってもいるようだった。「だが、きみがやる必要がないことがひとつある。アナ・マリアを見守ることだ。社交界に出てそれをやらねばならないのはサディアスだ。アナ・マリアができるだけ多くの機会を得るようにすることは彼の義務の一部だ。彼女がきみとしょっちゅう一緒にいるのを見れば」――セバスチャンは言葉を切り、それから一度深呼吸をした――「つまり、彼らはきみを恐れるあまり、彼女に近づきさえしなくなるということだ」声を和らげる。「そもそもアナ・マリアには友だちがそれほどいない」

彼女にはぼくがいる。

「たとえふさわしい夫を見つけるためでなくても、彼女には友人を見つける空間が必要だ、彼女と同じ階級のレディの友人が」

ナッシュはうなった。「使用人階級の友人たちは友だちに数えないからか？」セバスチャンとサディアスをにらみつける。「元公爵のそういう紳士気取りは、まあ予想していたが、軍隊にいたきみも同じ考えとは。軍隊は勇気だけを自分の富と考える男たちが入るところだろう？」

サディアスが居心地悪そうに身じろぎした。「理性的になってくれ、ナッシュ」まるでぼくがそうなれるかのようだ。

「きみは自分が結婚する女性を見つけるはずだろう？」セバスチャンが言う。「きみの保護本能ゆえにアナ・マリアと一緒に過ごしている暇はないはずだ」

「それに、きみが彼女のそばをうろつくほど、ほかの求婚者たちは自分にチャンスがないと思い始める」

セバスチャンが振り向いてサディアスをにらむと、サディアスは肩をすくめた。

「なんだよ？　それが重要な点だろう？　アナ・マリアは結婚するのが一番幸せだとぼ

くたちが考えていることが」

「本人がそう言ったのか？」ナッシュはふたりをにらみつけ、彼らがふいに気まずそうな顔をするのを確認した。「つまり、訊ねてもいないわけだ」

とはいえ、自分も彼女の意向を訊ねたわけではない。護身術を教える時も、彼女に触る時も。彼女を絶頂に押しあげた時も。

「サディアスがあちこち首を出して命令したいのはわかる。だが弟が姉に対し、本人がなにを望んでいるか訊ねないことを正当化できる理由はまったく理解できない」

「おい！」サディアスが抗議の声をあげる。

突然怒りを爆発させたりしないと信じるにはナッシュの気質を知り過ぎているセバスチャンが、ナッシュにゆっくり近づいた。「自分が彼女にしていることをよく考えるべきだ。ぼくたちは彼女を傷つけたくない」

ナッシュはなにか言うために口を開いたが、すぐに閉じた。このふたりはナッシュが彼女を傷つけると思っている。

自分がそれを恐れているのと同じように。

そもそもなぜ自分は彼女と一緒に過ごしている？　彼女を傷つけるだけ、害を及ぼすだけとわかっているのに。とりわけ今ふたりでやっていることによって。

しかし、ナッシュは彼女に自分の選択をしてほしかった。そのために、自分も彼女にすべてを話し、その上で彼女に決めさせるべきだろう。

なぜなら、自分は彼女にこれ以上なにひとつ隠しておくことができないからだ。

だが、今はその時ではない――今はファイナンとボクシングをすることで、考えを整理する時だ。拳を使わないことにはまともに頭が働かない。

「失礼させてもらう」ナッシュは吐きだすように言うと、大股に歩いて部屋を出た。ふたりには、彼がなにをするつもりか心配させておけばいい。

あのふたりにも共通点があるということだ。

「あの人たちはなにをあんなに騒ぎたてているのかしら」アナ・マリアはつぶやきながら、すばらしく華やかに散らかっている部屋を見まわした。余っている寝室のひとつだ。ベッドの上にたくさんの生地を広げ、残りの反物も垂直に立てかけてある。さまざまな色が互いにぶつかり合う様子は、故公爵夫人が装飾した上品だが貧弱な部屋とまったく調和していない。

アナ・マリアの元気のよい派手な客間とも違う。

自分の寝室を終えたら、こちらの部屋もみんな模様替えできるようにサディアスに頼むつもりだ。それとも、許可を得ずにやってしまってもいいかもしれない。この家から公爵夫人の趣味を排除するのは、ささやかな反抗に過ぎない。とはいえ、最初はそう思っていなかったが、アナ・マリアにとっては、大きな満足感を与えてくれることは否定できない。

「いったいこれはなんですか?」ジェインがアナ・マリアの靴を何足か持って部屋に入ってきた。磨き終えて新品同様になった靴だ。

その作業をほかの人がやっていることに対してはいまだに罪悪感を覚えるが、今のアナ・マリアが使用人の仕事をしても、彼らを驚かせ、嫌な思いをさせるだけだ。

「リー夫妻から、一般の方に販売する前に、輸入した生地を見てほしいと言われたのよ」アナ・マリアは部屋の中を示した。「それでそうしたの」

「あの公爵があの方の馬車で送ってきたんですよね?」

その馬車で起こったことの情景が頭に浮かび、アナ・マリアは体が熱くなるのを感じた。

「それで、彼となにかあったんですね」ジェインがツッツッと舌打ちし、頭を振った。「なぜあの方と結婚しないのかわかりません。あなたのことを充分お好きみたいだし、それはあなたも同じでしょう」

アナ・マリアは彼が好きだ。とても好きだ。でも、彼は何らかの理由でアナ・マリアを信頼できず、どんな秘密も打ち明けないし、父親の行為のせいで自分を罰する理由も明かさない。彼の肩幅がどんなに広くても、指がいかに巧みに動こうとも、それでは歩み寄ることはできない。

「複雑なのよ」アナ・マリアは答えながらベッドに近寄った。なかでも、もっとも華やかな模様の布地を取りあげ、満足のため息をつく。

「あの方はほかの人たちみたいに花を贈ってきませんけどね」

たしかに。そのことを忘れていた。有望な求婚者の特徴は、花の贈り物と揃った歯並びと我慢できる容姿。

でも、それで充分満足すべきだと社交界は考えているとしても、彼女自身が人生に望んでいることはそれではない。

絶対に違う。限界を設けられていない時に自分がなにをどこまでできるか探求したい。心の中で苛立ったり、怒ったり、あるいは情熱を感じたり、関心を抱いたりしているのに、それを押し隠してただ指示に従ったり、従順と思われるように振る舞ったりする人生には戻りたくない。

人生の最初の二十七年間ずっとそれをやってきた。ひどく叱責され、こき使われてきたにもかかわらず、ずっとほほえみを浮かべてやってきたから、とても気立てがよいとみんなに思われている。

自分もそうだと思ってきたが、それは真実ではないと今はわかっている。優しいほほえみと従属のつぶやきの下には誇り高い女性がいて、その女性は、だれになにを言われようと、自分の望む模様や色で装飾したいと望んでいる。

ばかげた問題と思われるかもしれないが、少なくともこれは彼女自身のばかげた問題だ。

でも、考えてみれば、自分の、という点が一番大事ではないだろうか？

だからノーだ。自分が習いたいと思っていることをナッシュに教えてもらっていても、生涯を一緒に過ごしたいとは思わない。それが自分のさまざまな面を隠すことを、あるいは、彼がアナ・マリアに対して自分を隠すことを意味するのならば。

だれのためであっても、自分を隠したくないし、相手にも隠してほしくない。

「やっと見つけたわ！」

アイヴィの声にアナ・マリアは振り返ると大きな笑みを浮かべた。走り寄り、義理の妹を抱きしめる。

「セバスチャンと一緒にいらしたの？」

アイヴィはうなずいた。着ている濃紺色の服があまり似合っていないのを見て、冒険してもっと明るい色を着るように説得できるだろうかと思った。

自分の賭博場を開いたり、アナ・マリアの腹違いの弟と結婚したり、あらゆることに挑んできたアイヴィだから、おそらくできるだろう。

挨拶の抱擁から身を引くと、アイヴィは真剣な表情を浮かべた。「あなたに謝らねばならないの」

「なんのことで？」アイヴィは鼻を鳴らした。「セバスチャンと結婚したことを悪いと思う以外に？　それに関しては許していないけれど」アナ・マリアはそう言いながら、にっこりした。

冗談を言っても、アイヴィの悔やんでいる表情は変わらなかった。「オクタヴィアから聞いた話をセバスチャンに話してしまったの。あなたとナッシュについて」

アナ・マリアの胸がぎゅっと締めつけられた。「まあ、そう——正確には、セバスチャンになにを言ったの？」

アイヴィが唇を噛み、それから口を開いた。「あなたがたふたりが、以前よりもずっと一緒に過ごしているということと、彼がなんらかの理由で結婚しなければならないという噂のこと。賭け台帳の話もしたわ。賭け率では、ほんの少しレディ・フェリシティが先行していることも」

「まあ」それでセバスチャンは、サディアスと三人で話し合おうとナッシュに迫ったのだろう。でも、なんで大騒ぎするの？　わたしを信頼して、自分で選択できると思わないのだろうか？

たった今ナッシュと話しているということは、そんな信頼はもちろん持っていないらしい。「セバスチャンがどう考えているか知っている？　つまり、賛成なのか、反対なのかということだけど？」

「賛成か反対か？」アイヴィが眉を持ちあげた。「わたしにはわからないわ。彼はただあなたが自分の姉であることについてなにかつぶやき、あなたは、受けるに値するすべてを受けるべきだと言っていたけれど」

「でもそれはわたしが選んだことではないということね」

アナ・マリアはアイヴィに向かってうなずくと、部屋の戸口に向かって歩き始めた。

ら」
「行ってきていいかしら？　怒鳴りつけなければならない親族が何人かいるみたいだか

「すばらしい！」アイヴィが叫び、そばを通り抜けるアナ・マリアの肩を、元気づけるように叩いた。

アナ・マリアは扉を勢いよく開けて中に入っていった。彼女の怒りに満ちた表情を、弟と従兄弟の驚愕の表情が出迎えた。

ナッシュの姿はなかった。自分で自分を守る姿を彼に見てもらえないことが少し残念と思ったのは、それこそが彼の訓練の核心だからだ。

とはいえ、だれかを殴るところまではいかないつもりだけど。今のところは。

「あなたがたはなにを言ったの？」強い口調で問いただし、ふたりを順番ににらむ。

ふたりとも後ろめたそうな様子を見せた。

「言ったとは？」セバスチャンが聞き返す。

アナ・マリアは呆れた顔をしてみせた。「サディアス、なぜきょう、ナッシュをここに呼ぶ必要があったの？　わたしに関係することなんでしょう？」胸の前で腕組みをする。「そうだとしたら、あなたがなにをするにしても、わたしも同席させるべきだったでしょう？」

「ナッシュと話し合わねばならないことがあった」サディアスが言う。言葉と共によくわからない身振りをして、それがアナ・マリアの怒りをさらに燃えあがらせた。「きみが安全であることを確認するのはぼくたちの責任だ。だから――」

「賛成なの、反対なの？」アナ・マリアは言い、つま先でこつこつと床を鳴らした。

ふたりとも目をぱちくりさせる。「賛成か反対かとは？」セバスチャンが訊ねる。

「あなたがたはナッシュがわたしと結婚したらいいわけ？　それともわたしを無視しろとナッシュに警告したの？」

「きみを無視しろなんて言ったことは一度もない」セバスチャンがためらう様子でアナ・マリアに近寄った。いい徴候。えらそうにされたら、彼の顎を決して殴らないという確信はない。

ほかの人々の行動が暴力の原因となり得ると実感した今、ナッシュと彼の傾向に以前よりずっと深い同情を感じていた。

「ではなにをしたの？」

サディアスが椅子から立ちあがって気をつけの姿勢を取ったが、両手は後ろで組んでいた。「ぼくたちはただ、きみがほかの求婚者たちにも適切な機会を与えないことを心配していると話しただけだ」

「適切な機会ですって？」思わず金切り声になり、アナ・マリアはそんな自分に対しても苛立ちを感じた。「公平にしなければいけないという問題ではないでしょう？　問題は、わたしが自分の時間の過ごし方をどのように選ぶかです。そして、ナッシュはわたしの友人であり、わたしは友人たちと時を過ごしたいの」ふたりを順番に軽蔑の表情でにらんだ。「親族と時間を過ごすのではなく」

「だが、ナッシュは違うだろう——彼は——」セバスチャンが言い始める。

「わたしは彼がだれだか知っています」彼はわたしを心から信頼していないけれど。

「そしてもっと大事なのは、あなたがたがわたしをだれか知っているということよ。どうしてわたしを信頼して、自分で決断できると思わないの？　なぜわたしがいない部屋でわたしのことを議論するの？」

そこまで言うと、溜まった感情がいっきに爆発して本格的な怒りに変わった。これまでならば自己嫌悪に陥るようなことだが、この瞬間、アナ・マリアは喜びを感じていた。激しい感情が起こるのは、充分に感じているからだ。この感覚を四六時中感じていたいわけではないが、今感じている多様で豊かな感情が誇らしかった。

そしてそれこそが、ナッシュとしていることがなんであろうと、その本質を見抜こうと決意している理由だった——すべてを感じたかったし、抑制しながら、同時に制御不能になる感覚を知りたかった。自分は〝レディ・矛盾〟だから、すべてを楽しみたい一方、自分自身で決断したい。

「あなたがたふたりには、わたしの個人的なことに関わらないでほしいわ」アナ・マリアは警告した。「わたしは自分で決断します。ナッシュもそうすると思うわ」

そしてアナ・マリアはすでに、ナッシュの決断を知っている。ふたりでなにを一緒にやろうと、それを永続させないと彼は決めている。そして、彼女自身も、彼がすべてを打ち明けない限り、彼との関係を永続させないと決意している。

つまり、あるのは彼女の情熱によって支えられた一時的な関係だけ。

それはそんなに悪いことではない。それとも悪いこと？


まるで雷雨に飛ばされたかのような勢いで、アナ・マリアが訓練室に飛びこんできた。頬を赤く染め、見開いた目をきらめかせ、そして前と同じくすんだ色の服を着ていた。美しい。頭のてっぺんから足の先まで。

ナッシュは目の前の光景にごくりと唾を飲みこんだ。きらめくドレスを着て繊細な靴を履いている姿に喜びを感じたのはたしかだが、見慣れた服装の時のほうが——彼女がどれほど魅力的かを知ったことで感性が高まっているせいもあるが——、今の彼女とより深くつながっていると感じる。

「午後の時間を殴られて過ごす準備はいいかしら、閣下？」彼女がからかうような口調で言う。

彼はうなり声で答えた。

「その声の意味は、わたしが本当に殴れるのか疑っているけれど、わたしのずうずうしさを我慢するつもりではあるということね」

その通りだったことに驚いて彼は目をしばたたいた。

「最初に自分の両手を包めばいいのよね？」

またうなり声。

「そして、あなたも手伝いが必要かしら？　前回は、わたしが来た時はすでに巻いていたけれど、今は巻いていないのね」

彼女が彼の両手を取り、手のひらを上に向けさせて肌に指を走らせた。「驚いた。しょっちゅう喧嘩しているみたいなのに、あまり傷がないのね」

ナッシュは顔をしかめた。「いつも勝つからだ」

彼女がからかうような表情で彼を見た。「もちろんそうね。あなたはただ殴り、うなり、それから歩き去るのね」

「そうじゃない」彼は反論した。「時には、なぜ殴るかを説明する」

「任務完了ね」彼女がにっこりした。歩きだし、隅に置かれた引きだしの棚に近づいた。「ここに布がはいっているのよね？」

「うむ」

「ファイナンにいてもらう必要はあるかしら？」

彼はうなり、そのうなり声に彼女は笑った。「そのうなり声はノーということね」

引きだしから布を出す。さまざまな長さの布が彼女の両手にぶらさがっている。「正しいやり方を見せてくれないと。あなたを殴った時にあなたを怪我させたくないわ」

「そんなことにはならない」

彼女が首を傾げて彼を見つめた。「わたしが殴れないということ？　それとも当たりっこないからあなたを怪我させないということ？」

「両方だ」

彼女の片方の眉が持ちあがった。「それは挑戦？　だって、もしもあなたがわたしに適切に教えてくれていれば、殴り方もあなたを怪我させる方法もわかっているはずでしょう？　あなたがわたしにそうさせたくなくてもね。だから、わたしがそれをできないというのは、あなたが教えるのを失敗したということよ」そう言いながら彼の胸を突き、厳しいまなざしを向けた。

彼女が内に秘めた炎の輝きを見せる様子が彼は好きだった。その炎は継母によってあまりに長く消されていたから、存在するかも定かではなかった。だが、炎は無事だったし、彼はそれが燃えているのを見たかった。

彼女が燃えているのを見たかった。

彼女が深呼吸をし、それから彼と視線を合わせた。「セバスチャンとサディアスがあなたに話をしたことを知っているわ」

「うむ」

彼女が眉をひそめる。「あのふたりになんと言ったの？」片手をあげる。「いいえ、待って。たぶんうなるだけで、なにも言わなかったでしょうね」

彼は顔をこわばらせた。「きみの望みを尊重すべきだと言った」

彼女の目が驚きで丸くなる。「まあ！」

「ぼくがそばでうろついていると、きみのほかの求婚者がチャンスを得る機会が減ると言った。もっとも、ぼくはきみの求婚者のひとりというわけではないが」急いで訂正する。

彼女があきれた顔をした。「もちろん違うわ。それはわたしたちの間でもはっきりさせていることよ」

「求婚者たちはきみに花を贈っているとも言っていた」

好奇心をそそられたらしい。「そうだけど。それが？」

彼は唾を飲みこんだ。「きみは花が好きなんだな」

「ええ」よくわからないけれど彼の質問につき合いましょうというような静かな笑みが浮かんだ。

「なんの花が好きなんだ？」

今度は夢見るような表情になる。「チューリップよ」と言われても、ナッシュにはチューリップがどんな花かわからない。

「花のことはなにも知らない」彼は深く息を吸うとポケットに手を入れ、数日前にアナ・マリアに渡されて、今は哀れなほどしなびた花を取りだした。「これはなんの種類だ？」

「ヒナギクよ」一瞬言葉を切った。「ずっと持ち歩いていたの？」

否定の言葉が舌の先まで出かかったが、否定してなんの意味がある？　それによって彼女が彼の評価をさげるわけでもあるまい。むしろよく思ってくれるかもしれない。

「そうだ」

「まあ」小さく叫ぶ。「なんて優しいの！」

彼はにらみつけた。「ぼくは優しくない」

「あなたはそう言い続けているわ。それにもかかわらず――」手を振って彼を示し、小さくくすくす笑った。

「わかった。優しいかもしれない」彼は苛立ちのため息をついた。「だが、ぼくが考えているのは……」

「なあに？」

「母も花が好きだったことを思いだしていた」記憶がよみがえると、喉がふさがれたように苦しくなった。母は彼と一緒に庭に出て、彼が遊んでいるあいだ花を摘んでいた。

「もっと花のことを知りたい」

彼女の表情が和らいだ。「あなたのお母さまのことをもっと知りたいのね。なぜ連絡を取らないの？　植物の研究よりずっと簡単にできるでしょうに」

「できるかどうかわからない。ぼくは――」

彼女が彼の腕に手を置いた。「あなたはあなたよ、イグネイシアス。あなたはなんでもできるわ」

温かな優しさをたたえた茶色い瞳をのぞきこむと、なにかしたいという気持ちになった。それがなにか――彼はわからなかった。これまで、こんなふうに感じたことはなかった。「ありがとう」

彼女はほほえみ、前のめりにつま先立ちをして彼の頬にキスをした。「どういたしまして」彼女が身を引いた瞬間になにかが奪われたように感じたのは、彼女の存在がそこまで大きくなり始めたということだろうか？

「でも、まずは護身術の訓練をしなければね。一回をのぞいて、わたしたちがやったのは――」手振りでふたりのことを示すと、口角がさらに持ちあがり、温かい笑みがいたずらっぽい笑みに変わった。「それに、その一回はファイナンがここにいたからですもの」

「なかなか鋭い指摘だ、マイレディ」

彼女が鼻すじに皺を寄せた。「アナ・マリアよ、お願い」

彼は一礼した。「アナ・マリア、だが、まだしばらく時間がある。きみを傷つけようと考えている男を効率的に撃退する方法を教えられなければ、ぼくは自分がやるべきことをしていないことになる。今この部屋にいる男はぼくだけだから、きみがやっつけるのはぼくだ」

彼女の顔がさらに和らいだ。「それについては申しわけなく感じるけれど、敵を撃退できないよりは、友だちをやっつけるほうがずっといいものね」

友だち。ぼくたちは友だちか？　セバスチャンのことは家族のように感じていて、その延長線上と思えば、セバスチャンの姉であり、ナッシュとほぼ同じ年齢のアナ・マリアもほぼ家族と言える。それなら、ふたりは本当に友だちなのか？

これまで女性と友だちになったことがあるか？

それについては答えられる。これまでずっと、セバスチャンとサディアスとファイナン以外に友だちはいなかったからだ。

彼女は彼の表情を読んだに違いない。「わたしたちは友だち、でしょう？」その真剣な口調に、ナッシュは自分の内側でなにかがねじれるような感覚を覚えた。「そう言ったんだけど。セバスチャンとサディアスに怒鳴った時に」

彼女が怒るところを見たかったとナッシュは思った。彼女が激する様子が好きだった。彼はうなずいた。「そうだ。友だちがやること以上のことをやったが、それでも友だちだ」

彼女の浮かべた笑みは目がくらむほどまぶしかった。温かさと信頼と幸せに満ちている。自分はこれまでに、その三つの組み合わせを経験したことがあるか？

一度もない。その対極をやろうと常にがんばってきたからだ。彼に対抗できるほど強いとわかっている者以外、すべての人々を自分の心から遠ざけてきた。

どんなことにも、その鮮やかさや躍動感を感じないように、人生のすべてを灰色に抑えてきたのは、そうした強い感情が必ず暴力の爆発につながると思うからだ。

だがそれは自分をおとしめる考えだった。

これまでずっと、自分は幸せとは言えなくても、まあまあ満足していると思ってきた。だが、彼女の喜びを目の当たりにし、歓喜から心配、そして怒りから優しさへと一瞬のうちに表情が変わるのを見て、心から羨ましく感じた。実を言えば、自分はいつもむっつりしているが、実際はそこまで気難しくはない。いつも不機嫌そうだと言われるが、そう言っている人々は彼が荒れ狂う感情のすべてを解き放ったところを見たことがないから、彼がどれほど不機嫌になれるか、どれほど激怒できるかを知らない。

いや、自分でも知っているのだろうか？

つねに自分を制御する状態であまりに長く過ごしてきたから、どの感情が実際に自分の感情なのか、あるいは、自分に感じることを許した、ただの色褪せた偽物の感情なのかもわからない。

「ナッシュ？」

「ああ」

言うのをためらう様子に、なにを言われるかわからず、ナッシュは心の中で身構えた。彼女が自分たちは友人だと宣言してほほえんだばかりなのに、自分は愚か者だ。

「わたしはこのすべてをやりたいの」彼女はそう言いながら、手を広げて室内を示した。「でも、ここでやるほかのこともやりたいの」頬がピンク色に染まる。「もしも、それが訓練以上の意味はないと同意できるならだけど。わたしたちが結婚できないことはどちらもわかっている事実ですもの」

最後の言葉があまりにきっぱりと断定されたせいで、ナッシュは思わず、なぜできない？　と聞きたくなった。今の状況を考えれば、自分が言えることの中でもっとも馬鹿げた質問だ。しかも、セバスチャンとサディアスがどう思うか。

「でも、わたしはこういうことを友だちとやりたいの、わたしのことを知っていて、わたしが望むものもわかってくれる友だちと」

数週間前まで、アナ・マリアのことはほとんど知らなかった。それなのに、彼女は彼が彼女を理解していると言うのか？　自分のことさえほとんど理解していないのに。

アナ・マリアが肩をすくめた。「さもないとすべては、わたしが最終的に花の送り主たちのだれを受け入れるかという成り行き任せになってしまうわ」彼女がその送り主たちを思い浮かべて顔をしかめたことに疑う余地はなく、それがナッシュに強い安堵感をもたらした。「でも、いつかはだれかに決めることになるかもしれない。だから、わたしはそのことについて、使用人として階下にいた時に聞いた内容に頼るより、直接知っておきたいの」

彼はそのことを忘れていた。育ち方のせいで、彼女は同じ階級の若いレディたちよりもはるかに多く、男女のあいだで起こることについて知っている。それによって怯えている？　心配している？

それとも、想像を掻きたてられている？

なぜなら、彼自身の想像は明らかに掻きたてられていたからだ。しかも、そのさなかは別として、これまでそんな想像をするなど一度もなかった。だが今やそのことしか考えられず、しかも彼の思いのなかでその行為をしている相手は彼女だった。

「それに」彼が頭の中ですでに同意していることに気づかず、彼女がつけ加えた。「あなたは友だちだから、わたしをどんな種類の醜聞にも晒さないとわかっているわ」

「契約成立らしい」彼はついに言った。「きみはぼくに花のことを教えてくれて、ぼくがきみに闘い方《ファイト》とファッ」

「ナッシュ！」彼女がぎょっとして目を見開いた。

彼はまだ彼の腕に置かれていた手に手を重ねて彼女を自分のほうに引き寄せ、じっと目を合わせた。「ファックだ、アナ・マリア。自分がそれをしたいなら、なんと呼ぶか知る必要がある」

彼女は唇を舐めた。息遣いが早くなっている。「ファック」ようやく言う。最後の強調した〝ク〟の音が、彼のペニスを弾丸のように直撃した。「あなたはわたしにファイトとファックのやり方を教えてくれるのね」

16

あなたはわたしにファイトとファックのやり方を教えてくれるのね。

アナ・マリアは、自分がその言葉を本当に言ったことが、ましてや、本気でそうなってほしいと願っていることが、自分でも信じられなかった。

でもそう言ったし、そう願っているし、今は追加の任務もある。自分はナッシュに花の美と驚異を見せる。そして、ナッシュはアナ・マリアに、友だち以上の友だちであるふたりのあいだに起こる美と驚異を教えてくれる。

ファックをする友だち。

「アナ・マリア！」

オクタヴィアがアナ・マリアの顔の前で指をパチンと鳴らしてアナ・マリアを驚かせ、夢想から引っぱりだした。

「いけない」アナ・マリアは笑みを浮かべた。「ごめんなさい。考えていたものだから……ほかのことを」

オクタヴィアがにやりとした。「想像できるわ。〈ミス・アイヴィーズ〉のことでわたしが忙しくてよかったわね。そうでなければ、すべて事細かく話させていたでしょうから」

全部を事細かく話すことを考え、アナ・マリアはトマトのように真っ赤になった。

「ほら!」オクタヴィアが非難の指を突きつける。「わかっていたわ!」つま先で立ちあがり、声を低くする。「きみが非常に魅力的だとわかった、レディ・アナ・マリア。ぼくのブランデーと同じくらい、あるいは話しかけられても答えないのと同じくらいそそられる」

オクタヴィアの上手なものまねにアナ・マリアは笑い崩れた。

ふたりのレディはアナ・マリアの客間で午後のお茶を楽しんでいた。オクタヴィアはもともと姉とお茶を飲む習慣だったのに、その姉アイヴィがセバスチャンと結婚したからだ。ふたりでいつも〝忙しい〟様子なのよと、オクタヴィアは眉を上げ下げし、大げさなため息とともに報告した。

アナ・マリアと同じく、オクタヴィアも社交界の中間的な立場にいる。地方の大地主令嬢として生まれ育ったが、姉についてロンドンに出てきて、とんでもなく醜聞的な賭博場を開いたことにより、本来受けられるような評判は失われた。

しかしその一方で、ロンドンでもっとも魅力的な賭博クラブのひとつの主要な接待役として、別な種類の評判が高まった。

アナ・マリアの受ける印象では、オクタヴィアはそもそも評判なんて気にしていないし、クラブでの仕事がとてもよく合っている。

「でも、わたしは自称レディですからね、あなたにあの巨大な巨人《ベヘモス》のことを訊ねるような失礼なことはしないわ」

「巨人に巨大をつけるほどではないでしょう？」アナ・マリアはビスケットに手を伸ばしながら訊ねた。

オクタヴィアが熱心にうなずいた。「つけるほどよ。でも、彼にはそれが似合っているんじゃないかしら？」

たしかに似合っている。

でも、頭の中で考えただけでも奇妙に聞こえるが、彼には体の大きさよりはるかに多くのものがあると思う。本人はそうではないと反論するが、実際はとても優しくて、ミニチュアのティーパーティに入りこんだ巨人のように見えても、実は礼儀正しい。そして、彼女との交流からわかる通り、保護本能が強い。

「また夢見る顔になっているわよ、アナ・マリア」オクタヴィアがたしなめる。「わたしたち、今夜のことを話し合う必要があるわ」彼女の瞳が期待できらめいた。

ふたりは今夜、舞踏会に出席するつもりだった。社交界の中でもそこまで上品とは言えない人が主催する舞踏会なので、オクタヴィアも歓迎される。アナ・マリア自身が行きたかったのは、上品な舞踏会でたくさんの求婚者とダンスをしなければならないことにうんざりしていたからだ。現状に満足した妻とその妻がもたらす巨額な持参金への期待を遠回しに匂わせる求婚者たちだ。

それを匂わされるたびにアナ・マリアは、サディアスがアナ・マリアの持参金に関して考えを変えたと告げたくなる。そう言ったとたんに、求婚者たちが言い訳をしてほかにダンスをしてくれる若い未婚のレディを、たとえばレディ・フェリシティとかを見つけるまでの時間を測ったらきっとおもしろいだろう。

「あなた、また渋い顔になっているわよ」

「お願いだから、そうやってわたしを観察するのをやめてくれる？」アナ・マリアは哀れっぽい口調で言った。「〈ミス・アイヴィーズ〉の賭けについて考えていただけよ。レディ・フェリシティのこと。彼女が今夜の舞踏会に来るかどうかと思って」

オクタヴィアが眉毛を持ちあげた。「きっと来ると思うわ。あの方が、結婚相手にふさわしい紳士と時を過ごす機会を見のがすことはめったにないもの。彼女の家庭の状況が大丈夫なのか心配はしているけれど——いつも年輩の叔母さまが付添役としてついて来るだけで、それ以外に家族の話をなにも聞かないから。たいていの場合、どの家の財政状況についても、当の本人たちよりもわかるのだけど。クラブのおかげで」

「まさかわたしがレディ・フェリシティに同情するように仕向けているの？　彼女が急いで富裕な相手と結婚しなければならない悲しい貧困話があるとほのめかしているわけ？」

オクタヴィアの瞳が輝いた。「それを小説にしたらおもしろそう！　わたしずっと昔に、本を書きたいと言ってアイヴィをぎょっとさせたことがあるのよ。あなたの巨人《ベヘモス》のような危険な紳士と——」

「彼はわたしの巨人《ベヘモス》じゃないわ」アナ・マリアはつぶやいた。

「そして救出が必要だわ。自分で自分を救うことはできないレディの話」

オクタヴィアの話を聞いて、アナ・マリアの頭に奇妙な考えが浮かんだ。「あなた、わたしの話を書きたいのね」ふんと鼻を鳴らす。「きっと、模様替えの部分を書くのは飽きてしまうに違いないけれど」

オクタヴィアが目をくるりと回した。「どうせ書くことに時間を費やすならば、模様替えよりはむしろ、救出されたレディと彼女の巨人《ベヘモス》がふたりだけになるところを書きたいわ……馬車の中とか、人けのない通りとか、客間とか」

「テラスとか」アナ・マリアはいたずらっぽい笑みを浮かべてつけ加えた。

「あなたの話がどのような結果になるのか、聞きたくて待ち切れないわ」オクタヴィアがはじけるような笑顔で言い、もうひとつビスケットを口に放りこむと、美味しそうに食べた。

どのような結果になるのか、アナ・マリアにもわからない。彼が秘密を少しでも打ち明けてくれたらいいのだけれど。

「今夜はなにを着ていくつもり？」オクタヴィアが訊ね、もうひとつビスケットを取った。「こちらの生地のどれかを使ってドレスを仕立てたの？」

アナ・マリアは満足のため息をついた。「実は仕立てたのよ。わたしはとても素敵だと思っているけれど、わたしの小間使いで親しい友人でもあるジェインはちょっとやり過ぎと思っているわ」

「つまり、完璧ということね！　わたしが自分の着替えのために帰る前に見せてちょうだいね？」オクタヴィアがウインクをする。「万が一まったく同じドレスを着て到着したら困るでしょう？」

アナ・マリアはくすくす笑った。「それはあり得ないわ」


「まあ」アナ・マリアのベッドの上にジェインが広げたドレスを眺めて、オクタヴィアはため息をついた。

シルクの生地は入り組んだ複雑な模様に織られている。大変な技術と多くの時間を必要としたに違いない。職人たちがどれほど長い時間をかけたかを考えると良心の呵責を感じる。その人たちが適切な報酬を得てくれたことを願うが、楽観的にはなれない。

アナ・マリアは生地の生産地を旅して回り、仕事環境を改善することについて考え始め、すぐに任務は一度にひとつしかできないと自分をいさめた。

光を受けてきらめくと、そのドレスは何色と断言することが難しくなる——海の泡のような緑色？　緑がかった青色？　深い海の青色？

その上に赤と金色と緑のきめ細かい刺繍で無数の花やその他の形が描かれている。

光をとらえた金糸が自分の肌を引き立たせてくれることをアナ・マリアは知っていた。社交界のほかの若いレディたち特有の英国のバラのような淡い色合いの肌ではない。アナ・マリアの金色の肌はスペイン系の祖先から受け継いだもので、その色はむしろ淡い黄色のチューリップに似ている。その肌の色もまた継母が頻繁に非難したことのひとつだが、今になれば、その肌のおかげで、たくさんのバラの中の一本のチューリップのように、自分がどこか特別でほかと違う存在だと感じられる。

「そのドレスはちょっと派手すぎると言ったんです」ジェインが誇りと心配の入り交じった口調でオクタヴィアに言う。「でもお嬢さまは、挑戦するべきだと言うんです」

オクタヴィアがドレスの生地をそっと撫でて、言葉にならない幸せそうな声を漏らした。

「着てみたのを見せてもらえる？　それとも、まだ着替えの時間ではないかしら？」オクタヴィアが眉をひそめて隅の時計を見やった。

「一時間後にはサディアスと夕食を取るし、そのドレスになにかあってはいけないから、パーティに行くためにあなたを迎えに行くまで待っていてね」

オクタヴィアが驚いた顔をした。「あなたの従兄弟は来ないの？」わざと身震いをしてみせた。「彼を見るたびに、襲撃しろと命令されるのではないかと心配になるわ。あるいは、前線で身を潜めて待機しろとかなんとか」

アナ・マリアは笑いだし、首を横に振った。「彼は来ないわ」真実を言えば、サディアスは今夜のパーティのことを知らない。言わないと決めたのは、彼が彼女に関することをあまりに横暴に、本人の意向を無視して決めるからだ。

ささやかかもしれないが、これがわたしの反抗。

「まあ、それはよかった」

オクタヴィアがもう一度幸せなため息をついてドレスから離れ、アナ・マリアを抱きしめた。「あなたの輝きに負けないようなドレスを見つけなければ」にっこりほほえんだ。「わたしも美しく着飾るのは大好きよ。だから、クラブで催す仮面の夕べも大好きなの」

アナ・マリアの眉が持ちあがった。「仮面の夕べ？」

オクタヴィアが嬉しそうにうなずいた。「ええ、最初はそれだけだったの――人々が仮面をかぶって賭けをするだけ。でも、いまは皆さんが仮装で来店するの、とっても楽しいわ！　前回わたしは、古代ローマのわたしと同名の女性の仮装をしたのよ」そう言いながら芝居がかったポーズを取ったので、ふたりともどっと笑いだした。

「もうすぐまた開催するつもり。次の時はお知らせするわ。あなたも来られるようにね。変装して」そうつけ加え、眉を上げ下げしてみせた。

その話を聞いたとたん、アナ・マリアの背筋に震えが走った。すでに多すぎるほどの顔を持っていることは自覚している――かつての使い走りの女中、望まれない継娘、公爵の富裕な親族、進取の気性に飛んだ実業家――、そうした顔すべてを捨てられる場所に行くという考えはたしかに魅力的だ。

とくに、もうひとりの人間にも彼の顔や役割すべてを捨てさせて、真の自分がだれなのかを見させることができれば。

「とにかく、わたしはもう帰るわね。十時のお迎えをよろしくお願いね」オクタヴィアはジェインにうなずいて別れを告げると、戸口に向かった。

「十時ね。わかったわ」

「もう充分だ！」ファイナンが言い、両手をあげて降参した。

ふたりは優に二時間以上ボクシングをやっていた。アナ・マリアが驚くべき依頼をしたのちこの屋敷を出てからあとの二時間だ。

彼女の唇が動いて、〝ファイトとファック〟と言った姿がいまだにナッシュの脳裏から離れない。

それを脳裏から追い払うために彼が思いついた唯一の方法が、身体的な激しい活動だった。ファイナンはいつものようにつき合ってくれたが、今回はさすがに降参だったらしい。

ナッシュは腕をあげて額の汗を拭いた。シャツの袖はすでにびしょ濡れだったが、心の救済にはなんの役にも立っていない。

「さあ」ファイナンが乾いたタオルを投げて寄こし、ナッシュはそれをつかんだ。頭を拭き、胸を拭ってから、顔をしかめて完全にびしょびしょになったシャツを見おろした。肩をすくめ、シャツを脱いで床に放り、またタオルで体を拭き続ける。

「きょうは何なんだ？　奥方さまに言葉遣いをさんざん注意されたとか？」

ファイナンが目を細めてナッシュを眺める。彼の顔も汗でびしょ濡れだ。

「このタオルの一枚を使え」ナッシュは命令した。「この二時間のうちに、きみはぼくをまたあの一連のパーティのひとつに行ける格好にしてくれなければならないのだから」辛いことのように言っているが、今夜のパーティはいつもよりずっとましなはずだ。社交界の礼節のふちにいる醜聞まみれの未亡人が主催する今夜のパーティは、畏れ多くも彼の祖母が出席するようなものではなく、アナ・マリアとミス・アイヴィの妹オクタヴィアが行く予定だと知って、彼も出席することにした。

いったいいつから自分は、パーティと名のつくものに進んで出席する人間になったんだ？

数週間前、あの舞踏会場に彼女が現れ、星の光のようにまばゆく輝いた瞬間からだ。

今夜のパーティにサディアスもセバスチャンも来ないことは知っていた。前者は彼の所属クラブで延び延びになっていた仲間の将校たちとの会食に出ているし、後者は義理の妹がパーティに出かけているあいだ、妻の店を守っている。ゆえにこのふたりの批判と対峙する必要もない。

「ところで、捜索はどうなっている？」ファイナンが訊ねながら、部屋の隅に置かれた椅子のひとつに坐った。

「捜索？」ナッシュは顔をしかめた。花嫁の捜索か？　なるほど。「ああ、それか。それは大丈夫だ」彼は答え、手を振って質問を退けた。

絶対に退かない男にそんなことをしても効き目はない。「どう大丈夫なんだ？　好意を持つか、少なくともまあまあ許容できる女性がいたのか？　奥方さまが承認するような女性か？　その女性がだれにしろ、きみは、父親の非嫡出子全員を雇っていることを言わねばならないんだぞ、わかっているだろう？」

ナッシュがにらみつけると、友は反抗的な笑みを浮かべた。

「大丈夫だ。順調と言っていい」

ナッシュの両手が拳に固まったのを見て、ファイナンが笑った。「おいおい、やめろ、きょうはもう殴りすぎだろう。もうひとつの楽しみを追求したほうがいいぞ。きみの緊張を和らげる方法を」彼が心得顔で言う。「別なやり方できみの活力を発散するとか？」

ファイトとファック。

ナッシュは体が熱くなるのを感じた。くそっ、顔も赤くなっているか？　自分は赤くなどならないはずだ！

幸いすでに汗をかいているので、赤い顔も困惑ではなく闘ったせいにできる。

ファイナンが立ちあがり、引きだしの脇に置かれたかごにタオルを投げ入れた。「調理場に行って、なにかないかコックに聞いてくる。きみに殴られ続けて、死ぬほど腹が減った」

「九時には戻ってきてくれ」扉を押し開けて出ていくファイナンにナッシュは声をかけ

た。扉が閉まる直前に見えたのは、答え代わりに振られたファイナンの手だった。

まだ七時で、自分は腹が空いていない。九時までのあいだになにをやりたいか？

いや、自分がやりたいことはわかっているが、彼女はここにいてない。

風呂だ。風呂に入ろう。

彼は訓練室から出ると、大股で廊下を歩いて自分の部屋に戻り、呼び鈴を引いた。

この寝室はいまだに自分の部屋という感じがしない。もともと母の寝室で、母が出ていったあとに父がすべてを入れ替えた。父親の寝室に関しては、自分の使用は考慮することさえ拒否したから、大勢の客を招待するという、これまでやったこともないが、今後やらねばならない催しに備えて予備の客用寝室になるだろう。

その模様替えをアナ・マリアに依頼したら、どんな部屋になるだろうか？

自分の部屋に使いたがっている鮮やかな色彩にすると言い張ることもないだろうが、彼が必要とするような部屋にしてもらうには、あまりに感性が豊かすぎる。

ナッシュはポケットからまた花を取りだし、じっと見つめながら、なにかを見てそれをすばらしいと感じることについて考えた。自分はやられて当然の人間を打ち負かした時の勝利感しか感じたことがない。

ささいなことの中に美を見つけたこともない。

彼女を除いては、そう思い、彼は思わず小さく笑った。

彼女にそうしたものの鑑賞方法を教えてもらうことができたら、花のような小さなものや、心地よく装飾された部屋はどんなふうに見えるだろうか？　チューリップは？　楽しいダンスは？　あるいは、華やかなドレスを着た女性は？

その考えが彼を怯えさせた。美を見つけ、自分たちのためになにかを愛でることを自分に許せば……どうなる？　もしもやめられなくなったら？　もしもそうした感情がどんどん拡大し続けて、ついにそれらが――彼が――爆発したら？

その恐怖こそが、なんとか我慢できる程度の妻を選ぶ核心だ。自制を保ち、感情を抑制し続ければ、だれかを傷つけるほどの爆発的な暴力に及ぶ危険は避けられるだろう。

だが、自分はすでに感じ始めている。

彼はまだポケットから出した花を持っていた。花びらが数枚ひらひらと床に落ち、彼はかがんでそれを拾いあげ、手のひらにそっと載せた。それから化粧台に近寄り、一番上の小さな引きだしを開けた。ファイナンが櫛や手鏡やほかの手入れ道具をしまっているが、ナッシュの支度に使ったことは一度もない。

ナッシュは化粧台の上からクラヴァットを一枚取り、広げて花と花びらを置いてつぶれないように注意深く包むと、その小さい引きだしの一番奥に閉まった。

感じることを自分に許すことはできない。とくに彼女については。彼女を望む気持ちと、友だちとしての感情を完全に分けるだけの強さを持たねばならない。

それでも心の声は、それが不可能になりつつあると警告を発していた。

浴槽の中でゆったりもたれながら、公爵としての恩恵はたしかにあるとナッシュは思った。

この浴槽は、一般的な大きさの浴槽が彼の体に合わないために特注した大きなものだ。窓辺近くの台の上に置かれていたから、風呂に浸かっているあいだも外の眺めを楽しめた。

お湯は熱い。これほど熱いのは、使用人たちが超特急で寝室までお湯を運び入れたからだとわかっている。賃金の支払日に湯を運ぶ労働に対する割り増し分を足して支払うべきだろう。

筋肉が痛いのはファイナンと数時間を過ごしたせいだ。ファイナンは一歩も引かないし、ナッシュも一歩も引かない。ファイナンはナッシュの殴打に持ち堪えられる唯一の人間だ。介入せざるを得ない街中の喧嘩でさえも自制は必要だった。彼が闘う連中のほとんどは弱い者いじめの暴漢であり、弁解の余地がない立場を自己弁護しろと求める者に慣れていない。

弁解の余地がない立場。それこそ、きょうの午後にアナ・マリアと同意した立場だ。セバスチャンとサディアスが知ったら、自分は友人を失う。彼らの両方を。

しかし、彼女には抗えなかった。抗いたくもなかった。

それこそ彼がもっとも恐れていることだった。最悪の考えとわかっていても、彼女との結婚を想像してしまう。彼女と毎晩ベッドを共にするという思いはあまりに魅力的すぎる。

自分が二度と激怒することはないという確信が持てればいいのだが。

父親はすべてのことに爆発した――お茶が熱すぎる、冷めている、犬が呼んだ時にやってこない。

彼の妻は夫を恐れていた。

彼の息子も同じだ。

その記憶――たまに父に呼ばれた時に感じる恐怖――を思いだすだけで、喉が締めつけられて苦しくなる。耳を強くひねられ、肩を力任せにまっすぐさせられるのを予想して心の中で身構える記憶。

鼻へのパンチ。

自分は父親とどこが違うというのか？

自分も感情を示すのに拳を使う。感じたことを言えるとは思えないからだ。たしかに、そのせいでめったにしゃべらない人間という評判が立っている。だがしゃべらないのは、うまくしゃべれないと感じているからだ。

もしも口を開いて、思いのすべてを吐きだしたらどうだろう？　違いが生まれるだろうか？

その思いもまた恐ろしかった。

同時に慰められる思いでもあった。拳を使う代わりに感じたことを言えれば、毎回暴力に訴えなくて済むだろう。自分のなるべきおのれを選ぶことができたら、もしかしたら、もしかしたらだが、彼女にふさわしい人間になれるかもしれない。

わたしたちが結婚できないことはどちらもわかっている事実ですもの。そうだとしても、ふたりでなにかできることがあるかもしれない。

ファイトとファック。

湯の中に手を入れて、すでに硬くなり始めているものをつかむ。目を閉じて、絶頂まで行かせた時の彼女の顔を思い浮かべる。彼女に触れた時に〝お願い〟と懇願した様子も。

その直後の彼女の夢見るような満足した表情と、彼女の中で彼の指がいかに濡れそぼったかを。

くそっ。彼女の濡れたところに自分を埋めるのが待ち切れなかった。絶頂の寸前で激しく喘ぎ、身を震わせるところまで押しあげるまで待って、ようやく最後のひと突きで自分を解き放つ。

彼女の乳房さえもまだ見ていない。だが、両手で持ってその感触を楽しみ、待ち望んでいたかのように硬くなった乳首にも触れた。そこにキスをしたかった。乳房を愛撫しながら乳首を舐めたかった。そして彼女の反応を見守り、彼と同じくらい彼女も気に入っているかどうかたしかめたかった。

自分では気づいていないようだが、アナ・マリアは冒険心に富んでいる。彼が促せば、彼の体を探索する冒険に出かけていくだろう。彼の全身がどんな様子か、そして触れた時にどう反応するかを観察し、ふたり両方に快感をもたらすことを学ぶだろう。

そう考えながらも、彼の手は彼自身を強く撫で続け、その手の圧力を増すにつれて睾丸も張りつめた。

彼女の手が触れていると想像する。彼の顔を見つめ、自分の手が彼にどんな効果を与えているか観察している。

くそっ、すごく気持ちがいい。彼女とだったら、もっとずっといいだろう。

興奮が渦巻きながら高まる感触に、握る力をさらに強め、快感と苦痛のはざままで持っていく。

そしてその快感が満杯になって爆発した瞬間、その感覚の激しさに大きくあえいだ。

浴槽に頭をもたせ、官能の熱い波に身を委ねる。脳裏にいまだ映っている彼女の姿が、実際に裸になった時にどう見えるかを教えてくれている。彼のベッドに横たわり、彼女が愛する花々に囲まれている。

その姿を思い浮かべて彼はほほえんだ。きょうの晩遅くに彼女のその姿を見られるかもしれない。もしかしたら、彼女のことをどう感じているかも言えるかもしれない。

そうなれば、どんなにすばらしいだろう。

17

「閣下」

リチャードソンが食堂の戸口に立っていた。決して狼狽を見せない彼のいつもの表情が——狼狽していた。

ナッシュはフォークとナイフを皿の両側に置いた。「なんだ？」

「レディがあなたに会いにいらっしゃいました。紳士とご一緒です。あなたの縁者とおっしゃっておられます」

ナッシュの背筋が凍りついた。あなたの縁者。彼の母親か？ それとも、最近見つかった腹違いのきょうだいのひとりか？

胸が締めつけられた。

ロバートに連絡を取るように頼んだのはたしかだが、こんなに早く現れることは予期していなかった。せいぜい手紙が来るくらいだと思っていた。

ナッシュは深く息を吸うと、皿を押しやった。「図書室に通してくれ」


「イグネイシアス」

彼女だった。彼の母が、ほぼ同年配の紳士の横に立っていた。どちらも、ナッシュがわかる限り、流行の先端を行く装いをしている。母の服はアナ・マリアが着ているのと同じくらい色彩に富み、頭にかぶったボンネットには、リボンや花やその他いろいろな飾りがばかげていると感じるほどたくさんついている。

ナッシュの頭はブランデーひと瓶をがぶ飲みしたかのようにどんよりしていた。胸は締めつけられ、呼吸は速まり、できたのはただその場に立って彼女を見つめることだけだった。

母は彼に似ていた。というより、正確に言えば彼が母に似ていた。黒髪も受け継いでいたが、彼女の髪には少し白髪が交じっている。黒い瞳と強そうでまっすぐな鼻。横にいる紳士よりも背が高いから、ナッシュの長身も母譲りだろう。

「イグネイシアス」母がまた言った。声が緊張している。「夫を紹介させてください。こちらはムッシュー・ドカルズです」その女性——彼の母——は手ぶりで同行してきた年配の紳士を示したが、その顔は不安げだった。

もちろん不安だろう。母は息子のことをまったく知らない。どういうおとなになったかも知らない。もし息子が父親そっくりになっていたら？

おまえはわしと同じようになるぞ。あらゆる点で。

「お会いできて光栄です」彼の母の夫がフランス語訛りの英語で言いながら片手を伸ばし、ナッシュの手に触れて軽く頭をさげた。

ナッシュは彼の手を取りうなずいた。言葉を発することができない。

「わたしは――坐ってもいいかしら？」母が口元に小さく笑みを浮かべて言った。

ナッシュは息を吐き、手振りでソファを示した。母は彼と目を合わせてうなずくと、ソファまで行って坐り、頭から巨大なボンネットを取って横のクッションの上に置いた。

「ピエール、よければ馬車を見てきてくださるかしら？」夫に向かって言う。その柔らかく温かい言葉と表情に、ナッシュは感謝の念が湧き起こるのを感じた。二番目の夫は最初の夫よりはるかによい人物らしい。

「もちろんだ。失礼します、閣下」ムッシュー・ドカルズがうなずいて答えた。

ムッシュー・ドカルズが戸口を出てそっと扉を閉めると、ナッシュは母の向かい側の椅子に坐った。

少しのあいだ、ふたりは見つめ合った。

「あなたがショックを受けて怒っていても、それは当然で――」

「いいえ。もちろんショックですが、でも怒ってはいません」ナッシュは深く息を吸った。「ぼくはあなたを見つけたかった。とても。お会いできて嬉しいです」

母の表情が明るくなり、安堵の笑みに変わった。「ミスター・カーステアズから手紙をいただき嬉しかったわ」言葉を切り、彼と目を合わせる。「あなたに会えてわたしもとても嬉しいわ、わたしの坊や。本当にごめんなさい」彼女も深く息を吸う。「もっと早く来られたらよかったと思います。もっとずっと早く」

込みあげてきたものに喉が詰まり、ナッシュは自分の目に涙が浮かんだことに気づいてぎょっとした。自分は泣かない、くそっ。

だが、泣いているらしい。

ナッシュは母のほうに手を伸ばしたが、あいだが開きすぎていたので、立ちあがって椅子を動かしてから母の手を取った。彼女の顔を直接見ずに、ふたりの指をじっと見つめる。顔を見て話せるかどうかわからなかったからだ。

違う、話せないことはわかっていた。それが彼だ。自分はそういう人間だ。なにも言えない、行動で示すことしかできない男。

おまえはわしと同じようになるぞ。あらゆる点で。

それは真実なのか、それとも?

ナッシュは母に言いたいことがたくさんあった。正しい言葉を見つけられなくてもかまわなかった。なんとかして、意味を伝えることはできるはずだ。

「母上、ぼくは——」彼は話し始めた。


「まあ、すごい!」

オクタヴィアと共に舞踏室に入ったとたん、アナ・マリアは息を呑んだ。驚きの声をあげずにはいられなかった。主催者が室内をまるで海の中のように装飾していたからだ。壁には青いシルクが掛かり、天井から紙の張り子の魚やさまざまな水生生物がぶらさがって揺れている。男性の使用人たちは海賊の格好で、女性の使用人たちは人魚の衣装をつけている。

「どなたがこの装飾をしたのかしら？」オクタヴィアが首をひねった。

「こんな仕事ができるなんて、うらやましいわ」みごとな装飾を眺めてアナ・マリアは言った。

室内は徐々に人が増えてきており、音楽は聞こえるが、ダンスはまだ始まっていない。奥の隅に掛けられた魚の網の後ろで演奏者たちが楽器を奏でているのが見えた。客たちは歩きまわって、その多くがさまざまな装飾を眺め、使用人たちの衣装に声をあげている。

「あなたのドレス、この会場にぴったりね」オクタヴィアが称賛の声で言った。

アナ・マリアは自分のドレスを見おろした。着用後も、着る前と同じように美しく見える。その色合いが彼女の肌の色を引きたたせ、巧みな裁断とひだの絶妙な加減が体の丸みを際だたせて、社交界で一般的によしとされるよりもはるかに官能的に見せている。

「ありがとう」アナ・マリアは言った。「ようやく自分でも満足できる装いができたような気がするわ」とはいえ、心の片隅で、官能的な面をあらわにすることに不安や居心地悪さを感じている自分もいる。

ふたりのレディは立ちどまって室内を見まわし、オクタヴィアが知り合い数人に手を振った。アナ・マリアは知っている顔がいなかったことに小さく安堵のため息を漏らした。

集っている人々は、社交界の通常の集まりよりも、どちらかと言えば〈ミス・アイヴィーズ〉にやってくる客のように見える。アナ・マリアが現在身を置いているところよりは、ずっとゆるい感じを受ける。階下のアナ・マリアと、公爵の従姉妹のアナ・マリアの両方になれる場所であるかのようで居心地がいい。

またいつもの〝レディ・矛盾〟。

「こんばんは、ミス・オクタヴィア」ひと組の男女がふたりの前に立った。上流階級風の装いだが、その物腰のなにかが資産家だが貴族ではないことを示唆している。

「こんばんは」オクタヴィアが答え、アナ・マリアのほうを身振りで示した。「こちらはレディ・アナ・マリア・ダットン。こちらはマーチフィールドご夫妻。ミスター・マーチフィールドはいくつもの冒険的事業に関心をお持ちなのよ。今は鉄道の投資先を探していらっしゃるんですよね？」

ミスター・マーチフィールドの口元がゆるんで輝くような笑みが浮かんだ。「ぼくの秘密を漏らさないでくださいよ」批判するように指を動かしながら、ユーモアあふれる口調で言う。「実を言えば、その事業のために、一番話したかったのがあなたなんです」

「そうなんですよ」隣の夫人が言う。「投資を考えている方に説明を行う会議室があって、そこをできるだけ専門的でふさわしいものにしたくて、あなたが手伝ってくださるのではないかと希望していますの。〈ミス・アイヴィーズ〉がとても素敵なので」

オクタヴィアがにこやかにほほえんだ。「あの内装の貢献者は、実はここにいる友人なんですよ」

「それはそれは！」マーチフィールド夫妻が声をあげた。

「お願いすることはできますか？」ミスター・マーチフィールドが訊ねた。

アナ・マリアが驚いて、一瞬なにも言えずに夫妻を見つめているあいだに、オクタヴィアが答えた。「もちろんできますわ。あした、この人の情報をそちらにお知らせしますわ。でも、覚悟してくださいね。彼女の報酬はかなり高いですからね」

ミセス・マーチフィールドが気にしないというように肩をすくめた。「わたくしたちが考えているように仕上げてくださるのなら、それは気にしませんわ」手をあげてひらひら振った。「ドーカス！　いらしていたのね！」夫のほうを振り返る。「来てちょうだい、あなた。ドーカスと至急話をしなければならないわ。彼女のご主人が関心を見せている件で。失礼しますわね」オクタヴィアとアナ・マリアに向けて最後の言葉をつけ足した。

「もちろんですわ」彼女たちはつぶやいた。

ふたりが離れるとオクタヴィアがアナ・マリアをそっと突いた。「ねえ、言ったでしょう？　あなたは自分がやりたい仕事をしてお金を稼げるのよ。稼ぐ必要があるわけではないけれど――」

「でも、舞踏室にただ立っている以外の目標があるのはとても嬉しいことだわ」アナ・マリアは言った。「すばらしいことよ。わくわくするわ！」

自分も楽しめることでなにか貢献できれば、〈ミス・アイヴィーズ〉を経営している姉妹と同じような幸せを感じるかもしれない。姉妹がどちらも生き生きしているのは、自分の人生における目標を見つけたからに違いない。

オクタヴィアが言ったように、自分も模様替えを手伝い、あの人たちが投資家を探す支援ができる。

「さあ、あなたが人生の目標を得られたかもしれないところで、あなたのもうひとつの目標が見つかるかどうか、少し歩いてみましょうか？　あなたの巨人《べへモス》を？」オクタヴィアが訊ねた。

「彼は違うわ、わたしの――いいわ、気にしないで」アナ・マリアは友の腕を取り、歩き始めた。

「さっと見たところいないわね。あんなに大きい人は目立つはずよね？」

「彼が参加していなくてもかまわないわ」アナ・マリアは快活に言った。まるでしらじらしい嘘をついているわけではないかのように。「今夜は、彼に会うために来たわけではないもの。あなたと一緒の時間を過ごすためよ」

「嘘つき」オクタヴィアがからかう。

「わかったわよ、たしかにそうだけど。でも、わからないの。わかっているのはただ――」

「ただなあに？」

ふたりは部屋の隅で足を止めて振り向き、集まった人々を見渡した。やはり社交界の最上級の人々のあいだにいるより、ここにいるほうが、アナ・マリアにとってははるかに居心地よく感じる。

ある程度の癒やしならば、もしかしたらここで見つけられるかもしれない。もしかしたら、彼女の抱える難題を理解し、関係を持つことを怖がらず、彼女自身もそうしたいと思う紳士が見つかるかもしれない。

「彼を探しているんじゃないなら、まあ仕方ないけれど。だって、あそこにいるのはだれかしら？」オクタヴィアがにやりとして、ナッシュが立っているほうを指差した。そびえ立つように背が高くてハンサムな姿が舞踏室の入り口に立っていた。

アナ・マリアは顔が熱くなるのを感じ、友の手を叩いておろさせた。「指差すのをやめて！」

「なぜ？　彼はもうあなたを見つけたみたいよ」

アナ・マリアは自分が見ていたことがあからさまにならないよう、さりげなく視線を移そうと努力した。ただし、アナ・マリアが彼を見た時、彼はすでに彼女を凝視していた。そのまなざしは、まるで彼女に焼き印を押しているかのように強かった。

「まあ」アナ・マリアは息を吐いた。

オクタヴィアが彼女の顔の前で手をひらひらさせて風を送った。「ここはすごく暑いわね、そう思わない？」

「からかうのはやめてちょうだい！」アナ・マリアは強い口調でささやいた。

「だって楽しいんですもの！」オクタヴィアが声をあげる。「頬がピンク色に染まっているし、目は彼以外の場所を見ようと必死だし。ほら、彼が来たわ」

アナ・マリアは床から引き剝がすように視線をあげながら、心の中で覚悟を決めた。彼は最後に会った時、それ——つまり、そのすべてをどうやるのか教えると約束してくれた。ただし、教えてもらわないのは嫌だとしても、そうなるかもしれないという展望で気分が高揚していると同時に怯えていることも認めざるを得ない。むしろ、怯えているほうが強い。

「レディ・アナ・マリア、お会いできてよかった」彼の低い声が彼女の背筋に震えを走らせた。「飲み物を取ってこようか？」

「わたしも喉が乾いたわ」オクタヴィアが口を挟み、いたずらっぽくにやりとした。

「それなら——」彼が言い始めたが、オクタヴィアにまた遮られた。

「からかっただけ。どうぞおふたりで行ってくださいな。わたしはなにかもめごとがあったら対応するから」

アナ・マリアは友をちらりと見やり、オクタヴィアがもめごとに関してどのくらい真面目に言っているのだろうといぶかった。それから、もしもそのもめごとが自分の頭に浮かんでいることならば、どんな方法で対応できるだろうと思った。

「あなたの馬車を使って家まで帰りましょうか？　帰る時間になったら？」オクタヴィ

アがウインクをした。

アナ・マリアは目を丸くしてみせた。「ええ、でも、わたしがいないかどうか確認してね。それから、お姉さまにはなにも言わないでね」

オクタヴィアがうなずいた。「もちろんよ。あの恐ろしいセバスチャンの激怒にだれも直面してほしくないもの」軽い口調が言葉とそぐわなかった。「よければわたしは失礼して、ダンスを申しこんでくれる人を探すわ」彼女はさっさと立ち去り、アナ・マリアとナッシュはふたりきりで残された。

大勢の人々のなかのふたり、それでも、ふたりきりだった。

「きみと話をする必要がある――」

「行きましょう――」

ふたりは同時に言い始め、言葉を切って見つめ合った。アナ・マリアの心臓がいまにも破裂して飛びだすかと思うほど高鳴り、彼の激しい真剣な表情から、彼も同じような状況であることは明らかだった。

「いいわ」アナ・マリアは言い、彼の腕を取った。「行きましょう」

今夜彼女に出会ったのは、なんらかの天啓だといつもよりも強く感じた。その午後に話し合ったことのせいではない。もちろん、午後に話し合ったこともある。

そして母とのやりとりがあった。

希望のわずかな兆しが彼の中で小さく点滅していた。

おまえはわしと同じようになるぞ。あらゆる点で。

違う、ならない。ぼくはそうならないことを選択する。

アナ・マリアはいつもよりもさらに美しかった。めずらしい模様のドレスも相俟って、あまたのレディたちの中で美しい幻かと見まがうほどだ。

「きみは――」彼は言い始め、それから頭を振った。

ふたりは混み合った人々のあいだを縫って早足で進んでいたが、彼は自分たちがどこへ向かっているかわかっていなかった。彼女のほうが先導しているが、扉に向かってるわけではない。

「わたしは――なに？」彼女がうながした。

彼はふさわしい言葉を見つけられればと願った。「女神のようだ」ようやく言う。

「まあ」驚いたような声が戻ってきた。

「申しわけない。失礼を言うつもりは――」

「失礼なんてとんでもない」彼女が言い、彼の腕をぎゅっと握った。「ありがとう」

彼は唐突に立ち止まり、彼女の美しい顔を見つめた。「母が帰ってきた」かすれ声で言う。

「なんですって？」彼女が目を見開き、それから両腕を彼に回して強く抱きしめた。

「なんてすばらしいんでしょう」身を離し、真剣な表情で彼を見つめた。「すばらしいことでしょう？」

彼は息を吐いた。「そうだ」

彼女は彼の腕を握りしめた。「ああ、よかった、嬉しいわ。全部話してくれなければ」

「話すよ」彼は約束した。「だが、今は話せない」あいまいな身振りをしたが、彼女は理解したようだった。彼女はいつも彼を理解してくれる。彼のほうはいつも彼女を理解できているとはとても言えないが。「今はとにかく一緒に来てほしい」

ふたりは広い扉からテラスに出ると、本能的に何本かの大木の枝が頭上にかかって陰になっている暗がりに向かって歩いた。

「テラスでの戯れ」彼はつぶやいた。

「たしかに。覚えているわ。この前テラスに出た時も――」彼女が言い始めたが、その声は低くて、息も少し弾んでいる。

いい徴候だ。

彼と彼のペニスも覚えている。真ん前に膝を突き、スカートを引きあげて、柔らかく温かい場所に唇を埋めた時にどれほどそそられたかをはっきり覚えている。

だが、ただその行為をするだけではなく、彼女に教えることを心しなければならない。それこそ間違いなく彼女が望んでいることだ。

自分も彼女に教えたかった。

「なにを覚えているんだ、アナ・マリア？」熱を帯びて声がかすれる。「壁のすぐ向こうにいる人々から見えないようにキスをしたことか？　ぼくがドレスの中に指を滑りこませて胸を愛撫したことか？　ふたりともぎりぎりだったこと――」

「やめて」彼女の声もかすれていた。「もう、そういうことはいっさいするつもりがないみたいに言うのね」

彼の唇が曲がってゆっくりと笑みになった。「そういうつもりはある」彼は言った。「約束しなかったか？」手を伸ばすと、その手のひらに彼女が指を置いた。「一緒に来てくれ」

手を引いて三段の小さい階段をおりるとそこは裏庭だった。夜陰に入っていくにつれ、パーティの音が引いていく。

「どこへ行くの？」

「そうだな。ボクシング室に連れていくわけではないということは、ほかの選択肢はひとつだけだ。どこか、ファッ――」

「ナッシュ！」

彼は首を振った。「きみもほかの人もいつもぼくにもっと話せと言うくせに、ぼくが話すと、きみは黙れと言う」

彼女は小さく笑い、その笑い声が彼の胸の中のなにかを解きほぐした。自分が不安だったことは認めざるを得ない――セバスチャンのような人当たりの良さやサディアスのような威厳を持ち合わせないからというわけではない。

ただあまりに激しく彼女を望み、喜ばせたいと強く願っていたせいだ。

「あなたの言う通りだわ。なにしろわたしは矛盾しているから」面白がっている口調だ。

「矛盾がわたしの特徴的な性格のひとつであると考えてくれていいわ」

彼は答えの代わりにうなると、彼女をさらに奥の暗がりに導いた。その奥にあずまやか、それに近い建造物があることはわかっていた。ロンドンの街屋敷は必ず裏庭にそうしたばかげた建物を有しているからだ。その予想通り、仏塔を模した小さな建物が見えてきた。

「あそこの中だ」彼は彼女を引いて足を進めた。

扉は簡単に開いた。中は丸い部屋で壁際にいくつもベンチがあり、上にクッションが散らばっている。扉の右側に数個のランタンが置かれていたので、ナッシュはかがんでそのひとつを取り、天井からさがった鉤《フック》に掛けて、持参した火口箱を出して火をつけた。ろうそくの火がついてゆらめくと、温かな金色の光を受けて彼女の肌がいつにも増して黄金色に輝き、動くたびにドレスの色が美しくきらめいた。

「なんてことだ、アナ・マリア。きみは本当に美しい」彼のような男には、あまりに美しすぎる。

自分がどう感じているか、どのように感じ始めたかを言いたかったが、言葉が喉で詰まって出てこない。

だから、示す必要がある。

「キスをしていいか?」彼の言葉はゆっくりだった。

「そう聞いてくれればいいと願っていたわ」彼女が答え、彼のほうに歩み寄ると首をそらして彼を見あげた。両手を彼の両腕を滑らせて首の後ろで合わせると、彼を少し引き寄せて息を感じるほど近づけた。

「わたしにキスをして、ナッシュ」そう言うと、彼の唇に唇を合わせた。


これは自分が知っているぶっきらぼうなナッシュではない。ここにいるナッシュは優しくて、なにかする前に彼女の意向を訊ねてくれる。

そのおかげで、まるで自分が主導権を握っているように、ふたりのあいだで起こることを自分が御しているかのように感じることができる。それがアナ・マリアに、未知の領域に踏みこんでも満足できることを保証してくれていた。

その保証がつねに正しいわけではない。男女のあいだにどんなことが起こるかを自分は知っている。そのひとつとして実行したことはなかったけれど。彼とそうなるまでは。

そして彼女はそれ以上のことを望んでいた。彼と。

彼に押し当てた口を開くと、ふたりの舌がぶつかり、彼は喉の奥でうなった。アナ・マリアが作っているナッシュの声の辞書にもうひとつ、官能的なうなり声という言葉をつけ加えて、かろうじて堪えているという意味を書きこむことができそうだ。

なぜなら、彼は両手で彼女のウエストをつかみ、その指をほかの場所に移動したいかのように曲げたり緩めたりしていたからだ。

彼女はキスを分かつと、彼にそっとささやいた。「触って、ナッシュ。あらゆるところを」

その言葉によって、まるで情熱が解き放たれたかのようだった。彼の口がふたたび彼女の口をとらえ、手のひらが動いて胸を包みこんだ。もう一方の手は滑りおりて彼女のスカートをつかみ、布地を滑らせてゆっくり持ちあげた。

夜の冷気に肌がひんやりする。

その時彼がすべての動きを止め、彼女は一瞬うろたえた——彼は止めたいの？——が、彼は上着とクラヴァットを取ってクッションの上に放ると、ズボンからシャツを引っ張りだし、持ちあげて頭から脱ぎ去り、それも放った。

彼の胸は大理石模様の筋肉でできていて、ろうそくの光に照らされた彼を見ただけで生唾が湧いた。

彼はヘーパイストスだ。現世に降臨した炎の神が、彼女の防御を荒々しく突破する。

彼は彼女を女神と呼んだ。自分でも女神のように感じる。この男性に彼女を切望させる強い力を持つ女神だ。

なにをされているかも気づかないうちに、彼はアナ・マリアをクッションの上に坐らせてその前にひざまずき、両手でドレスの下のほうを持った。彼女と目を合わせたまま、裾を持つ指をあげていく。

向こうずねを過ぎ、膝も過ぎる。

そして太腿まで持ちあげた。

彼が彼女を見つめながら舌で唇を舐めるのを見ると、まるで自分が彼の渇望を味わっているかのような気がした。彼はどうやって、ただ見つめるだけでわたしにこんなにも生きていると実感させてくれるのだろう？

もちろん、人目につかないこの場所にふたりだけで、しかも、ドレスの裾を不道徳なほど高く持ちあげられていることもあるだろう。

たぶん、それほど驚くことではないのかもしれない。

アナ・マリアはくすくす笑いを押し殺し、それから脚の剝きだしの肌に彼の指が触れるのを感じてはっと息を呑んだ。

その指は裾の生地と同じ道をたどった。最初に向こうずね、そして膝、それから太腿。そのあとに馬車で彼が触れた場所、星が見えたように感じた時のあの場所に到達した。

彼の賢い指。彼が彼女のことをどう感じているかを、言葉よりも雄弁に語ってくれる。

彼が顔をさげて彼女の膝に優しくキスをしながら、指で太腿の内側を押して脚を開かせたのに気づき、アナ・マリアは一瞬ぎょっとした。なされるがまま彼のために脚を大きく開く。

脚を閉じたいという衝動に抗って唇を噛んだ。そのあいだも、彼の口が肌を這いのぼって太腿にキスをし、それから——。

「ああ、どうしよう」彼の口がそこに触れたのを感じてアナ・マリアは思わずうめいた。すごすぎる感覚に思わず身を震わせると、小川が氾濫したかのように肌が快感に包まれた。彼が口を彼女の肌に押し当てたまま小さく笑う。アナ・マリアは両手で彼の肩をつかんだ。

「うーん」うめき声を漏れる。

「言ってくれ」彼が促すと、その言葉が彼女の肌でくぐもった。この感覚、言葉にすることなどとてもできない。でも、言えなかったら、彼はやめてしまう？

「とても好きだわ」あえぎながらようやく言った。

「どれが好きかい？」彼は言葉ごとに優しく舐めながら訊ねた。「きみの甘いプッシーにキスをするのが好きか？」

えも言われぬ感覚と彼の直接的な言葉の両方にまたあえいだ。唾を飲みこみ、それから言う。「ええ、あなたに、わたしのプッシーにキスをしてほしい」その言葉を言うことでさらに気持ちが高揚した。彼を自分の前に文字通りひざまずかせている。彼は舌で彼女に焼き印を押している。だれかほかの人のために、彼女にこの行為を教えようとしている。

彼女がまだなにも知らないかのように。

「ううむ」彼はつぶやくと、また官能的な猛攻を続行した。「達してくれ、ぼくのために。ぼくがしていることが好きだと示してくれ、アナ・マリア」

アナ・マリアは彼の頭をつかみ、髪に指を巻きつけた。全身のすべてが彼のしていることに意識を集中し、彼が感じさせてくれている感覚に没頭している。

天国にいるかのよう。あるいは、そのすべてを感じるのは苦痛でもあったら、地獄かもしれないが、絶対にやめてほしくなかった。

彼が低くうなり、彼女に快感を与え続ける。彼女は彼の肩を両手で、あざになりそうなくらい強くつかんでうめいた。

そのあと――全身が崩壊しそうな感覚に襲われ、あまりの快感に声をあげた。それは山の頂上に到達したかのような感覚だった。彼の唇と舌に助けられて登った山だけれど。

「ううむ」彼はまたうなると、彼女のそこに最後にもう一度優しくキスをしてから、頭をあげて唇を彼女の唇に押し当てた。

彼女が自分の味を感じられるように。

彼は両手で彼女の顔を包んで熱くキスをした。アナ・マリアは両手を彼の肩からウエストにおろし、彼を引き寄せた。彼がまだ床に突いていた膝をずらし、前に出て体を押しつける。

アナ・マリアは指を彼のウエストに移動させ、さらに低くさげてズボン越しに硬くそそり立った尾根に触れた。

「ああ、そうだ」彼が彼女の口に向かって言う。「イエス」

「どうして欲しいか言って」アナ・マリアは答え、彼のものを握りしめた。

これほど陶酔できるものを味わったことはなかった。彼女の快感というご馳走を心ゆくまで楽しんだ。自分がまだ達していないことなど忘れていたのは、彼女が絶頂を見つける助けをすることに集中していたからだ。

しかし今、彼女は彼のペニスを指で包み、どうしてほしいか言葉で言うことを要求している。

彼はすべてがほしかった。

彼女の熱い体に身を重ね、彼女の豊かな乳房を感じたかった。自分がやったように、彼女にも彼のものを唇で愛撫してほしかった。

「なにをしてほしいの、イグネイシアス？」彼の長いものを指で上下に撫でながら言う。

ズボン越しではやりにくい。彼は片手ですばやくウエストの脇をはずし、彼女が直接触れられるようにした。

「きみに触ってほしい」彼は言いながら彼女の手を取り、そそり立ったものに上下に滑らせてどうやってほしいか示した。

「こんな感じ？」彼の動きをまねして彼女が言う。

ナッシュは彼女の首すじに頭をうずめてうめいた。「そうだ、そんな感じだ。ああすごい、アナ・マリア」

彼女はすぐに学習し、彼のペニスを強く握ってその圧力を保ちながら、底部から先端まで指を滑らせた。

「わたしのことをファックしたい？」彼女が低い声で訊ねる。

彼は答えの代わりにうなり、彼女の首すじをそっと嚙んでから身を引いて目を合わせた。「ぼくにきみをファックしてほしいのか、アナ・マリア？」

彼女がまぶたを震わせて目を閉じ、そして答えた。「ええ、もちろん。すごくしてほしい」

その力強い返答に彼は彼女にほほえみかけると、起きあがってベンチにのぼり、片脚は床につけたまま、両側に脚を開いたままの彼女にまたがった。彼女は彼のペニスを片手でつかんでこすり続けていたが、前ほど性急な動きではなかった。

心地よい姿勢ではないし、自分の膝があとで痛くなるとわかっていたが、そんなことはどうでもよかった。彼女の頼み方は本当に素敵だった。断ることなど、どうしてできようか？

「脚をもっと広く開いてくれ」そう指示しながら、彼女の手を彼のウエストに持っていく。「そして、ここを持って」

彼女はその指示に従い、空いていたほうの手を彼のウエストの逆側に置いて彼をしっかりつかみ、唇を嚙んだ。

「不安か？」彼は訊ねた。止めることはできる。それが苦悶をもたらそうと、彼女に多少なりとも迷いがあるならば止められる。「止めたければ止められる」

彼女が首を横に振った。「いいえ、これをしたいの。あなたが欲しいわ」

彼はうなり声を漏らし、片手で自分のものを持って先端を彼女のとば口に押し当てた。彼女がうめく。彼は息を止め、募る興奮を抑えながら、ほんの少しずつ挿入していった。

彼女はとてもきつかったが、同時にとても濡れていたからすっぽり入った。ベンチの上に全身を乗せると、彼女は両手で彼の腰を強くつかんだ。片手でベンチの背をつかみ、もう一方の手を彼女の尻に当てて支える。

「動いてもいいか？　大丈夫か？」

彼女がまた力強くうなずいた。

彼は自分のものを半分ほど引きだした。彼女の濡れそぼった熱さを感じることで、さらに硬くなり、これ以上ないほど張りつめる。それから歯を食いしばって強く押しすぎないように自分を抑えながら、またゆっくりと挿し入れた。

彼女が手を彼の背に滑らせて彼の尻をつかみ、さらに引き寄せる。

「どんなふうに感じる？」彼はなんとか言葉にして訊ねた。

「とても素敵」彼女がそう言い、ふたりがつながっている部分を見おろした。

彼女の視線を追い、彼も自分の膨れた先端が彼女の中に出たり入ったりするのを眺める。ドレスのスカートが彼女のウエストのまわりを覆っている。室内に聞こえるのは、ふたりの体がこすれる柔らかい音だけだ。

彼はさらに速く、さらに強く動き始めた。彼の長い全体をしっかり包みこんだ彼女の水路を、前後させせながら奥まで進める。

突き続けながら、クリトリスに指を当ててそっとこすると、彼女は彼の下で動きに合わせながら、長くうめいた。

馬乗りになった姿勢で、女性を絶頂に行かせたことは一度もない。そんなことは不可能だと思っていたが、今彼女は激しく喘ぎ、まるで動きを止めようとしているかのように、食いこむほど強く指で彼の尻をつかんでいる。

「ああ、すごい、ああ、お願い、お願い」彼女が言い、目を開いて彼と視線を合わせた。ぼうっとしているように見えるが、自分も同じように見えているはずだ――人生でこれほどの快感を感じたことはないからだが、それでもまだ絶頂を迎えてさえいない。

動きをさらに速めて激しく突くと同時に、彼女のつぼみに当てた指の圧力を同じリズムで加減する。快感が募って絶頂が近づくにつれ、睾丸が硬く収縮し、全身が燃えるように熱く感じた。

彼女が頭をそらす。彼のものを包みこんだ襞がさらにきつく締まり、絶頂を迎えると同時に激しく脈打った。

彼自身も爆発する寸前でなければ、彼女を昇りつめさせた自分の努力をことのほか誇らしく思っただろう。

だが、そんな暇はなく、彼は達すると同時に自分を引きだし、ベンチの上に種をあふれさせながら、あずまやに響き渡るほどの声をあげた。

満足しきって彼女にもたれる。全身が完全に弛緩し、快感の波に末端神経が洗われる余韻に浸る。

一、二分、ふたりはそのまま動かなかった。ナッシュは二度と動きたくないと思った。彼女が彼の尻を軽く叩いた。「ねえ、つぶれそう。よかったら――？」

彼は急いで彼女から体をどかし、立ちあがってズボンを穿いた。

彼女が彼を見あげた。満ちたりた表情が浮かんだ顔をちょっとしかめてみせる。「たしかにちゃんとした授業だったわ」

彼は驚き、思わず大きな声で笑いだした。直後に言うこととしては、彼がもっとも予期していなかった言葉だ。

「きみに教えたいことはもっとたくさんある」彼は言い、かがんで彼女の唇に優しくキスをした。

もっと授業をすることができれば、一緒に過ごせる時間が増える。

それだけあれば、もしかしたら、彼と一緒にいてほしいと説得するための言葉を考えつくかもしれない。

なぜなら――なぜなら、くそっ、彼女を愛しているからだ。考えるだけで恐怖に襲われるが、それでも愛している。彼女に執着し過ぎてはいけないもっとも理由はいまだに有効だが、それでも愛している。

だが、彼はなんと言っていいかわからなかった。

18

アナ・マリアは坐ったまま、感覚が戻るように脚をもぞもぞ動かした。立ちあがった時にくずおれてしまいそうな気がしたからだ。

信じられないほどすばらしかった。全部をすぐにもう一度やってほしかったが、とりあえず立てるかどうかも定かではなかった。

「ぼくがやるから」ナッシュが手振りでベンチのほうを示した。床からクラヴァットを拾うと、それで放出したものを彼女の太腿からきれいに拭い取った。

もちろん彼がなにをしたかも、なぜそうしたかもわかっていたが、妊娠を避けてほしいと頼むことなど考えもしなかった。愚かとしか言いようがなく、彼が考えてくれたのがありがたかった。ふたりの今の状況で、自分が彼の子どもが欲しいと望むことはあり得ないからだ。

「ありがとう」静かに言い、彼を見あげた。

彼が片方の眉を持ちあげた。「なにに対して——?」

アナ・マリアは頬が熱くなるのを感じ、あたりがほの暗いことに感謝した。「すべてのことに。このことにも。気をつけてくれて——」

「もちろんだ」彼は言った。がっかりしたように聞こえたのは気のせい?

でも、ふたりのあいだに永続的なものはないと主張したのは彼のほうだ。このすべてを分かち合ったばかりでも、それは変わらない。すべてがとても複雑であり、彼女自身もとても混乱している。自分は彼をこれまで以上に望んでいるが、同時に今彼と関係するのが妥協であることもわかっている。

「なにを考えている？　間違いだったと思っているのか？」彼が真剣な口調で言った。

「いいえ、もちろん違うわ」アナ・マリアは答え、彼のほうに手を伸ばした。その手が届かなかったのは、彼は立っていて、自分はまだベンチに坐っていたからだ。スカートもまだ耳の近くまで引きあげられたまま、彼女のすべてを彼の目にさらしている。

自分が頼んで彼にどいてもらったにも関わらず、なぜかその距離が、重要ななにかを意味しているように感じられた。

このような経験のあとは、気分が浮き立つはずではないのだろうか？　でも、彼がもたらした快感のなごりをいまだに感じているのに、これがふたりの避けられない終わりの始まりであるかのような陰鬱な気持ちになっている。

「もしも間違いだと思っていないなら、感想は？」

アナ・マリアはふんと鼻を鳴らした。「とても豊かですばらしい経験だったわ。それをもたらしてくれたあなたは、自分がどう感じているか決して言おうとしないけれど」

いつものなにも言わない傲慢な様子の—胸の前で両腕を組んで、偉そうに無言で立つ—代わりに、彼はまったくナッシュらしくない様子で—両手を脇におろして心配そうな表情を浮かべて——立ち、彼女をじっと見つめている。

「わざと話さないわけではない」

彼がぽつりぽつり言った。

「いつも—どう言えばいいかわからない」

そこまで徹底的に自分の中に閉じこもらなければならなかった彼を思い、アナ・マリアの心は痛んだ。人生でもっとも情熱的な経験をした数分前よりもさらに重大な瞬間に感じる。彼はついに彼女に心を開こうとしているのだろうか？　心の内をすべて話すつもりなの？

「話して」アナ・マリアは言い、ベンチの自分の横を軽く叩いて示した。

彼はうなずき、ベンチに近寄って腰をおろすと、両手を膝のあいだに軽く挟んだ。

彼女はスカートを元通りの位置に直すと、彼の顔が見えるように少し脇に寄った。

「説明するのは難しい、当然ながら」彼が悲しそうにつけ加えた。

「もし言えるとするならば、なにを言うつもり？」

彼は前方を凝視している。明らかに考えこんでいるらしい。ふたりのあいだにしばらく沈黙が流れた。

アナ・マリアはかすかに流れてくるパーティの音を意識した。人々のおしゃべり、演奏されている音楽、ときどき聞こえるグラスを合わせる音。

さほど遠くない場所で人々がそれぞれの人生を生きていて、ここでなにが起こっているかまったく気づいていない。

もちろんありがたいことだ。もしも知られたら、彼と自分には結婚する以外に選択肢は残されていない。それとも、彼女の永遠の破滅かどちらかだ。

後者を選ぶほど、自分は自分の価値を信じ続けられるだろうか？

「最初は話そうと努力した」

彼女は待った。

「だが、どう感じているかを言える言葉がなかった」

さらに沈黙。

「なんのことをどう感じたの？」

「母のことだ。そして公爵のことだ」彼が父親と言わなかったことにアナ・マリアは気づいた。「母が出ていった時、ぼくは十歳くらいで、母はなぜ出ていくのか言わなかった。別れさえも言わなかった。今になってやっと、言うことができなかったとわかったが、その時はわからなかった」

その悲しみを思うと、アナ・マリアの胸は痛いほど締めつけられた。子どもが母親に置いていかれる――もちろんアナ・マリア自身も数カ月の赤ん坊の時に母が亡くなっているが、なにもわからない時だから話が違う。

「彼に訊ねてはいけないとわかっていた」――彼とは明らかに父親のことだ――「だから、ほかの人に訊ねたが、訊ねた全員がただ怯えた表情でぼくを見た。母の顔に浮かんでいたのと同じ表情だ」彼は肩をすくめた。「そのあとからだ。自分がどう感じているのか、行動で示すほうが、言葉で説明するよりもずっとたやすくなった」

アナ・マリアについてどう感じているかも、行動で示したのだろうか？

でも違うだろう。自分が彼に頼んだのだから。彼はただ彼女の希望に応じただけだ。

「しばらくすると、なにか言うほうが奇妙に感じるようになった。ぼくは公爵の後継ぎだから、なんでも望むようにできる。父に気づかれない限り」

「なにが――なにが起こるの、気づかれた時には？」彼女は訊ねながらも答えを恐れていた。

「きみは知っているはずだ。あざは見ただろう」

アナ・マリアは喉が詰まって息ができなかった。たしかにたくさんのあざを見たが、その時はそれがなにを意味するのか理解していなかった。

「常軌を逸した、怪物のような方だったのね」

ナッシュが息を吸った。「その通りだ――だから――ぼくも――」

「きっとこの建物にいるんじゃないかしら」大きい声が聞こえた。オクタヴィアだ。「きっと、公爵とレディ・アナ・マリアをここで見つけられると思うわ。外の空気に当たるために出たのだから」

オクタヴィアはわたしたちに警告している。

アナ・マリアは慌てて立ちあがり、スカートを揺らして形を整え、髪を撫でつけようとした。とはいえ、実際のところ、ふたりの活動の過程で髪がどれほど乱れたか知る由もない。

「ここだ」ナッシュが呼びかけた。大慌てで頭からシャツをかぶり、裾をズボンの中に入れこんでいたにしては、極めて平然とした声に聞こえた。ベンチの上にクラヴァットが横たわっているのを気づき、アナ・マリアと視線を合わせて首を横に振る。

アナ・マリアはそれをつかみ、握った手を背中に回して扉のほうを向いた。

扉が勢いよく開き、オクタヴィアが入ってきた。穏やかでのんびりした口調だったが、顔に浮かべた表情は明らかに警告の表情だった。

「ほら、やっぱりいたわ。だから、レディ・アナ・マリアがめまいを感じて、空気を吸いに外に出たと言ったでしょう？　公爵は親族も同然だから、付き添ってくれて当然だわ」

「アナ・マリア！」セバスチャンの口調はいつになくとても厳しかった。

セバスチャンだけでなく、彼の横にサディアスも立っていて、どちらも体じゅうから批判を発散させていた。

「まあ、ふたり揃って」アナ・マリアはひとりずつ順番に顔を眺めた。

「オクタヴィア、きみはパーティに戻りなさい」セバスチャンが言う。

オクタヴィアがちらりとこちらを見たので、アナ・マリアはうなずいた。

「わかったわ」オクタヴィアはセバスチャンの前まで行き、彼の胸を指で突いた。「でも、わたしの友だちを傷つけないでね」

「ぼくの姉だ！」セバスチャンが言い返した。

「ふん」それがオクタヴィアの答えだった。アナ・マリアの頬にすばやくキスをすると、小走りで舞踏会場に戻っていった。

「醜聞を避けたいのならば」サディアスが厳しい声で言った。「ぼくたちと来るんだ、アナ・マリア」少なくとも彼の話し方はいつもと変わらない。砂糖を回してほしいといったどうでもいいことをだれかに頼む時でさえ、命令口調で言う。「あるいは、きみたちふたりがなにをしていたかを考えれば、今ここでぼくたちに、結婚したいと言うこともできる」

自分は醜聞を避けたいの？　彼と結婚したいの？

彼女は人生でもっともすばらしい経験をしたばかりだ。それだけでなく、彼が信用して、秘密を打ち明けてくれた。その秘密が彼の魂を黙らせていたかのように、雄弁に語った。

今感じている自分の感情も話してくれればいいのに。彼女を心から望んでいたからだと言ってほしい。ただの戯れでも訓練でもなかったと。

話してちょうだい、イグネイシアス。

「あなたがたはふたりとも」アナ・マリアは言い、セバスチャンとサディアスを見つめた。「わたしにとってなにが最善か決めることに多くの時間を費やしてきた。そして今も、わたしがなにをすべきかを決めつけているわ」

セバスチャンが異議を唱えようと口を開いたが、アナ・マリアは首を振った。「待って。まだだめ。今はわたしが話す番」

そして背筋を伸ばすとナッシュを真っ直ぐに見つめたが、彼の顔は無表情だった。なにを考えているかわからない。

だが、拳は違った。脇におろした両拳を強く握りしめている。強く握っているせいで、手の甲が白くなっている。

彼が動揺しているのは明らかだが、それがなんのせいなのか、アナ・マリアにはわからなかった。望んでいないと繰り返し言っていた結婚に追いこまれそうだから？　親友たちに厳しく非難されているから？　彼女に心を開いて打ち明けたのを後悔しているから？

彼の心を読み取りたいとアナ・マリアは心から願った。

でも、読み取れないほうがいいかもしれない。彼がわたしを望んでいないのならば。

「ナッシュはわたしの友だちよ」彼の顎の筋肉が動くのが見えた。「わたしの評判を守ることを彼に強いるべきではないわ。どこかのだれかがわたしたちの噂をしようと決めたからと言って」両手をあげて苛立ちを示した。「六カ月前まで、わたしは心配しなければならない評判さえなかった！　銀器に染みがついているかどうか気にする以外には」

苛立ちが募り、今度は頭を振った。「わたしにとって重要なのは、結婚する相手が――それがだれであろうと――わたしと結婚したい理由をはっきり言えることよ。そうするべきだとか、そうするべきとほかの人たちが考えたからではなく」両手を腰に当て、ナッシュに直接話しかけた。「わたしはなぜかを知りたいの」わたしはあなたに言ってほしいの。あなたの世界でわたしを望んでいると。

彼の顔から目を離さなかったが、無表情は変わらなかった。

「それで？」セバスチャンがナッシュのほうを向いた。

ナッシュは口をつぐんだままだ。そして彼の拳は握りしめられていた。

「セバスチャンとサディアスが正しい」彼がようやく口を開いたが、その言葉はまるで無理やり引っ張りだされたかのように聞こえた。「ぼくはきみにふさわしくない。だが、もしもきみがそれでもいいと思うなら、そしてぼくたちが――」言葉がどこかに消えてしまったかのように彼はふいに黙りこみ、頭を振った。

それはブランリー卿の求婚よりもひどかった。少なくともブランリー卿は結婚したいふりをしていた。ナッシュの言葉は、外からの圧力を受けて仕方なく言っているように聞こえる。アナ・マリアがもっとも望まないこと、それは彼女を仕方なく受け入れる人間だ。

セバスチャンの母親が仕方なくアナ・マリアを屋敷内に住まわせた時に、その辛さを嫌と言うほど味わわされた。自分がだれであるか、自分がこれまでなにをしてきたかによって日々疎まれる生活は絶対に許容できない。ふたりで一緒にやったことを責められるのも耐えがたい。

アナ・マリアが確実にわかっていることは、自分が妥協しないということだ。それは自分の中の矛盾と向き合うことでもある。彼と一緒になりたいと望むことはできても、今のような意志薄弱な求婚に同意することはあり得ない。

「あなたが今言ったことのなかでひとつ正しいことがあるわ」アナ・マリアは言った。「あなたはわたしにふさわしくない」

そうだとしても、自分は彼を愛している。彼もたぶん愛してくれているが、なにかともまずいこと、とても傷ついたことが妨げとなり、それを告げられない。

彼を愛していると気づくには最悪のタイミングだった。もちろん、これまでなにも感じなかったわけではない。彼に抗しきれないほどの魅力を感じ、キスをしたいという強い願望を抱き、彼の幸せを確信したいと願ったのはその手がかりだったかもしれない。

「わたしが間違っているなら、今そう言って」彼の顔を見つめたまま言う。彼の閉ざされた表情を見ると胸が張り裂けそうだった。お願い、言ってちょうだい。

そこまで隠し続ける価値があることなの？　残りの人生すべてを惨めにするほどの価値が？　わたしたちふたりを惨めにするほどのこと？

自分と一緒でなければ彼は惨めになると思うのは尊大だろうか？　いいえ、彼が示してくれたすべてが―まだ言葉では言ってくれていないけれど――そう告げている。

それでもまだ、彼は黙ったままだった。

彼女はファイトとファックをするのは充分でも、愛するのに充分ではないということ？

「言えよ、彼女に！」セバスチャンがナッシュの腕を突いた。

ナッシュが顔を曇らせる。

「なんであろうと、彼女が知りたいと思っていることを言えないならば」サディアスが言う。「少なくとも、彼女が自分の幸せを見つける邪魔はしないと言うことはできるだろう。アナ・マリアはもっと幸せになるべきだ」

ナッシュが答えの代わりにうなった。

「ぼくを殴りたいのか？」サディアスは言い、ナッシュの拳に目をやる。アナ・マリアは、ナッシュの握っていた拳が緩んだことに気づいた。「きみは話さない。だから拳を使うんだよな」

「きみを殴るつもりはない」ナッシュは答えた。唇から言葉を引っぱりだすような話し方だった。「殴らないことを選択する」彼は一瞬アナ・マリアのほうを見やり、それから大股で全員の前を通り過ぎると、庭に出て、そして見えなくなった。

彼が去っていく姿を見送りながら、アナ・マリアは自分の心が粉々に砕けるのを感じた。

自分は彼女にふさわしくない。

彼の頭の中で、その思いだけが悲鳴をあげていた。実際に打ちのめされてあざだらけで地べたに横たわっているかのように感じた。自分がどう感じているかを彼女に言いたいという切ない思いと、それができない自分の弱さに心がひりひり痛んだ。

拳をあげる。馬車の壁を殴ろうとしたが、ぶつかる前にはっと手を止めた。そんなことをしてもなんの役にも立たない。今はそうわかっている。

皮肉なことに、人生でもっともすばらしいひととき――あの建物の中で彼女と過ごし、彼女が我を忘れる姿を見守った――のあとに人生最悪のひとときが訪れた。

いや、それは違う。おそらく、最悪な時はまだ来ていない。それは、彼女がだれかほかの男と、花束とぬくもりと言葉をくれる男と結婚するのを見守らねばならない時だ。

そのあいだも、自分は存在し続ける。

彼はもはや、ただ存在したくはなかった。

彼がもたらした豊かな経験と彼女は言ったが、当の男は何年も前に灰色の世界で生きると決めた。自制心を失うことを恐れるあまり、色鮮やかな世界を楽しむどころか、感じることとさえも拒絶した。

その彼が今、彼女の世界で生きたいと望んでいる。だが、そう考えただけで恐怖に陥ってしまう。そうしたことを声に出して言うと考えただけでなにも言えなくなり、愛の苦しみに全身を貫かれる。

もしもあの鮮やかな色彩に感情が圧倒され、暴言を吐いてしまったら？

もしもあふれる色彩の極端さを許容できずに、乱暴な振る舞いの世界に迷いこんでしまったら？　分別が歓迎されない場所に？

だが、そこには彼女がいる。一緒にいて、彼が道をはずれないように止めてくれるはずだ。彼を心底怯えさせているこの世界をどう生きていくか、彼女はそのすべを知っている。

自分を信頼できないから、助けてくれる彼女を望んでいるのか？

いや違う。自分は彼女を愛している。これまでもずっと愛していたのかもしれない。母が出ていった直後、最初にセバスチャンの友情にしがみついたあの時から。

もちろん、自覚はなかった。彼のその愛は、生来の保護本能によって心の奥深くに隠蔽されてきたからだ。

だが、それは愛だった。そしてそれと対峙するのは、腕の太さと強さがまるで機関車のピストンのような巨大なボクサーとリングで対決するよりも恐ろしかった。


「イグネイシアス？」

図書室の扉からのぞきこんだ母の顔には心配そうな表情が浮かんでいた。

彼が手振りで招いたので、母は部屋に入って扉を閉めた。そして彼の横のソファに坐り、彼の手をそっと取って両手で包みこんだ。

「なにが問題なの？」優しい声で訊ねる。

彼は母に話した。

これほど話したことは、これまで一度もなかった。

話を終えると、母はソファから立ちあがった。その目は涙で濡れていた。「あなたがほんのわずかでもあの人に似ているなどと、絶対に考えてはいけないわ」激しい口調で言う。「彼は残酷でした。あなたはまったく違います」まるで非難するかのように片手を突きだす。「生まれてきた責任を負わされるべきでない人たちを見つけだして保護するのが、残酷な怪物のやること？」

ナッシュは口を開いたが、例のごとくなにも言えないうちに母は言葉を継いだ。

「もっと早く来たかったとあなたに言いました」興奮した様子で部屋の中を行ったり来たりする様子は、まさに彼の母である証だった。「でも、あなたがどんな人かはっきりわかるまでは、どうしても来られなかった。あなたがわたくしを見つけてくれたわけだけど、もちろんわたくしはあなたがどこにいるかずっと知っていた。でもわたくしは――」母は唇を嚙み、首を振った。「あなたがどんな人間かわからなかった。もしも彼と同じようだったらと。だから問い合わせて、そして聞いたすべては――あなたについて聞かされたすべては――、あなたが寛大で、世の中の不正のすべてを正したいと願っている人だということでした」小さく笑い声を立てる。「もちろんすべてなんてできるはずはないけれど、あなたは自分にできることをしてきた。わたくしは、あなたにもっとも影響された人たちに、つまりあなたの父親の子どもたちに訊ねました」

「彼らと話をしたんですか？」ナッシュは驚いて訊ねた。

「いいえ、でも人を雇い、話を聞かせてもらいました。あなたの人となりを知ってからでなければ、あなたの人生に戻ることはできなかったから。そしてあなたは、イグネイシアス、あなたは」母はソファに戻り、坐って両手で、今度は彼の顔を包みこんだ。

「あなたの父親は残忍な怪物でした。あなたは不正を正したいと願い、その過程でたしかに時々拳を使う。でも、それは、あなたが父親と同じであることを意味するわけではありません」頭を振る。「わたしが出ていった時、あなたはまだ子どもだったから、自分がどういう人間かについて間違った考えを信じたのも無理はないわ。でも、あなたが、その境遇で望み得る最良の人間に育ったことは間違いありません」

言葉を切り、深く息を吸った。「十歳だった少年に、今の人生を決めさせてはいけないわ」

彼は母を凝視した。彼女の言葉が頭の中に入って、そこに留まる感覚がたしかにあった。母の言うことは正しいだろうか？　自分は望み得る最良の人間なのか？　それは、最近になって彼がこうありたいと自ら選択した人物像なのか？

扉が開く音にふたり同時に振り返ると、杖を突きながら入ってきたのは祖母だった。

ナッシュが立ちあがり、自分の椅子を近くまで持っていくと、祖母はそこに坐って両手を杖の上に置いた。

「あなたが来たことを聞きましたよ、ヘレン」祖母が言い、彼の母を見つめた。「来てくれればいいと心から願っていました」

「お会いできて嬉しいです、奥方さま」母は答えた。そして、暖炉のそばで炉棚にもたれて立っているナッシュをちらりと見やった。「イグネイシアスから、父親のことを話してもらっていたところです」

祖母が表情をこわばらせた。「あなたを助けるためにほとんどなにもできなかったことを、わたくしはとても後悔しています」

ナッシュの母が身を乗りだし、祖母の膝をそっと叩いた。「わかっています。わたくしを助けるために、あなたができるだけのことをしてくれたことは」

祖母がうなずいた。

「ところで、イグネイシアスは恋に落ちたようですわ」

祖母の眉が驚いたように持ちあがった。「まさかレディ・フェリシティ？」

「いいえ」ナッシュは言った。「もちろんレディ・フェリシティではありません」

「ああよかった」祖母が安堵の表情を浮かべた。「よほどのまぬけでなければ、あなたが愛しているのはレディ・アナ・マリアであるとわかりますからね」

ナッシュは鼻を鳴らした。「つまりぼくがまぬけということですか？」

祖母が漠然と手を振った。「まあ、その描写が適当でしょう」いつも通りの人を見下した言い方で言う。「あなたは彼女を考慮に入れていないと言い張っていましたが、わたくしは望んでいました。あなたがばかげた理由のせいで――」

「結局は父親のようになるだろうと心配するような理由?」ナッシュは口を挟んだ。

祖母がきっぱりと首を横に振った。「まだ短期間しかここに滞在していませんが、あなたが彼とまったく違うことはよくわかりましたよ」

「わたしもそう言っていたところなんです」母が言う。

「もしも父親と同じならば、わたくしが結婚しろと要求した時点で、わたくしの耳をつかんで外に放りだしたことでしょう。でもあなたは、そのことに怒りを覚えながらも、それがより良いことのためだとちゃんとわかっていましたからね。それに、わたくしの息子の……過ちをすべて引き受けたこともありますからね」

なぜだれもかれもが知っているんだ?

「そのレディ、レディ・アナ・マリア」ナッシュの母が彼をじっと見つめた。「自分がその方にふさわしいと、その方を説得することができますか?」

ナッシュは母と祖母を見やった。ふたりのきらめく瞳は思いやりに満ちていたし、その言葉は心からのものだった。「わかりません。でも、やってみなければ」

家に戻る馬車の中は沈黙が支配していた。正確に言えばサディアスの家だ。

その家しか知らないにもかかわらず、自分の家と感じたことは一度もなかった。自分のいるべき場所でないように感じていたが、今はその事実をより痛烈に実感している。まるで調理場の汚れた火格子と上品な舞踏室のあいだに張られた糸にぶらさがっているかのようだ。そしてそのどちらにも入りたくない。

自分が属する場所にいたかった。

「アナ・マリア？」家に入ると、サディアスがいつもとまったく違うためらいがちな口調で言った。「なにか――話したいことがあるだろう？」そう言いながら、身振りで書斎のほうを示した。

「ええ」

先に立って彼の書斎に向かうあいだも、アナ・マリアの頭のなかにはその日の情景がまざまざと浮かんでいた。

彼女の快感に対する彼の気遣い。彼女が頼んだことを教えてくれる時の彼の思いやり。ふたりが見つかった時の彼の様子。

彼は拳を握りしめていた。でも、それを使うことはしなかった。彼は使わないことを選択した。

「アナ・マリア」サディアスは机に向かって坐ると口火を切った。「ぼくに、ぼくたちに怒っているのはもっともだと思っている」

アナ・マリアはうなずいた。「その通りよ」

断言されたことに驚いたかのようにサディアスが目をしばたたいた。「そうだな。だが大事なのは、ぼくたちが、きみにとって最善のことを望んでいるだけということだ」

アナ・マリアは首を傾げた。「ナッシュがわたしにとって最善でないのはなぜ？」問いかけるように両手を広げる。「彼はあなたの友だちではないの？」

ちょうどセバスチャンがつかつかと部屋に入ってきたところだった。彼女の質問を耳にすると厳しい表情を浮かべて、サディアスと彼女を見比べた。

アナ・マリアは振り返り、セバスチャンとまっすぐに向き合った。「ナッシュがわたしにとって最善でないと信じているのはなぜか、サディアスに訊ねていたところよ。その問題について、あなたも言いたいことがあるはずよね？」

ふたりに挑むのは爽快であると同時に、元気をすべて奪われるような感覚もあった。まさに〝レディ・矛盾〟だ。

「だが、きみ自身が彼を望んでいないんだろう？　ついさっき、そう言ったじゃないか！」セバスチャンが叫び、呆れたように両手をあげた。

「いいえ、その反対よ」アナ・マリアは答えた。「でも、考えてみればどうでもいいわ。質問には答えないで。もうどうでもいいことだから」

セバスチャンは大きく息を吸うと、前に出て両腕でアナ・マリアを抱き寄せた。されるがまま弟にもたれ、泣きだしそうな気がしたので、彼の胸に顔を当てた。

「ぼくたちはきみをとても愛している」彼が言う。背中にほかの手が当てられるのを感じ、サディアスがその輪に加わったことを知った。

「その通りだ」サディアスがこわばった声で言う。「だから、だれであってもきみにふさわしいとは思えないらしい。大親友であっても」

アナ・マリアが激しくすすり泣くと、セバスチャンは彼女をきつく抱きしめ、サディアスは背中をそっと叩いた。

「彼を愛しているんだね?」数分経ってセバスチャンが訊ねた。

アナ・マリアはうなずき、顔をあげて言った。「でももうどうでもいいことよ。仕方ないわ」

「あいつを殴ることはできるぞ」期待する口調でセバスチャンが提案する。アナ・マリアは小さく笑い声を立てた。

「それではなんの解決にもならないわ」ナッシュ自身がそれを証明している。

「だが、ぼくたちとしては少し気分が晴れるだろう」セバスチャンが言う。

アナ・マリアは息を吸うと、彼の腕から抜けだして、ふたりと向き合った。「ふたりともありがとう」目元を拭うと、背筋を伸ばし、肩をいからせた。「自分の問題だから、あなたがたには頼らない」彼女は言った。「自分で解決するつもりよ」

「すいません、旦那さん、ひやかしはやめてくださいよ」

ナッシュは商人の腕に手を置いた。「ぼくはただ、きみの店の魚の品揃えに感心したと言いたかっただけだ」

　商人が呆れたように目を丸くした。「それを売るのが仕事ですんで、旦那さん」

　ナッシュがポケットを探って硬貨を何枚か取りだし、その半分を商人に手渡すと、彼は顔を輝かせた。

「もう少しだけ時間はあるか？」ナッシュは訊ねた。

「もちろんですよ」男の声が硬貨を見たとたんに変化した。

「教えてくれ。ニシンは通常こんなに小さいものなのか？」魚の山に手を伸ばし、一尾を引っぱりだして鼻のそばにぶらさげた。魚臭い、当然のことだ。「当然そうだろうな」そう言うと、また別な山を差し示した。「磯つぶ貝とは、誠に奇妙なものではないか？　あれを食すことを最初に考えたのはだれなのか不思議になるほどだ。おそらく、卓越した想像力に恵まれていたのだろう」ナッシュはその貝を目の高さまで持ちあげ、回して全方位からそれを観察した。よく見るととても美しい。美しさを感じるのは、彼にとって新しいことだ。あまりに長いあいだ、自分を感情から遠ざけてきたから、美を認識する経験は、恐ろしくもあり、信じられないほどすばらしいことでもあった。

　彼女は日々このように過ごしているのだろうか？　さまざまなものを見て、その大きさに気づいたり、魚の臭いを嗅いだり、その美しさを眺めたりするのか？

「きみの魚について、議論をさせてくれてありがとう」ナッシュは言い、磯つぶ貝を山に戻した。

商人が彼の商品を身振りで示した。「どれか持っていきませんかね？　いくらでもいいですよ。たくさん払ってもらいましたから」

ナッシュは手を振った。「いやいい、ありがとう。きょうはきみと話ができたことに対して支払ったのだから」

そして商人にうなずいて挨拶すると、彼は通りをさらに歩いて花屋に向かった。

あの夜のあと、覚悟を決めて家から出かけるまでに三日かかった。彼女に会いたくなかったわけではない。もちろん会いたかったが、自分がやろうとしていることのために準備をする必要があった。そして彼女の元に行く前に、自分の屋敷の中でも、すべてを正しておく必要があった。

最初に使用人全員と話をした。全員を集めて話し、それぞれ個別にも話した。父との経験について彼らに話したことはこれまで一度もなかったし、同じことを彼らに訊ねたこともなかった。

しかし、母と話し、記憶を遡ったことにより、自分と腹違いのきょうだいたちとは親だけでなく、それ以上に共通項があることを発見した。彼の家に集めた人々は、ひとりの人間の無慈悲な残虐行為を、彼が償うべき人々というだけではない。彼らは家族だった。

セバスチャンとサディアス以外に真の家族を持ったことがない。

それは身がすくむような恐ろしさとともに、すばらしい感覚をもたらした。

母親ともまたいい関係を築きつつあった。彼女の夫は妻を熱烈に崇拝しており、ナッシュはそのことに心から感謝していた。母は真の幸せを手に入れていた。

祖母は彼と顔を合わせるたびに、レディ・アナ・マリアのことをどうしたかと訊ねてきた。

そのたびにナッシュは、自分が彼女にふさわしいことを確信する必要があると祖母に言った。それを聞いて祖母はとりあえずその場は納得するが、また次に会えば必ず同じことを訊ねた。

そして今、彼はロンドンの街路を歩き、自分が思ったことを人々に言う練習をしていた。そのまま通り過ぎたり、無視したりする代わりに話しかけたのだ。

市場には三軒の花屋が並んでいた。それぞれにバラを取り合わせた花束や、その他、彼は名前も知らないさまざまな花束が飾られていた。

「教えてほしい」彼は最初の店に歩み寄り、花束をひとつ取りあげた。「これはなんの花かな？」

花屋の売り手は彼の母親くらいの高齢女性で、白髪交じりの髪を頭の後ろできっちりと丸くまとめ、ウエストに白いエプロンを結んでいた。肌の色はとても白く、頬が赤いまだら模様になっている。

「それはグロリオサです、旦那さま」彼女が答えた。印象的な花だった。薄緑色の中心から先端が鋭い紫色の花弁が反り返るように伸びて、まるで武器としても使えそうに見える。アナ・マリアのシンデレラのような二重性を考えれば、きっとこの花の二重用途も気に入るだろうとナッシュは思った。皿洗いの女中からレディに見事に変身したが、それは魔法ではなく、彼女自身の力によるものだ。

「そして、これは？」彼はまた別な花を取った。こちらは黄色とオレンジ色の控えめな花で、武器のような雰囲気はまったくない。

「マリーゴールドです」花屋が答えた。

「うちの花も見てくださいな、旦那さん」二番目の店の売り手が呼びかける。ナッシュはうなずき、またポケットを探って硬貨を取りだすと、三人の手にそれぞれ同額の硬貨を落とした。

「チューリップはあるかな？」

三人の花屋がいっせいにうなずき、せっせと自分の店のバケツから花を引き抜き始めた。「花に関心をお持ちの紳士が寄ってくださって、ほんとに嬉しいですよ」最初の売り手が言う。分けて入れてあるそれぞれから数本ずつ花を選び、小さな花束にして彼に手渡した。ほかのふたりも同じようにすると、最初の花屋が、彼の持つ三つの花束を全部受け取り、ひとまとめに束ねて巨大な花束にした。

「とても素敵ですよ、ねえ？」最初の花屋がほかのふたりを振り返ると、ふたりとも大きくうなずいて賛同を示した。「これをあなたのレディに持っていってくださいな、あたしたちの感謝も一緒にね」最初の花屋がそうつけ加え、大きな花束を彼に手渡した。

ナッシュはそれを凝視した—バラとグロリオサとマリーゴールドと、他のおそらくはチューリップに違いない花。彼の手の中で色とりどりの花々が華やかに騒がしく咲き誇っている。その純粋な美しさに彼の全身が共鳴し、彼は彼女がその花束をどう思うか知りたくてたまらなくなった。

そして彼のことをどう思うかも。

「あの方はまだ来ないんですか？」まるでまだ答えを知らないかのようにジェインが訊ねた。

アナ・マリアはあえて答えもしなかった。

ふたりの女性はアナ・マリアの華やかな客間に腰をおろし、ジェインはアナ・マリアの服を繕い、アナ・マリアは自分の寝室用と、マーチフィールド夫妻の会議室用の生地を選んでいた。

彼のせいで意気消沈しないとアナ・マリアは心に決めていた。実際のところ、妥協すれば、彼を自分のものにできた。自分の意志でそうしなかっただけだ。

それでも、彼と自分の両方が手に入れそこねたものについては、残念に感じずにはいられなかった。お互いを自分のことのように理解できる人と一緒にいられる機会。自分が選んだ家族、孤独という経験を持ち、常に晴れていようが、感覚を遮断されていようが、その状況に応じて対処する人々と一緒に過ごす人生。

玄関扉を激しく叩く音が聞こえ、アナ・マリアとジェインは顔を見合わせた。客間の厚い壁越しに聞こえるほど大きい音だ。

アナ・マリアの心臓が飛びだしそうになった。叩いている人物はただひとりしか思い浮かばない。ほかにだれが扉をパンチする?

「彼ですよ」ジェインがそう言ってうなずくと、立ちあがり、繕い物を集め始めた。「これを二階に持っていきますからね。あなたがここであの方をお迎えできるように」

「なんでわかるの――?」アナ・マリアが口を開いたその時、客間の扉を静かに叩く音がした。

「お嬢さま?」扉を開けて言い始めたフレッチフィールドは、すぐに脇に押しのけられた。

「彼女と話す必要がある」ナッシュの決意がこもった声が聞こえてきた。

「失礼します、閣下」ジェインは大急ぎで部屋を出ると、立ち去りながらフレッチフィールドも引っぱって連れていった。

そしてそこに彼がいた。戸口に立つ姿は記憶の通り背が高くてハンサムだ。手に持っているのは――花束?

彼のいつも着ている暗い色合いの服と花束の爆発するような明るい色合いの対比にアナ・マリアは思わず笑いそうになったが、ただ興奮しているだけかもしれない。

彼がいなくて本当に寂しかった。数日に過ぎなかったが、あり得ないほどの寂しさだった。

それに、わたしは彼を愛している。

「これをきみに持ってきた」彼が花束を彼女のほうに突きだしたのを見て、その半分がチューリップであることにアナ・マリアは気づいた。「きみがどの花を好きかわからなかった」彼が息を吸った。「人々と話すために市場に行ったんだ」

いつものように堅苦しくぎこちない言い方なのに、話した内容がいつもとあまりに違うことにアナ・マリアは仰天した。

「人々と話すために市場に行ったですって？」

彼はうなずき、それから苛立ったように息を吐いた。「そうだ、そうした。人々と話すために市場に行った」朗読の授業を受けているかのように繰り返す。

こうして市場で花を買って持ってくるのは、彼にとっては明らかに難しいことだっただろう。それでも、アナ・マリアはこの程度で受け入れるつもりはなかった。

「入ってもいいかな？」

そうだった。彼はまだ戸口に立っていた。周囲にはたくさんの使用人たちがいて、おそらくはセバスチャンとサディアスも、見えないが聞こえるあたりをうろうろしているに違いない。

「ええ、どうぞ」

彼は中に入ると扉を閉めた。それからそこに立ったまま、切ないまでの渇望の表情をその目に浮かべてアナ・マリアを見つめた。

「坐ります？」

彼は首を横に振り、それからまた大きくひと息ついた。「いや、いい、ありがとう。立っているうちに、言う必要があることを言ってしまいたい」

「わたしは坐ってもかまわないかしら？」アナ・マリアは椅子を示した。

「もちろんだ。さあ」椅子はすでにアナ・マリアが坐るのに最適な場所にあったが、それでも彼は補助するかのように、手を伸ばして椅子の背を持った。

アナ・マリアは坐ると、膝の上で両手を握り、期待の表情を浮かべて彼を見あげた。

「それで？」

そんな簡単に決着をつけさせるつもりはなかった。彼女の全身全霊はそうしろと悲鳴をあげていたが、でもだめ。なににつけても人々を快適にさせるのはもはや自分の役割ではないし、自分は愛しているけれど、愛し返してくれるかどうかわからない男性については、とりわけ厳しく対処するべきだ。

もしも彼が必要なことを言えず、必要な行動も取れなかったら……。

でも、そのことは考えない。

彼は行ったり来たり歩き始めた。長い脚がたった数歩で部屋の隅まで行き、向きを変えて戻ってくる。

「きみに話すことがたくさんある」途切れる。「最初に、ぼくがなぜこんなにも大ばかであるかについて話したい」

アナ・マリアは思わずくすくす笑った。

「父のことは以前にも話した。だが、全部ではない。きょうは全部を話すつもりだ」驚くべき発言であり、アナ・マリアはそれを言った彼を誇らしく思った。

「父はぼくを無視した。ほとんどの時は。だが、たまにぼくの存在に気づく時があり、公爵のあるべき姿を学ぶように強要した」彼の表情がさっと暗くなる。「自分がしているような人の扱いを、ぼくにも無理やりさせた」それがなにを意味するかを聞く必要はなかったが、それでも彼は言った。「自分の主張を通したいのならば、暴力を使わなければならないと言った。ボクシングの試合に連れていき、それはどちらかが死ぬまで闘うものだったが、そのすべてを見るように強いた。ぼくが彼に似ていると常に言っていた」

アナ・マリアはそうした暴力を見させられる子どもの恐怖を感じて身を震わせた。

「そんなレッスンは学びたくなかったが、だが学ぶしかなかった——拳で自分を表現する方法を」彼女と目を合わせる。その目は苦悩に満ちていた。「そして、自分の自制心を信じることができなくなった」

視線は彼女の目を見つめたままだ。「彼を信じざるを得なかった。いつかは必ず彼のようになると。そして、いつかは必ずきみを傷つけることになると」

アナ・マリアは目を見開いた。「あなたがわたしを殴るようになるということ？　そんなこと、あなたは絶対にしないわ！」

彼は首を横に振った。「それはきみにもわからない、アナ・マリア」ふたたび口を開く前にさらに数歩壁に向かって歩く。「つまり、きみにはわからなかった。ぼくもわかっていなかった。だが、今はわかる」彼女のほうを向くと、こちらに歩いてきて彼女の椅子の横にひざまずき、彼女の腕に手を置いた。「きみはぼくに、感じるということがどんなことかを教えてくれた。きみが喜ぶ時の喜びを共有してくれたせいで、ぼくはこれ以上自分を閉じこめておけなくなった。きみはぼくに選択できると言った。とても恐ろしいことだが、それでも、自分が感じているすべてを示さねばならないとわかった。自分が望む人間になることを選ばねばならないと」

アナ・マリアはゆっくりうなずいた。「でも、なぜ言ってくれなかったの、あのあと――？」愛されることがどんな感じかを教えてくれたあとに。言葉ではなく体で彼女を愛してくれたあとに。そうしてほしいと彼女が頼んだあとに。

「わからない」その言葉は寂しげだった。「だから大ばかなんだ――自分がやらねばならないことがわかっていたのに、それをやらなかった。しかし、だからこそあの晩以来、話せる人々全員と話をして、自分がどう感じるか伝え、相手がどう感じるかを訊ねてきた」

彼は手を伸ばしてアナ・マリアの手を取った。

「それで今、きみに言わねばならない。ぼくの人生でもっとも大切な人に。ぼくがどう感じているかを」

まあ。

彼は深くひと息吸った。「アナ・マリア、きみの目を通じていろいろなことを見ながら、これからの人生を過ごしたい。あらゆる色彩を、あらゆる花を、きみが美しい体に着ける美しいドレスの数々を。ただ生き延びるだけでなく、生きたい。自分がどう感じているかを言うことがなにを意味するか、それを解明する時にきみにそばにいてほしい。きみにすべてを言いたい。ぼくがどれほどきみを愛しているかも含めて」

アナ・マリアは唇を噛んで涙をこらえながら、彼のハンサムで真剣な顔を見つめた。

「きみに助けてほしい。ぼくが自分の良い面を発見できるように、そしてその良い面を使って、ほかの人々のためによりよい行いができるように。常に喜びを抱きながら。きみとぼく、どちらもふたつの世界にいた――ぼくは公爵になりたいと思ったことがないし、きみは台所の火格子を磨いているか、舞踏会で踊っているか、いずれにしろ、どんな人間でいるかの選択肢を与えられていなかった。だから、ぼくたちで一緒にひとつの世界を創りたい――ふたりの人間が愛し合っているひとつの世界を」

彼はごくりと唾を飲みこんだ。「だから知りたいんだ、きみが感じることができるかどうか、ぼくと同じように――」

「わたしも愛しているわ。だから、もう話をやめてキスをして」アナ・マリアはそう答えると、彼の頭の後ろに指を当てて彼の頭を引き寄せた。彼女の唇に彼の唇が重なるように。

彼は小さく笑い、それからその指の指示に従った。

ナッシュは湧き起こる感情のあまり、自分が爆発するかと思った。彼女を見ているだけで、文字通り心臓が激しく締めつけられる。そして今、自分は彼女にキスをしていて、それこそが、残りの人生を通じて望んでいるすべてだった。

彼女の唇があまりに柔らかいから、優しくキスをしようとしても、彼女はすぐに口を開けて舌を彼の口に滑りこませ、彼の頭の後ろをつかんだ指に力をこめた。

うめいてキスを深め、両手を彼女のウエストに当てながら、彼女の真正面に位置するように体をひねる。彼の動きに合わせて彼女が両脚を広げたので、彼は体を押しつけた。

彼の胸と彼女の胸が合わさる。

彼女の両手が彼の上着にかかり、押して肩から脱がせようとする。彼は急いで袖から腕を抜き、クラヴァットも引っぱって取った。そのすべてを、キスを続けながら行った。

我ながらすばらしい才能だと思ったが、それをわざわざ指摘したりはしない。

彼女にキスをし続けていたからだ。そして彼女もキスを返し続けていたからだ。とても激しく。

彼女が両手を彼の肩から胸に滑らせてシャツの下のほうをつかみ、ズボンの中から引っ張りだした。

それから体を少し離してシャツを持ちあげ、彼の頭から脱がせると、満足そうな表情で彼の裸の胸を眺めた。

「扉の鍵をかけたほうがいいと思うか?」彼はかすれ声で言った。

彼女の口角が持ちあがり、いたずらっぽい笑みになる。「かけないのもそそられるけれど、邪魔されたくないわね」

彼は答えの代わりにうなり、それから言った。「ぼくがやってこよう」

彼の屹立したものがズボンを押しあげてテントのようになっている部分に彼女が指を走らせると、彼はうなり声を抑えながら立ちあがり、すばやく鍵をかけてまた戻ってきた。

すでに椅子から立ちあがっていたアナ・マリアは、彼にほほえみかけると後ろを向き、背中を見せた。「脱がせてくださいな」

彼の指が不器用にボタンを外すあいだも、待ち切れない様子で二、三度肩越しに彼を見やる。そしてついに彼がドレスを滑らせて床に落とすと、彼女は足を抜いてシュミーズとコルセットだけの姿になった。

彼は両手でシュミーズの裾を持ち、官能的な曲線を滑らせて上に持ちあげると、頭から抜いてそのまま投げた。シュミーズが戸口の脇に置かれた台の上に載っかる。

もう一度ひざまずき、彼女を支えるために片手をあげる。彼女はその手を取ると、裸の体を滑らせるように彼の横に坐った。

「きみが模様替えの時に絨毯を敷いておいてくれてよかった」彼は言った。

彼女が笑い声を立てて、顔をぱっと輝かせた。それから片眉を持ちあげ、手振りで彼を示した。「これではいくらなんでも不公平じゃないかしら？　あなたも服を脱がなければね、イグネイシアス」

彼はにやりとすると、両手をズボンの片方の脇に持っていき、ボタンをはずした。絨毯の上に平らに横たわりズボンをおろしたが、ブーツのところで引っかかった。

くそっ。ブーツを穿いていたことを忘れていた。

身を起こして床に座り、ブーツを脱いで放る。ブーツが部屋の隅に落ちてどさっと音を立てた。

障害物がなくなったので、すばやくズボンと下着を脱ぎ去り、ふたりとも裸になった。鍵のかかった部屋で。

「アナ・マリア」また感情がこみあげてくるのを感じて彼は言った。「ぼくはきみを愛している。きみはわかっていないかもしれないが」

彼女はうなずくと、片手を伸ばして彼の胸にそっと指を滑らせた。目が好奇心と欲望で輝いている。

「同意に至ったということで、きみを完全に自分のものにする許可を得られるかどうか知りたいのだが」

彼女が彼と目を合わせた。「いいわ。どうぞお願い」

一時間後、ふたりは入っていった時よりもほんのわずか乱れた様子で客間から姿を現した。

そして驚いて足を止めた。セバスチャンとサディアス、そしてジェイン、ほかにも興味津々で柱の陰や階段の上からのぞいている人々の顔に迎えられたからだ。

「それで？」サディアスが胸の前で腕組みして言った。

アナ・マリアはナッシュをちらりと見やった。「彼はわたしにふさわしいわ」

ナッシュはアナ・マリアの手を取り、唇に持っていってキスをした。「もちろんだ」

訳者あとがき

人気ヒストリカル・ロマンス作家、ミーガン・フランプトンの新作〈危険な公爵たち〉シリーズの第二作『結婚しないつもりの公爵』をお届けいたします。

本作品のヒロインは、父の再婚相手である公爵夫人に虐げられ、無報酬の下働きとしてこき使われていた身から、父母の事故死により、一夜にして公爵令嬢のレディになったアナ・マリアです。腹違いの弟セバスチャンとは仲良しで、公爵位を継いだ彼の意向により、公爵令嬢にふさわしい結婚をすべく社交界デビューも果たしますが、当のセバスチャンは、実母である公爵夫人（アナ・マリアの義母）の嘘により（死後に判明）、いったん継いだ公爵位を無効とされてしまいます。セバスチャンに代わって従兄弟のサディアスが新公爵となり、アナ・マリアの保護者もサディアスになったところから、本作品が始まります。（本シリーズの第一作で、コスモポリタン二〇二〇のベストロマンス小説にも選ばれた〝*Never Kiss a Duke*〟がセバスチャンの話です。放蕩者だったセバスチャンが公爵位を失い、男爵の娘ながら、わけあって賭博場を経営していたアイヴィという女性と恋に落ちて、まったく新しい人生を始める顛末もいつかご紹介できたらと思います）

一方のヒーローはナッシュ。セバスチャンとサディアスの親友であり、アナ・マリアとも幼なじみの公爵です。非道で残酷だった前公爵の暴力に耐えかねて十歳の時に母が出奔、おまえもわしのような暴力的な男になると父に言われ続けて育ったナッシュは、父の死後に公爵位を継いだのち、公爵の責任を果たしながらも、父のようになることを恐れるあまり、感情を押し殺し、いかなる女性も父が母にしたような行為の対象にしたくないという理由で、だれとも結婚しないと決めています。そこに長く会っていなかった祖母がやってきて、父と同じ傾向を持つ従兄弟がナッシュのあとを継ぐことをふせぐためには、すぐにでも結婚して子どもをもうけなければならないと告げるのです。

だれかと関われば感情が芽生え、感情を抱けば、暴力に発展する可能性がある、だから、まったく関心が持てない女性と結婚し、子どもをもうけたあとは別々に生きようと考えるナッシュ。そんな時、パーティで正装して魅力的な女性に変身したアナ・マリアと出会い、その美しさに魅せられますが、ずっと妹のように思っていた、そして今は女性として大切に思っている人を傷つけられないという理由で、アナ・マリアとは絶対に結婚できないと自分の心を頑なに拒否します。

アナ・マリアは子どもの頃からずっと、弟の親友であるナッシュに惹かれていました。でも親しくなるにつれ、彼にはなにか、アナ・マリアを望まない理由があるとわかってきます。これまでずっと、だれにも望まれずに生きてきたアナ・マリアとしては、いくら彼のことが好きでも、自分を望んでくれない人と結婚する気持ちはありません。新しい人生を豊かで感性にあふれたものにしようと努力するアナ・マリア。あえて灰色の人生を生きているナッシュは、そんな彼女の色彩にあふれた輝く世界に思い切って入っていくことができるでしょうか？

つらい環境で育ったヒーローとヒロインがそれぞれトラウマに悩む姿、そして相手を思いやる心と優しさ、その心の機微がよく描かれ、深い余韻をもたらしてくれる美しい物語となりました。ヒーローが色のある世界に踏み出すための練習として、市場の魚屋や花屋を訪れるエピソードは本当に素敵で涙が出そうになります。そんな珠玉の作品を含め、本シリーズは全五冊、本書にも登場するセバスチャンとアイヴィが主人公の第一作、アナ・マリアとナッシュの愛が描かれた本作品、そして第三作は本書で渋い魅力を醸した（醸していない？）元軍人の公爵サディアスがヒーローです。堅苦しい彼が愛する人を得てどんなふうに変わっていくのでしょうか？　そして第五作は本書できらきらした魅力を振りまいたオクタヴィアがヒロイン、感性豊かで生き生きしたオクタヴィアがどんな男性と出会うのか楽しみですね。魅力あふれる本シリーズ、また皆さまにご紹介できることを願いつつ。

二〇二三年四月　旦紀子

結婚しないつもりの公爵

2023年4月17日　初版第一刷発行

著 ……………………… ミーガン・フランプトン
訳 ………………………………… 旦紀子
カバーデザイン ……………………… 小関加奈子
編集協力 ……………………… アトリエ・ロマンス

発行人 ……………………………… 後藤明信
発行所 ……………………… 株式会社竹書房
〒102-0075 東京都千代田区三番町8-1
三番町東急ビル6F
email：info@takeshobo.co.jp
http://www.takeshobo.co.jp
印刷・製本 ……………… 凸版印刷株式会社
